LA PART SAUVAGE

DU MÊME AUTEUR

ENQUÊTE, Actes Sud, 1996.
CHAOS, Grasset, 1997 ; Folio, 1999.
MARIAGE MIXTE, Stock, 2000 ; Livre de Poche, 2002.
LIVRE DE GUERRE, Stock, 2001 ; Livre de Poche, 2002.
28 RAISONS DE SE FAIRE DÉTESTER, Stock, 2002.
UNE PLACE DANS LE MONDE, Stock, 2004 ; Livre de Poche, 2005.
FRATERNITÉ, Denoël, 2006 ; 10/18, 2008.
NOTE SUR LA TERREUR, Flammarion, 2008.
QUAND J'ÉTAIS NORMAL, Grasset, 2010. Prix Louis-Barthou de l'Académie française, 2011.
UNE MATIÈRE INFLAMMABLE, Stock, 2013.
UN TEMPS POUR HAÏR, Grasset, 2018. Prix étudiant du Livre politique, France-Culture, 2019. Prix de la Fondation Bernheim catégorie Lettres, 2019.
HATE, Houghton Mifflin Harcourt, 2019, Library of America Book Award, 2019.

MARC WEITZMANN

LA PART SAUVAGE

BERNARD GRASSET
PARIS

Cet ouvrage a été publié avec le soutien
du Centre National du Livre

CENTRE
NATIONAL
DU LIVRE

Photo de la bande : ©Nancy CRAMPTON/opale.photo

ISBN 978-2-246-85240-7

L'art est là pour prouver, et pour aider à supporter, le fait que toute sécurité est une illusion. En ce sens, les artistes sont en rupture, et par nécessité opposés, à quelque système que ce soit.

James BALDWIN, *Le Combat de l'artiste pour l'intégrité*

Nos vies sont façonnées par nos choix. Tout d'abord, nous faisons nos choix. Ensuite, nos choix nous font.

Anne FRANK, *Journal*

Une guerre contre le temps

1.

Voici ce que je pensais savoir de moi vers le milieu de la cinquantaine, dans la seconde moitié des années 2010 : j'avais récusé ma famille à 20 ans et à 40 démissionné des positions sociales acquises entre-temps, et j'avais voyagé. Après plus d'une décennie passée d'abord en Israël puis aux États-Unis, mon mode de vie et mes revenus jamais en équilibre avaient divergé pour de bon et j'avais dû rentrer en France, où je vivais depuis sous une pression financière constante et avec le sentiment de m'être perdu quelque part au milieu de l'Atlantique. Ma perception du pays, en particulier, se trouvait en décalage total avec l'atmosphère générale, maintenant que tout le monde cherchait la révolte. Où étaient passées mon ambition, ma cruauté, ma délinquance intérieure ? Je les avais troquées contre un respect inconsidéré pour la Loi et le système. Du rôle de mauvais fils, j'étais passé à celui de laborieux élève civique, et ça me racornissait, comme écrivain, en plus de me faire tenir à tout bout de champ des propos lénifiants.

En tout cas tel était mon état d'esprit quand le courriel suivant s'afficha sur mon téléphone : *MERCI DE PRÉPARER UN TEXTE DE SOUVENIRS SUR PHILIP ROTH POUR TABLET – on me dit qu'il est sur son lit de mort. d.* C'était le 22 mai 2018, l'écran marquait vingt-deux heures. *PLEASE PREPARE A MEMORY OF PHILIP ROTH FOR TABLET – I am told he is on his deathbed. d.* Je regardai ces phrases sans même tenter de les comprendre.

« d. » était David Samuels, un journaliste américain connu en France pour son enquête *Mentir à perdre haleine* consacrée à James Hogues, l'imposteur aux multiples identités et à la kleptomanie compulsive, qui a défrayé la chronique aux États-Unis dans les années 2000. J'avais fait sa connaissance quatre ans plus tôt presque jour pour jour, le 20 mai 2014, à New York, en poussant la porte du site d'information américain *Tablet* créé par son épouse, la journaliste Alana Newhouse, et dont il est le rédacteur en chef. Par email, en prenant rendez-vous, je lui avais indiqué vouloir écrire sur ce que certains responsables en France appelaient le « climat de pré-émeute » se levant dans le pays depuis quelques mois. J'étais convaincu qu'ils avaient raison, mais qu'aucun média français n'en parlerait comme j'estimais qu'il fallait le faire.

Dans quoi je m'embarquais, au juste ? La question ne me vint pas avant la fin de ce rendez-vous de plus d'une heure avec David. Nous venions de nous mettre d'accord sur une série de cinq reportages de quinze à vingt mille signes chacun, publiables dans les deux mois, et payés mille dollars l'article – une somme bien supérieure à ce que proposent les sites d'information digitaux français, pour un volume de commande dépassant de loin ce que j'avais espéré. Sur le coup, j'étais sorti de là plutôt satisfait. Mais ensuite, remontant lentement les rues printanières de Chelsea vers l'Upper West Side, où se trouvait la petite chambre sombre échangée contre mon appartement parisien pour un mois, et envisageant la question froidement, seules deux choses m'étaient apparues avec évidence. 1 : Je n'avais jamais rien écrit de substantiel en anglais et ignorais si je pouvais le faire – les IA de traduction n'existaient pas encore. 2 : je ne disposais pas de la moindre information solide permettant d'alimenter un travail de cette ampleur.

Porté par une intuition si bancale que j'avais dû traverser l'Atlantique dans le but de dénicher un interlocuteur connaissant assez peu la France pour y croire, je venais de vendre l'équivalent d'un petit livre avec, pour seul argument, une poignée d'incidents épars que rien ne permettait de lier entre eux, sinon mes obsessions.

Tout avait commencé (avais-je dit à David) le 26 janvier, lors d'une manifestation baptisée *Jour de Colère*, organisée à Paris par une constellation d'organisations d'extrême droite allant des royalistes aux islamistes, et au cours de laquelle le slogan *Juif, la France n'est pas à toi!* avait pu être distinctement entendu. Presque aussitôt, une épidémie de « quenelles », le geste « antisystème » évoquant un salut hitlérien inversé, popularisé par l'ex-comique Dieudonné l'automne précédent, s'était répandue dans le pays. Des anonymes avaient infiltré le public d'émissions de divertissement pour le faire plus ou moins discrètement en direct à la télévision ; d'autres s'étaient mis en scène sur Facebook tendant le bras à proximité de lieux à forte connotation juive – l'entrée de l'école *Ozar Ha Torah* de Toulouse, frappée par le terrorisme islamiste deux ans auparavant, le toit du musée de la Shoah à Berlin –, ou marqués par la Seconde Guerre mondiale. Deux adolescents avaient ainsi fait le déplacement jusqu'à Oradour-sur-Glane, le village martyrisé par les nazis en 1944, dans le seul but de poster une photo d'eux performant une quenelle au milieu des ruines. Et tous affichaient la même étrange expression d'excitation hilare, tous présentaient ces selfies comme des blagues, tandis que, sans que l'on puisse établir de lien direct, et en un sens, c'était ce qu'il y avait de plus inquiétant, le nombre d'actes antisémites violents, aussi impulsifs qu'inexplicables, grimpait en flèche. Du moins, c'était mon impression. Mais, au-delà de cette impression, justement, il n'y avait rien. Pas de chiffres indiscutables, aucune analyse objective (tout cela viendrait plus tard), rien sinon mes nerfs. Et je commençais à trouver du sens au fait d'être venu vendre cinq articles sur ce rien à un journaliste connu pour son travail sur l'imposture. Je n'avais pas même *cherché* à contacter un journal français. Partant du principe que personne ne comprendrait ce que j'avais à dire, je m'étais contenté d'appeler quelqu'un de suffisamment juif pour être sensible à ma vision des choses, et suffisamment peu au fait de ce qu'il se passait en France pour ne pas me contredire. Le plus probable ? Quel que fût le fond de vérité sur lequel s'appuyait mon intuition, elle était si mal pensée, si limitée par ma fureur et mes préjugés, que le projet consistant à lui donner corps, rendu plus difficile encore par le problème de la langue, allait exiger de moi des efforts qui m'empêcheraient de gagner ma vie par ailleurs avant de se révéler infaisable. Les pièges les plus parfaits ne sont-ils pas ceux que l'on se tend à soi-même ?

Parfois, pourtant, non, ce n'est pas comme ça. Parfois la vie vous sauve la mise avec ce qu'elle a de plus invraisemblable ou de plus effrayant.

Trois jours après cette visite à *Tablet*, la nouvelle tomba qu'un inconnu venait de perpétrer une tuerie au Musée juif de Bruxelles, ville dans laquelle un rassemblement « antisystème » organisé par Dieudonné avait été dispersé par la police deux semaines plus tôt.

Aussitôt lus les détails des meurtres, je sentis s'agiter la part la plus compromise, la moins citoyenne de ce que je suis – la part la plus « écrivain », si l'on veut. Je sus qu'elle allait répondre à l'événement comme si elle l'avait attendu et guetté. En un mot je bénis ma chance.

Now you really do have to drop everything and start working. Cet email de Philip Roth en réponse au mien, le 24 mai, jour de l'attaque, comme une confirmation de ce que j'éprouvai. *Maintenant vous devez vraiment tout laisser tomber et vous mettre au travail.* Je l'avais prévenu de ma visite à *Tablet*, mais sans lui faire part de mes doutes, et l'avais aussi tout de suite informé de l'attentat. Fidèle au laconisme de ses emails, cette seule phrase constituait à mes yeux le plus sûr des encouragements.

« Philip Roth », *craint et révéré, le dernier géant des lettres américaines*, disait la presse, l'ultime écrivain solitaire et sauvage – *the big fuck you guy*, comme l'avait surnommé une amie américaine autrefois –, l'auteur, en tout cas, de quelque trente-deux livres dont certains avaient contribué à changer ma façon de lire et ma compréhension de la littérature, lorsque je les avais découverts, au début des années 1990, Philip Roth, donc, c'était aussi, en ce qui me concernait, « Philip » : l'un des rares dont la présence dans ma vie depuis quinze ans m'avait évité de devenir plus dingue encore que je ne l'étais déjà, à l'en croire.

Je le connaissais depuis 1999. Ce qui finit par devenir une relation d'amitié affectueuse entre nous n'avait cependant commencé que trois ans plus tard, en juillet 2002, tandis que les vapeurs empoisonnées de l'attaque contre le Word Trade Center dix mois plus tôt flottaient encore au-dessus des rues de New York. Le lien s'était noué non moins imperceptiblement, dans le fil de ce qui avait commencé comme une interview pour *Les Inrockuptibles*, le journal où je travaillais alors, avant de se changer en discussion à bâtons rompus un après-midi entier sur toutes sortes de sujets, de l'abstraite cérébralité de ce qu'il appelait *l'intelligence française* à l'importance du régionalisme pour la littérature américaine, en passant par l'ambiguïté morale de l'écrivain vis-à-vis des sujets qui le mobilisent. Vers la fin de la journée, tandis que j'attendais le taxi, Roth m'avait proposé de poser ma candidature à une résidence pour artistes qui s'appelait la *McDowell Colony*, et, de retour à Paris c'est ce que j'avais fini par faire, surtout parce que la suggestion venait de lui.

Invité pour deux mois dans l'un des chalets de la *McDowell* disséminés dans les forêts d'une merveilleuse réserve naturelle du Vermont, si une chose était prévisible, c'est que je n'allais pas y rester. Deux semaines environ après mon arrivée, je pris le bus pour Brooklyn où je savais pouvoir me faire héberger, et d'où j'appelai Roth, qui me fixa rendez-vous pour le lendemain soir au Russian Samovar, un restaurant judéo-russe de la 57e Rue Ouest où il avait ses habitudes. Moins d'un an plus tard, il me faisait suffisamment confiance pour m'intégrer dans le cercle privilégié des lecteurs de ses manuscrits – un cercle dont les membres, très divers, changeaient au fil des ans et des opportunités. Par l'une de ses amies, je trouvai à louer dans Manhattan un petit appartement presque dénué de fenêtre et ne payant pas de mine, mais qui avait l'avantage de se situer sur la 87e Rue Est, c'est-à-dire presque en face de chez Roth, de l'autre côté de Central Park. Au terme d'une journée passée à écrire ou à traduire les thrillers absurdes et politiquement douteux qui m'assuraient un semblant de revenu, il ne me restait qu'à traverser le parc pour l'emmener dîner, selon un rituel bientôt bihebdomadaire. Ainsi s'était déroulée ma vie américaine un semestre sur deux plusieurs années durant, au prix, tout de même, d'une logistique qui tenait de l'usine à gaz, car il me fallait sous-louer alternativement – et illégalement – à des inconnus trouvés sur Internet mon appartement à New York quand j'étais à Paris, avant de faire de même à Paris quand j'étais à New York. Et maintenant que cette vie ne m'était plus possible – maintenant que Philip était lui-même trop vieux pour les soirées au Samovar ou ailleurs –, je continuais à lui rendre visite sitôt que l'occasion m'était donnée de revenir en ville, et, le reste du temps, nous nous donnions des nouvelles par emails, plus rarement par téléphone.

Sa combativité, son obstination, son sens aigu de la liberté individuelle : tout cela le rendait réfractaire à ce qui, dans ma façon de voir, aurait pu contribuer à me changer en victime complaisante. Sitôt que j'évoquais devant lui ce que je croyais percevoir de l'atmosphère en France, je voyais s'afficher sur son visage la même expression dubitative un peu embarrassée. En juillet 2013, le courriel que je lui envoyai depuis une villa de la Côte d'Azur louée par une amie et où je m'étais laissé entraîner, courriel dans lequel je lui rapportais les propos tenus devant moi par l'agent d'entretien de la piscine – qui s'appelait Antoine, avait 26 ans, et, après avoir appris d'où venait mon nom, s'était plaint du mariage juif auquel il avait été convié quelque temps plus tôt, où il s'était senti discriminé car « seul Blanc » –, cet email me valut de la part de Philip cette brève et merveilleuse réponse : *La morale de cette histoire, c'est que les Juifs ne devraient pas parler au petit personnel. Contentez-vous de nager.*

Mais si sceptique qu'il fût chaque fois que j'évoquais ce qui, pour moi, ressemblait à une manifestation d'antisémitisme – chaque fois qu'il m'arrivait de donner prise, en d'autres termes, à la colère et à l'amertume que je cherchais à fuir –, dès que les choses devinrent tragiques, dès que le sang se mit à couler, il m'encouragea fermement et m'aida tant qu'il le put.

En juin, se tint à Versailles la procédure d'extradition vers la Belgique du tueur présumé de Bruxelles, Mehdi Nemmouche, un Français fils de harki arrêté trois jours après les meurtres au Musée juif alors qu'il se trouvait en fuite dans le Sud de la France, et dont on apprendrait plus tard qu'il avait été tortionnaire en Syrie au sein de l'État islamique. En juillet, en répercussion à ce que la presse appelait « la guerre de Gaza » – les bombardements israéliens sur Gaza, qui répondaient à d'intenses tirs de roquettes du Hamas sur Israël –, des foules criant *Mort aux Juifs* dans les rues de Paris chargèrent une synagogue rue des Tournelles, une seconde dans le quartier juif de Sarcelles. Je m'étais rendu à Versailles puis à Roubaix où Nemmouche était né, et je faisais le tri dans ce chaos de nouvelles me procurant bien plus de matériel que je n'avais imaginé au sortir de mon rendez-vous avec David Samuels, lorsque je reçus ce message de Philip :

Marc, j'ai pris la liberté de demander à Andrew Wylie s'il accepterait de représenter un livre de vous sur la situation nouvelle menaçant les Juifs de France, que vous baseriez sur une version étendue de vos cinq articles pour Tablet. *Il m'a indiqué que, si vous le désirez, il y est prêt. Je lui ai dit qu'un tel livre, publié dans les 12 à 18 mois prochains, trouverait ici un large public juif et une couverture médiatique importante. Je fonde mon jugement sur l'excellent début déjà publié dans* Tablet *et sur ma compréhension de ce qui peut intéresser les Juifs lettrés (et, à l'évidence, pas seulement eux). J'ai une foi absolue dans l'alliage entre vous et le sujet et le lui ai dit.*

Faut-il dire qu'il ne me vint pas à l'esprit de refuser ? *Si tu avais vu ta tête – tu aurais aussi bien pu nous dire qu'il était Zeus. Je viens de voir à quoi tu ressemblais quand tu étais gosse.* Ainsi s'exprime, au début de l'un des grands romans de Roth, *Pastorale américaine*, l'amie anonyme accompagnant le narrateur du livre, Nathan Zuckerman, alors que celui-ci vient de croiser par hasard dans un stade le héros de son enfance. À mes côtés, Stéphanie aurait pu me dire la même chose, tandis que je lisais ce courriel une bonne dizaine de fois avant de lui répondre. Si, après ces douze années d'amitié, Roth n'était plus Zeus, il restait à mes yeux « *l'un des Olympiens* » – pour reprendre l'expression de la romancière irlandaise Edna O'Brien à son sujet. Et il venait de me faire asseoir à sa table.

Aveuglé par tant d'honneur, je ne remarquai pas, cet après-midi-là, la seule phrase qui m'arrête aujourd'hui dans cet email quand je le relis, la dernière. Non, il ne me vint pas à l'esprit de me demander ce qui avait bien pu faire naître en lui une telle *foi absolue* dans ce qu'il appelait *l'alliage*, entre moi et ce sujet qui était la violence fanatique.

J'écrirais le livre en anglais, bien sûr, contrairement à ce qu'il me suggéra très vite par la suite. Un cas de figure peu ordinaire, peut-être, mais ce serait court, sans compter qu'un bon tiers était déjà publié ou en voie de l'être. Quoi de plus simple, en fait ? Adoubé par Philip Roth, rien ne pourrait m'arrêter ! À l'automne, je proposai à Olivier Nora et Christophe Bataille, chez Grasset, à qui je devais un livre, de publier ce petit texte à venir, si aisé à écrire, et traduit par mes soins. Courant novembre, je signai le contrat de la version américaine avec l'éditeur Houghton-Mifflin et, en partie pour savourer ce que je voyais comme une victoire, en partie parce que j'appréhendais l'instant où j'allais devoir m'y mettre, je laissai passer la fin de l'année sans rédiger une ligne. Le 3 janvier 2015 enfin, je me mis au travail – pour m'arrêter net au bout de quatre jours, l'esprit paralysé par le triple choc du massacre à *Charlie Hebdo*, du meurtre de la policière Clarissa Jean-Philippe le lendemain, et de la prise d'otages meurtrière à l'HyperCacher de Vincennes le surlendemain : la vie, oui, dans ce qu'elle a de plus improbable et de plus terrifiant.

Il n'est pas nécessaire ici de revenir sur la vague d'attentats qui fit 256 morts, des blessés à vie par milliers, et dura dix-huit mois, coïncidant ainsi dans le temps avec la montée en puissance, en Europe et aux États-Unis, de ce que l'on se mit à nommer, par défaut, *populisme*. Dix-huit mois durant lesquels le terrorisme islamiste parut offrir à cette révolte informe non seulement son carburant mais aussi, comme en miroir, une bonne part de sa rhétorique antilibérale, dix-huit mois d'une dynamique perverse qui constitua la matière première des deux livres différents que je finis par publier en deux langues de chaque côté de l'Atlantique : *Un temps pour haïr* en France, et *Hate* aux USA. Ce qui importe, c'est l'impact imprévu de ces événements sur le projet d'origine auquel Roth m'avait invité et, par voie de conséquence, sur ce qu'il advint de ma relation avec lui.

Au printemps 2015, les événements semblaient en même temps confirmer mon intuition première et reproduire ma désorientation initiale. Entre l'attaque à *Charlie* en janvier et celles du 13 Novembre, les services de renseignement aidés par la chance allaient mettre en échec près d'une tentative d'attentat *par semaine*. À mesure que montait la tension, le lien entre cette succession d'opérations terroristes, prenant tout le monde pour cible, et le flot d'attaques spontanées, pulsionnelles, spécifiquement dirigées contre les Juifs, qui avait servi de point de départ à mes reportages pour *Tablet* un an plus tôt, se mit à m'échapper complètement. Si j'avais vu juste à l'époque, qu'avais-je vu, en fait ? Ce lien existait-il, ou cet enchaînement ne relevait-il que du hasard, un hasard que ma colère subjective transformait en nécessité ? En d'autres termes, si elle me donnait en apparence raison, l'actualité m'avait fait perdre mon sujet.

En mai 2018, pourtant, lorsque je reçus l'email de David Samuels m'annonçant que Philip était *sur son lit de mort*, les choses étaient en train de se clarifier. Après l'attentat de Nice de juillet 2016, la vague terroriste avait suffisamment reflué pour laisser place à la réflexion. Tout en finalisant la version française, je travaillais d'arrache-pied, à distance, avec l'éditeur américain pour venir à bout de ce qui deviendrait *Hate* l'année suivante.

Il va de soi que le délai d'origine suggéré par Roth dans son email (*12 à 18 mois*) était explosé depuis longtemps. J'avais rédigé la première version, en anglais, *live*, pour ainsi dire, durant la période des attentats, avec le sentiment que les terroristes l'écrivaient pour moi tandis que je courais derrière en prenant des notes, sillonnant le pays pour collecter le matériau nécessaire à l'écriture avant de découvrir, devant la télévision, la suite imprévisible des événements auxquels je m'étais échiné à trouver en vain une signification sur mon ordinateur. Chaque attentat était l'occasion d'un nouveau blocage. Les attaques simultanées du Stade de France, des quais et du Bataclan me rendirent stérile plus d'un mois : quoi de plus grotesque que de prétendre domestiquer par les mots une violence inaccessible au langage ? Et des mots étrangers, de surcroît, puisque j'écrivais en anglais. Le texte brut et touffu de plus d'un million de signes que je me résignai à envoyer à mon éditrice à New York fin 2016 reflétait si bien le chaos dont j'étais censé rendre compte que même moi je n'y comprenais rien – et ce n'était pas un problème de langue. *J'ai envoyé le manuscrit*, envoyai-je à Philip dans la foulée. Sa réponse : *Excellente nouvelle !* Mais l'éditrice en question, qui ignorait presque tout de la France et n'était pas formée à ce type de sujet, resta silencieuse plusieurs mois avant de jeter poliment l'éponge. Sur sa suggestion, Houghton-Mifflin accepta d'embaucher comme éditeur extérieur David Samuels, qui, connaissant mon travail, m'aiderait à y voir clair. Et aux difficultés de fond s'ajoutait encore mon exigence obtuse d'écrire, dans les *deux* langues, un texte aussi littéraire qu'il me serait possible, et non une compilation journalistique, donner à lire à Philip Roth un texte qui ne serait pas ce que je pourrais faire de mieux étant hors de question.

Entre-temps, je l'avais revu chez lui, à New York, en 2015, en 2016, et réalisé à l'automne 2017 pour *Le Monde* ce qui resterait comme son dernier grand entretien pour la presse française. Chaque fois, je le tenais informé dans les grandes lignes des progrès de mon travail, tout en restant discret sur les difficultés. D'une visite à l'autre, de son côté, les marques de l'âge se faisaient plus visibles, tout comme celles de la congestion cardiaque dont il souffrait et qui finirait par l'emporter, mais dont j'ignorais tout à ce moment-là, car lui aussi taisait ses problèmes, sans compter que sa vivacité d'esprit, son humour, sa bienveillance, m'aidaient dans mon désir de ne rien voir de ce qui lui arrivait. Je restais aveugle au menu chaque fois plus frugal qu'il s'imposait sur ordre strict des médecins, volontairement sourd au sens des remarques qu'il me jetait parfois comme en passant – *Pense à moi comme à un vieux grand-père* –, une phrase qu'il prononça un jour tout en me raccompagnant à la porte, comme pour me signifier que le temps du Russian Samovar était bel et bien derrière nous, phrase que nous avons balayée du même rire faussement incrédule, ou encore, la dernière fois que je l'ai vu, *je suis stupéfait d'être encore en vie,* prononcé d'un souffle, les yeux sur les rues calmes de l'Upper West Side qui s'étendaient sous ses fenêtres.

De retour à Paris, nos échanges par email avaient quelque chose d'une course contre le temps qui ne disait pas son nom – une course contre les terroristes, aussi, de mon point de vue. Implacables, ponctués par la terreur, et par mes ambitions littéraires démesurées, les jours filaient. Mais qu'est-ce que le temps, après tout, lorsqu'on écrit ? D'une manière ou d'une autre, Philip se débrouillerait pour être encore là une fois achevé ce livre que j'en étais venu à définir comme un *contre-récit* au fait terroriste. À chaque nouveau délai, à chaque nouveau retard, ce que j'avais de plus immature – « *le gosse* » de l'amie de Zuckerman dans *Pastorale américaine* – s'accrochait à cette conviction : il m'attendrait.

MERCI DE PRÉPARER UN TEXTE DE SOUVENIRS SUR PHILIP ROTH POUR TABLET – on me dit qu'il est sur son lit de mort. d. Je reposai le téléphone l'écran contre la table de nuit, le ressaisis, le reposai à nouveau et le ressaisis à nouveau : les deux phrases restaient obstinément là, impossible de les faire disparaître. *Do you have any news from Philip ?* Tel est le texte vague et bref que je finis par envoyer, un peu comme on regarde ailleurs, à Judith Thurman – la journaliste du *New Yorker* intime de Philip et devenue une amie –, comme si ce vague et cette brièveté avaient eu le pouvoir de conjurer par avance tout ce qu'elle pourrait me répondre. *Il est mourant*, me fit-elle savoir en français presque aussitôt, avec cette brutalité américaine qui me plaît tant d'habitude, mais me parut soudain atroce. *D'un moment à l'autre*, ajouta-t-elle en anglais. *Mais difficile à dire. Ça peut être plus long.* Judith, en fait, se trouvait dans le couloir de l'hôpital en compagnie de l'universitaire Ben Taylor, l'ami le plus proche de Roth dans ses dernières années. Dans le couloir de l'hôpital, c'est-à-dire devant la porte de la chambre où il agonisait. C'est de là qu'elle m'envoya quelques minutes plus tard ces simples phrases : *Il est mort. On se parle demain.* Il était vingt-deux heures trente. Le Temps – un temps dont les terroristes avaient été les horlogers – venait de gagner.

2.

Ce qui frappait chez Philip Roth et emportait l'adhésion comme l'affection immédiates, c'était le mélange de grande sophistication et de la plus totale spontanéité. De la discipline artistique la plus exigeante et de la complète absence d'apprêt. Et maintenant que le rideau est bel et bien tombé, il serait bon de ne pas se laisser aller à l'excès d'hommages et aux génuflexions compassées pour « la littérature » qui bloquent, en définitive, tout accès à la lecture des livres. Il serait bien d'éviter une dernière fois le piège de la mort.

Ainsi commençait le court article que je proposai au *Monde* le lendemain, sitôt la nouvelle devenue officielle. Je pourrais ajouter que, si juif qu'il fût de par son histoire, l'individu comptait pour lui bien plus que la tribu. La liberté plus que la coutume. Jouer avec les tendances les plus irrationnelles de sa personnalité n'était justement que cela, pour lui : un jeu.

Il avait fait de l'arrachement à ce dont on vient la clé d'une vie en perpétuelle réinvention. De ce point de vue, il était l'anti-identitaire, fidèle en cela à une tradition américaine bien plus paradoxale qu'on ne le dit. Le *Visage pâle*, disciple de Henry James, et le *Peau-Rouge*, lecteur de Walt Whitman et d'Allen Ginsberg, pour citer les catégories avec lesquelles il se définissait vers la fin des années 1960, le mélomane amateur passionné de Gustav Mahler et le fan de Jimi Hendrix, l'amoureux romantique et le cynique dionysiaque, l'écrivain ordonné, citoyen responsable, et l'artiste anarchisant : c'était par la langue, par les mots, que coexistaient le plus harmonieusement en lui les aspects antagonistes de sa personnalité qu'il ne cherchait pas à concilier dans la vie – à supposer que cela fût possible.

Débuter un livre le renvoyait *à* (son) *amateurisme*, comme il le formulait, voulant dire par là qu'il butait à chaque phrase sur les clichés, tabous, et lieux communs qui alourdissent l'écriture. Puis, à mesure qu'il creusait ces impasses pour en extraire la racine tragique de ses personnages, un tourbillon de phrases, d'une puissance croissante, l'élevait jusque dans les hauteurs de l'ironie et de la comédie et c'est dans cette tension que s'épanouissait son génie au sens où l'entendaient les anciens Grecs : son *daemon*, c'est-à-dire cette forme d'intelligence qui ne laisse rien en place, que l'on ne trouve que dans les livres – et que les écrivains eux-mêmes ne rencontrent, lorsqu'ils ont de la chance, qu'en se laissant submerger par leur travail et par leurs obsessions.

Cette *rêverie réaliste* avec ce que l'on est, et donc avec ce que l'on pourrait être, individuellement et collectivement, pour le meilleur mais aussi pour le pire, ce jeu avec ce dont on vient – avec cette fameuse « identité » dont chacun nous rebat les oreilles aujourd'hui ; cette liberté qui s'autorise à prendre en compte sérieusement toutes les facettes d'un être sans jamais s'arrêter à aucune, si bien que son mystère, son intense densité restent entiers : telle est la matière première de ses romans, comme c'était celle de ses conversations les plus sérieuses.

Mais le pouvoir des mots conduit loin, et s'en servir n'est pas sans conséquences. On dit que la discipline créatrice implique une éthique de la forme, et dans son cas au moins c'était vrai, son engagement dans l'écriture était une morale, un souci de l'autre – une résistance, ce mot galvaudé. George Orwell : *Pour écrire dans une langue vigoureuse et directe, il faut pouvoir penser sans peur, et si l'on pense sans peur, on ne peut pas être politiquement orthodoxe.* Cette vigueur condamnait Roth à un isolement à la fois voulu et subi. Pour le dire avec les mots d'Edna O'Brien, dans le très beau texte déjà cité, sans doute l'un des portraits les plus justes écrits sur Roth, prononcé à l'occasion de son quatre-vingtième anniversaire en mars 2013 : *Il siégeait à la première table de l'establishment littéraire mais n'en fai*(sai)*t pas partie, trop sauvage, trop esthétiquement acéré, trop honnête.* Il payait cette indépendance très cher, un prix qui ne cessa d'augmenter à la fin de sa vie, jusqu'à devenir exorbitant.

Pour exemple de ce que j'essaie de dire, je vais prendre *L'Écrivain fantôme*, un roman de lui écrit en 1979 dont l'action se situe en 1956. Le personnage central en est une jeune et énigmatique réfugiée européenne à l'accent insituable, exilée dans les Berkshires, qui se fait appeler Amy Belette. Le narrateur découvre, ou se persuade, ou joue à se convaincre, que cette Amy Belette serait en réalité Anne Frank, une Anne Frank ayant survécu à la Shoah, et cachée aux États-Unis. Au milieu du livre, ce qui a commencé comme une plaisanterie se change en perspective déchirante. En 1991 ou 1992, c'était le premier des romans de Roth que je lisais jusqu'au bout (le plus célèbre, *La Complainte de Portnoy*, m'était tombé des mains au bout de cent pages quelques années plus tôt). Je me revois, dans les Jardins du Luxembourg, par un long après-midi de fin de printemps, tournant frénétiquement les pages de *L'Écrivain fantôme*, incapable d'interrompre ma lecture pour faire les trois pas qui me séparaient du banc où j'avais pourtant prévu de m'asseoir, figé sur place par l'évidence d'Anne Frank revenue de chez les morts – une Anne Frank que sa solitude, son outrageuse lucidité et sa folie rendaient atrocement crédible –, revenue de chez les morts mais pas sortie de l'enfer. L'évidence d'une Anne Frank transportant l'enfer avec elle, d'Amsterdam à Londres puis Boston, pour assister, orgueilleuse et déchirée, comme tout écrivain véritable, depuis l'anonymat voulu de son existence clandestine, au succès mondial de son *Journal*. L'évidence que, d'une manière ou d'une autre, cette histoire était vraie.

Roth n'avait pas son pareil pour rendre non seulement plausibles mais *réelles*, les situations les plus aberrantes qu'il pouvait concocter. Comment s'y prenait-il pour déployer une telle puissance de conviction ? Autant demander comment De Vinci a peint le fameux sourire. Mais si l'on lit attentivement ses livres, certaines clés apparaissent, certains outils sont identifiables. Ce que l'on pourrait appeler une *esthétique de la tension*, tout d'abord : un instinct très sûr pour le cœur conflictuel d'une situation donnée, et le talent d'en exploiter chacune des possibilités de crise avec une ironie méticuleuse et un sens mesuré de l'exagération ; ensuite, nourri par sa longue fréquentation du théâtre, un génie du dialogue, une oreille absolue qui lui permettait de faire exister chacun de ses personnages par sa façon de parler, ses tics de langage et son énergie verbale, toujours à équidistance du vraisemblable et de la satire ; génie auquel s'ajoutait une redoutable intelligence stratégique consistant à donner les meilleures répliques à ses personnages les plus antagonistes. Un sens maniaque du détail, enfin, qui lui permettait de *désidéaliser* ses plus belles créations romanesques, sans jamais les rendre prosaïques ou vulgaires pour autant.

Je reviendrai sur cette Anne Frank qu'il imagine avec tant de vraisemblance dans *L'Écrivain fantôme*, comme sur d'autres de ses créations « réelles ». Mais ce que je voudrais souligner tout de suite, c'est le lien, unique en son genre, dans la littérature américaine, je crois, entre l'imagination verbale de Roth et l'histoire et la mémoire de l'Europe – en particulier de cette Europe juive qui a cessé d'exister entre 1939 et 1945. Sa conscience aiguë que la source de cet héritage européen ne lui était plus accessible nourrissait son américanité, et cet aller-retour d'une rive à l'autre de l'Atlantique, et du présent au passé, participait de sa conception de la fiction romanesque et de l'intensité du réel qui saisit à la lecture de ses livres.

Et c'est là qu'est la difficulté pour nous aujourd'hui, bien sûr. Dans ce temps qui est le nôtre, si différent du sien – ce temps où, en 2021, à Exleben en Allemagne, une école Anne-Frank, jugeant que son nom n'était, je cite, *plus adapté aux enfants d'aujourd'hui*, s'est rebaptisée Les Lutins ; où, en juillet 2022, aux États-Unis, la question de savoir si Anne Frank avait ou non bénéficié d'un insupportable Privilège Blanc a suscité de très sérieux et très virulents débats sur les campus et jusque chez certains journalistes stars du *New York Times* (nulle réponse définitive à ce jour) ; où, toujours en juillet 2022 mais en France, la mairie du 20e arrondissement de Paris commémorant le 80e anniversaire de la Rafle du Vel' d'Hiv a voulu rendre hommage, je cite, *aux personnes juives, tsiganes, communistes, LGBT...* arrêtées ce jour-là selon elle ; où, un an plus tard, de nouveau en Allemagne, la responsable, cette fois, d'une crèche Anne-Frank a émis le vœu de changer le nom de l'établissement afin d'éviter, je cite encore, *toute connotation politique*, les parents d'enfants issus de l'immigration *ne comprenant pas qu'une crèche puisse porter le nom d'une Juive* –, dans ce temps qui est le nôtre, donc, le lecteur moyen de moins de 40 ans qui tomberait par hasard sur *L'Écrivain fantôme* n'a aucune chance de comprendre de quoi il retourne ni d'être sensible aux drames qui s'y jouent. Car entre ce livre et lui, ce n'est pas seulement le monde qui a changé, mais le passé lui-même. L'intense véracité propre aux fictions de Roth s'en trouve désactivée.

Le problème n'est pas seulement que son œuvre serait trop historicisée ou trop spécifique pour faire sens, ni que sa description des rapports hommes-femmes serait « datée » ou « réac », comme on le lui reproche souvent – que Philip figure en haut de la liste des artistes aujourd'hui « inacceptables », pour reprendre le mot de Laure Murat au sujet d'Antonioni, est une évidence qui vaut à peine d'être rappelée ; non, le problème est bien plus profond et touche jusqu'à ceux qui le défendent.

Voici Milan Kundera, par exemple, dans sa préface à l'édition française de *Professeur de désir*, un autre des romans de Roth publié chez Gallimard en 1982. *La vitesse de l'Histoire a atteint un tel degré que le lien avec le passé risque de se rompre*, écrit-il. *Sauver la continuité qui se perd, capter le temps fugitif de l'Histoire et mettre indirectement en parallèle notre façon de vivre et celle, à demi oubliée, de nos prédécesseurs. C'est là que je vois le sens profond de l'intellectualisme des héros de Roth, tous professeurs de littérature ou écrivains (...). Ce n'est pas là futile exhibition intellectuelle d'une littérature narcissiquement penchée sur elle-même. C'est une façon de garder le temps du passé à l'horizon du roman et de ne pas abandonner ses personnages dans un espace vide où la voix des ancêtres ne serait plus audible.*

Il y aurait à dire sur ce passage, à commencer par la remarque finale sur *la voix des ancêtres*, si européenne, si typiquement conservatrice, si étrangère aux préoccupations d'un romancier américain tel que Roth, dont la ligne généalogique s'arrête aux grands-parents. En réalité, les romans de Roth s'ancrent dans une sociologie et une histoire bien particulières, celles de la *classe moyenne* – en l'occurrence une classe moyenne juive et américaine, déchirée entre sa prospérité neuve qui la rend existentiellement insignifiante, et sa conscience de porter l'héritage tragique des Juifs de la diaspora européenne détruits par Hitler, sans pouvoir rien en faire. Plus que le combat nostalgique que croit voir Kundera, c'est l'observation, parfois au sein des mêmes personnages, de cette tension entre futilité historique et tragédie de l'Histoire, qui me paraît le vrai terreau de son œuvre. Or, si cette classe moyenne fut bien, durant les années de prospérité, l'étalon d'une « normalité » démocratique unique, elle n'est plus aujourd'hui la mesure des choses. Quant aux Juifs, obsédés eux aussi, pour des raisons spécifiques évidentes, par le désir d'être enfin « normaux », les exemples ci-dessus à propos d'Anne Frank montrent que leur condition a si radicalement changé aux États-Unis, en Europe, et même, depuis le 7 octobre 2023, en Israël, que la question se pose de savoir si le monde peint par Roth et les questions que ce monde lui inspirait ont encore pour nous la moindre pertinence.

La littérature, a écrit Ezra Pound, *c'est l'actualité qui RESTE actuelle* (*news that stays news*). À cette aune, les romans de Roth passent-ils ce test ? À mon sens, oui, sans quoi je ne serais pas en train d'écrire ces lignes, mais l'expliquer implique de prendre en considération le gouffre qui s'est si vite creusé entre le temps qui fut le sien et ce qui, pour nous, fait office de présent.

À l'époque où Kundera publie sa préface, un autre écrivain, l'urbaniste Paul Virilio, s'intéresse à la vitesse. Aujourd'hui, c'est peut-être lui qu'il faut lire, si l'on veut comprendre comment la compression des données et des distances géographiques par la technologie a transformé le monde non en Village Global mais en Zone Frontière n'ouvrant sur nulle part, où n'importe quoi semble pouvoir advenir n'importe où, et produire sur tous d'imprédictibles effets ravageurs. La vitesse a muté en synchronicité, et le Temps en une succession hachée d'instants fragmentaires tandis que quelques événements – les pandémies, le réchauffement global, Fukushima, les attentats… – étirent au contraire le présent jusqu'à des extrémités fantastiques. Ce que ce bouleversement temporel fait au récit littéraire, et même à la possibilité de raconter quoi que ce soit, est une question à laquelle nul n'a de réponse.

La crise de l'imprimé est indissociable de cette évolution. Du début du XIXe siècle à la fin des années 2000, l'extraordinaire développement économique du roman est allé de pair avec celui d'une grande presse peu à peu institutionnalisée essentiellement financée par la publicité. Ce financement obligeait journaux puis chaînes de télévision, sinon à embellir leur vision du monde, du moins à la rendre acceptable aux yeux de leurs annonceurs – à charge pour la littérature et l'art en général de mettre en lumière les frustrations laissées dans l'ombre. C'est ce que le philosophe Noam Chomsky appela, dans un essai resté célèbre, publié en 1988, *La Fabrication du consentement*. Puis, à dater des années 2010, d'abord aux États-Unis, où tout commence toujours, puis dans le reste de l'Occident, l'émergence des réseaux sociaux entraîna la chute des revenus publicitaires de la grande presse. En quête de survie, les médias traditionnels se tournèrent vers les abonnements numériques, et se mirent donc à dépendre des réactions émotives immédiates de leurs lecteurs, et l'intensité et la violence de ces émotions devinrent sources de revenus. La représentation narrative logique, rationnelle et relativement distanciée – « élitiste »

– qui était de règle avec l'imprimé laissa alors place à une forme d'auto-actualisation performative, permanente et polarisée du débat public. Pour le dire en un mot : la fabrication du consentement s'est changée en fabrication de la rage. L'impact de ce séisme sur les dernières années de la vie de Roth, et sur son héritage littéraire, a été d'autant plus considérable que, sur le moment, nul ne comprenait ce qui se passait.

Quelque part entre son époque et la nôtre, en tout cas, l'idéal littéraire au sens où l'entendaient Orwell et O'Brien – cette *langue vigoureuse et directe, produit du rationalisme, de l'individu autonome*, et *d'une pensée sans peur* – a cessé de représenter quoi que ce soit.

Ce qu'être vivant signifie ; le courage un peu dingue qu'il faut à un homme ou à une femme pour accepter l'irrationnelle vitalité de sa sexualité ; la fragilité des êtres les plus forts face à l'impondérable, au tragique, au mal, à la trahison – et face à eux-mêmes : ces questions, qu'explore Roth dans son œuvre, ne peuvent se poser, dans la fiction, qu'avec des personnages dotés d'une combativité suffisante pour se confronter à leur liberté, donc à leurs limites, donc à leurs impasses. L'idée même que de telles individualités puissent exister, que leurs histoires, leurs élans et leurs chutes soient porteurs d'une leçon valant la peine d'être lue et transmise, est presque devenue incompréhensible. Et la position de Roth comme écrivain – une position qui lui a permis d'écrire des romans dont certains restent essentiels à qui veut comprendre ce que nous traversons – est paradoxalement devenue intenable.

Il l'a senti, et le piège qu'il s'est tendu à lui-même en voulant réagir n'a fait que rendre le problème plus insoluble encore. C'est l'histoire de ce piège que je voudrais raconter ici. Et malheureusement, je ne peux la raconter que du point de vue qui fut le mien à l'époque où j'y assistais sans m'en rendre compte, c'est-à-dire un point de vue borgne : celui de quelqu'un que sa colère, son tempérament et son esprit de contradiction avaient déplacé, géographiquement et mentalement ; quelqu'un en quête de libération, peu apte, en fin de compte, à percevoir toute la solitude et l'isolement de l'homme dont il allait faire sa boussole éthique et littéraire, alors qu'autour d'eux tout explosait.

3.

Le premier manuscrit qu'il m'a donné à lire, à l'hiver 2004, était *Le Complot contre l'Amérique*. Je nous revois dans ce qui est encore un deux pièces, son pied-à-terre à Manhattan, dans les hauteurs d'un immeuble moderne de la 79e Rue Ouest, le Austin. Les feuillets blancs empilés dans une boîte à chaussures elle aussi blanche, posée sous la fenêtre où le bleu givre du ciel explosait en grandes éclaboussures d'or, éclats d'un soleil gelé, invisible, qui traversaient la vitre, rebondissaient sur le verre des cadres ornant les murs blancs, décorés de petites caricatures au fusain noir signées Philip Guston, montrant un Roth filiforme et échevelé. La lumière s'étalait sur la maquette de couverture du livre déplié sur un pupitre en bois près de son bureau – THE PLOT AGAINST AMERICA, en lettres d'or sur fond brun doré, avec ce timbre vert bilieux du parc de Yosemite tamponné de la croix gammée noire par-dessus. Tout en parlant d'autre chose, il ferma la boîte, l'enfourna dans un sac en plastique et me tendit le tout presque négligemment. Je prenais l'avion le lendemain pour Paris, j'étais passé le saluer avant de partir sans la moindre idée de ce qui m'attendait. La fierté que j'éprouvais était telle, en sortant de là, que, une fois dans les rues de Manhattan, mon sac en plastique au bout du bras, la perspective d'avoir à lui dire ce que j'en pensais quand je l'aurais lu ne me vint pas à l'esprit.

Je passai ma dernière nuit chez une amie à Brooklyn, à qui je consacrai aussi la matinée suivante, tout en préparant mon départ, si bien que je n'ouvris pas le carton à chaussures avant d'être assis seul dans l'avion, si l'on peut appeler seul le fait de se trouver compressé dans l'allée centrale d'un vol New York-Paris. Ce n'est qu'au bout des cinquante premiers feuillets, dévorés au rythme où je l'aurais fait si j'avais acheté le livre en librairie, que je pris conscience de la situation. Un pincement au ventre, je rassemblai les pages, sortis un crayon de ma poche et, avec force notes et une méticulosité de thésard, je repris la lecture à la première phrase :

La peur préside à ces mémoires, une peur perpétuelle.

Quand cela avait-il été écrit ? Hier ? Demain ? Il y avait soixante ans ?

Ceux qui l'ont lu s'en souviennent, l'action du *Complot contre l'Amérique* se situe entre 1940 et 1942, c'est ce que l'on appelle en termes savants une uchronie, un genre de fiction reposant sur la falsification délibérée d'un épisode historique. Il s'ouvre sur l'échec (imaginé par Roth) du président américain Franklin Roosevelt à se faire réélire à la Maison-Blanche en 1940. Héros national depuis qu'il a traversé l'Atlantique sans escale et en solitaire aux commandes de son avion, le *Spirit of Saint-Louis*, le 21 mai 1927, son vainqueur, Charles Lindbergh, a de fortes sympathies nazies. Très vite, ce nouveau président signe un accord de non-agression avec Hitler. Ce seul geste suffit à réveiller l'inquiétude ancestrale des Juifs dans le pays, et notamment à Newark, où vit la famille Roth, dont les membres seront les principaux personnages du roman : Herman, le père de Philip, Bess, sa mère, son frère Sandy, son cousin Alvin, ses différents oncles et tantes, et, enfin, le petit Philip lui-même, âgé de 7 ans. Tous sont confrontés, dans la première partie du roman, à un antisémitisme discret, insidieux, qui ne se manifeste au quotidien que par non-dits et allusions, et auquel chacun va réagir, ou surréagir, selon sa personnalité : choix de l'aveuglement pur et simple, ralliement intéressé au nouveau régime, indignation contenue par la volonté de sauver ce qui peut l'être d'une existence normale dans un contexte qui a cessé de l'être, rébellion individualiste héroïque et suicidaire. Désir de fuite hors du monde juif, aussi, et, quand la fuite échoue, refuge dans une prudence silencieuse – ce qui sera le choix, significatif, du petit Philip. Tous, en tout cas, sont jetés par l'auteur dans la fournaise de cette Amérique alternative dirigée par un populiste aux alliances empoisonnées. La seconde partie du roman voit la nouvelle administration mettre en place un programme spécial d'*assimilation* des Juifs consistant à les disperser pour les reloger dans le Sud du pays, où les tensions raciales atteignent rapidement un point de rupture. Des émeutes éclatent, des lynchages se produisent, la ville de New York fait sécession, le pays bascule dans une quasi-guerre civile…

Engoncé dans mon siège, tout à mon enthousiasme, je ne cessai de découvrir des correspondances entre ce que traversaient les personnages, et ce qu'il me semblait avoir moi-même vécu à Paris au cours des années précédentes. La suite montra que je n'étais pas le seul à réagir de cette façon à ce roman, plus étrange qu'il n'y paraît, et qui laisse chacun le lire et projeter ses préoccupations du moment. En janvier 2006, par exemple, lors de sa publication en France, où l'antisémitisme était censé ne pas exister, critiques et lecteurs n'y virent qu'un tissu d'absurdités. L'affaire Ilan Halimi, neuf mois avant la sortie du livre, avait donné lieu à un formidable déni collectif qui joua certainement dans la réception critique du *Complot* : qu'était-ce donc que cette grosse machinerie romanesque ne reposant sur rien ? Pourquoi une telle paranoïa ? Roth avait-il perdu le contact avec une réalité pourtant bien assez difficile ? Aux États-Unis, en revanche, le nombre des commandes Amazon s'était envolé dès avant sa sortie en 2004. *Une histoire américaine authentique, douloureuse et émouvante*, écrivit le *Washington Post* ; *un formidable roman politique, bizarrement plausible*, selon le *New York Times. Le Complot* était lu comme une métaphore du « fascisme » supposé de l'administration Bush, dont les mensonges sur les armes de destruction massive en Irak ayant conduit à la guerre, et les programmes de surveillance de la population qui en constituaient le contrecoup, mobilisaient l'essentiel du débat public. Quant à moi, donc, j'y voyais un écho à mes obsessions.

Mais Roth n'avait bien sûr pas plus écrit sur la France que dénoncé la guerre d'Irak (même s'il en était un farouche opposant). Il était tout bonnement tombé sur trois lignes d'un livre de l'historien américain Arthur Schlesinger indiquant que le Parti républicain avait bel et bien songé à investir Lindbergh en 1940 – la popularité de l'aviateur à ce moment-là rivalisant avec celle des stars d'Hollywood. *Et si* ç'avait été le cas ? avait-il noté dans la marge. Si, au lieu de Roosevelt, un candidat isolationniste et sensible aux thèses raciales avait été élu à ce moment de l'histoire mondiale ? Si l'Amérique avait renoncé à son idéalisme ? Quelles conséquences pour le monde, mais aussi pour la vie quotidienne des Américains, et, parmi ces derniers, pour les Juifs, dont nombre étaient issus de familles ayant trouvé aux USA un refuge face à l'antisémitisme européen ?

— La décision de placer ma famille au cœur de cette histoire a été immédiate, devait-il m'expliquer par la suite. C'est sans doute dans ce livre que je fais de mes parents le portrait qui correspond le mieux à ce qu'ils étaient dans la réalité. Je n'ai pas cherché à écrire une métaphore de quoi que ce soit mais à reconstituer du mieux possible ce qu'était la vie quotidienne à Newark à cette période.

Dans *Le Complot contre l'Amérique*, les années 1940 à Newark sont le granit brut dans lequel Roth taille son récit, et cette attention aiguë portée au quotidien le plus ordinaire d'une époque disparue finit par agir à la manière d'une incantation. C'est elle qui confère à ce livre son aspect le plus troublant, *bizarrement plausible* ainsi que l'écrit justement le *New York Times* : quelque chose dans cette fiction située voici plus de soixante ans dans un temps distordu est vrai *aujourd'hui*, se disait-on aux USA en 2004, comme je me le disais moi-même dans l'avion – mais quoi ? Quelle réalité de cauchemar diffractée, changeante pour chacun, est-elle mystérieusement reconnue par tous ?

De retour à Paris, je finis la lecture du *Complot* en deux ou trois jours et, après m'être longuement préparé, j'appelai Philip pour lui faire part de mes impressions. Il ponctua mon monologue de « hm-hm » attentifs qui me donnèrent le sentiment de parler à un psy – et de questions dont la candeur me fit réaliser, pour la première fois, l'absence d'intention qui présidait à l'écriture de ses livres. Il paraissait découvrir des aspects de son texte à travers la lecture que j'en faisais – une lecture, comme je l'ai dit, entièrement saturée par ce qu'il me semblait avoir vécu en France et en Israël depuis le début des années 2000. Aujourd'hui, je ne peux plus me souvenir précisément de ce que j'ai dit, mais je sais que l'essentiel tournait autour de l'assimilation.

Vous pouvez m'écrire quelque chose à partir de ce que vous venez de dire ? me demanda-t-il quand je me tus enfin. *Pas besoin de faire long, une vingtaine de lignes – je me les ferai traduire.* Mais une idée entraînant l'autre, faire court n'étant pas mon fort, et mes tentatives pour m'adresser à Roth par écrit en français m'apparaissant artificielles, je finis par accoucher, au bout de quarante-huit heures laborieuses, d'environ trente mille signes dans un anglais cahotant. Comme il n'avait pas d'adresse électronique à l'époque, je lui faxai aussitôt le tout ; trois jours s'écoulèrent.

Trois jours durant lesquels j'attendis ce que la part la plus fragile de ce que je suis ne put s'empêcher de considérer comme un *verdict*, comme si me demander d'écrire sur son livre avait été pour lui une façon de me tester, plutôt qu'une demande confiante, un éclairage amical après tant de soirées déjà passées à discuter ensemble.

Marc, c'est formidable, commençait le long message que je trouvai sur mon répondeur le quatrième jour, *c'est ce que vous m'avez dit en plus approfondi.* Je le rappelai aussitôt.

Mon anglais était grammaticalement correct, me fit-il savoir au cours de la conversation qui suivit, mais truffé de tournures étranges, et il avait jugé deux de ces tournures suffisamment suggestives pour les intégrer dans la version finale du *Complot*. Deux phrases de mon cru allaient donc se trouver dans un roman de Roth. La nouvelle eut un tel effet sur moi que je raccrochai sans songer à lui demander lesquelles. Puis le roman sortit, et l'idée de le relire dans le seul but de les retrouver me décourageant par avance, je n'y pensai plus.

C'est le lendemain de son enterrement, début juin 2018, de retour à Paris, que je me suis souvenu de cette histoire et que la curiosité m'a pris. Je suis allé chercher le livre dans ma bibliothèque. Je ne l'avais jamais ouvert, en fait. En le feuilletant, j'ai vite repéré les quelques faiblesses qui m'avaient échappé à l'époque – *Le Complot* est un bon livre mais n'a pas la force des plus grands romans de Roth, comme si j'avais été trop bluffé autrefois par le fait de le lire sur manuscrit pour m'en rendre compte. Quant aux fameuses phrases, oubliées depuis longtemps, elles aussi m'ont sauté au visage sans que je les cherche. Elles se situent dans la seconde moitié du roman, quand tout part en flammes, au début et à la fin d'un bref commentaire concernant le destin tragique d'Alvin, le cousin du petit Philip dans le livre, qui n'est pas pour rien le fils absolu, le personnage le plus furieux de l'histoire, celui dont la révolte contre le nouveau régime est si totale, si hors contrôle, qu'elle s'étend bientôt jusqu'à sa famille et finit par le détruire. Elles n'ont rien de particulièrement génial, ces phrases, mais pour moi leur intérêt est ailleurs :

Son instinct rebelle et rageur piégé par l'Histoire ! Si seulement l'époque avait été différente, si seulement il avait été plus malin… Il est comme ces pères dont il veut se débarrasser. C'est là toute la tyrannie du problème. Il s'efforce d'être fidèle à ce dont il veut se débarrasser.

Bien sûr, ai-je pensé, bien sûr. Et j'ai refermé le livre. Les pièges les plus parfaits ne sont-ils pas toujours ceux que l'on se tend à soi-même ?

Piégé par l'Histoire

1.

Désactiver la fonction *focus* du fichier Word sur lequel j'écris, diriger le curseur de mon ordinateur vers le pdf du numéro des *Inrocks* où se trouve le tout premier entretien que j'ai fait avec lui, redécouvrir la Une, une photo pleine page de Caroline Ducey dans le film de Catherine Breillat *Romance* qui sortait cette semaine-là, avec le titre *C'est con l'amour*, affiché en rouge vif sur fond bleu pâle. L'accroche *Rencontre new-yorkaise avec un écrivain géant* figure, en haut, en petits caractères, entre une autre pour le nouveau Cronenberg *eXistenZ*, une seconde pour un concert d'un groupe rock qui s'appelait *Liberté de circuler*, et une troisième annonçant une nouvelle diffusion de la série télé *Le Prisonnier*. Date : 14-20 avril 1999. L'entretien a dû se dérouler en février. C'était dans les bureaux de l'agence Wylie, au 49e étage d'un immeuble de la 57e Rue, entre Times Square et Columbus. Assis sur le petit divan de cuir installé contre un mur de l'accueil, je l'attendais depuis une dizaine de minutes environ lorsqu'il est entré, grand, mince, une veste sans couleur sur le dos, au poignet une montre en toc qu'il a consultée d'un geste vif tout en traversant la pièce énergiquement et sans m'accorder un regard avant de disparaître derrière une porte : mon premier souvenir de lui.

Il traînait une réputation de misanthrope, passait pour vivre en solitaire quelque part dans une maison isolée du Connecticut où il ne faisait qu'écrire. Un cri fait de mots rangés entre deux couvertures cartonnées, trois à quatre cents pages désopilantes et brutales en sortaient tous les dix-huit mois environ pour s'installer sur les étals des libraires du monde entier, et puis c'était le silence. Le dernier, *Pastorale américaine*, venait de toucher la France.

J'avais 40 ans et divisais mes journées entre l'écriture de mes propres livres, deux jusque-là, et la direction des pages littéraires des *Inrockuptibles* où j'officiais depuis le milieu de la décennie. Dans ce laps de temps Roth, pour sa part, avait publié certains de ses romans les plus impressionnants – *Opération Shylock* en 1995, *Le Théâtre de Sabbath* en 1997 –, tout en refusant avec obstination les demandes d'entretiens que nous autres journalistes lui adressions *via* l'agence Wylie. Ma première tentative, à l'occasion d'*Opération Shylock*, s'était soldée par une fin de non-recevoir. Au second essai, pour *Sabbath*, l'agence m'avait réclamé en retour, sur demande de Roth, un fax avec la liste de mes questions. Le fax m'était revenu deux jours plus tard avec ce commentaire de Roth écrit et signé de sa main (il existait donc vraiment !) :

These are good questions but I don't answer questions anymore. I just write. Philip Roth.

Tout cela n'en était que plus impressionnant. Quant aux raisons pour lesquelles il me recevait maintenant moi, mystère.

Il reparut, flanqué de Jeffrey Posternack, qui s'occupait de ses affaires courantes chez Wylie. Jeff nous présenta l'un à l'autre, nous guida hors du bureau de l'agence, dans le couloir, jusqu'à l'un des studios aménagés pour ce genre d'occasion (Wylie louait tout l'étage), une pièce aux murs nus, entièrement vide à l'exception d'une longue table nue elle aussi et d'une poignée de chaises disposées tout autour. Roth s'assit, puis, d'un regard dénué de toute espèce d'expression, il se mit à m'observer tandis que je sortais de mon sac et disposai devant moi le matériel nécessaire à ce qui allait suivre – magnétophone, cassette, stylo, plus une série de fiches noircies de notes prises au cours des deux jours précédents pour organiser l'entretien, ce qui contrevenait à mes habitudes, en général, trop de préparation tue ce qu'une discussion spontanée permet d'obtenir.

— *How's your english?* fit-il d'un ton qui me parut glacial à l'instant où j'enclenchai l'enregistrement.

2.

Je n'arrivais pas à me détacher de ces maudites fiches auxquelles j'avais consacré les dernières quarante-huit heures. Ses livres y étaient listés selon une classification thématique aussi méthodique et précise que complètement absurde. Depuis le choc de L'*Écrivain fantôme*, je lisais Roth comme seuls lisent parfois les autodidactes, et seulement jusqu'à un certain âge, c'est-à-dire avec un engagement total et le sentiment d'être personnellement concerné. Puisque j'avais la chance de l'avoir sous la main, et que rien n'indiquait que je le reverrais un jour, il me fallait *absolument* obtenir des réponses à *toutes* les questions que je m'étais posées au fil des années, et le faire en lui montrant que *j'étais au niveau.* Mais plus je m'échinais à vouloir paraître documenté, professionnel et consciencieux – plus je trahissais cet aspect autodidacte que j'essayais justement de lui cacher –, plus je le sentais se raidir.

– *The French intelligence... !* finit-il par m'interrompre dans un soupir qui trahissait un soupçon d'agacement. L'intelligence française ! Je ne pense pas de cette façon ! – Moi non plus, en réalité, fis-je aussitôt, dans un mélange de panique et de soulagement qui me surprit. Je n'essaie pas d'être français, j'essaie d'être organisé. – Est-ce que je vous réduis à un cliché ? – Ça ne me réussit pas, on dirait. Sur quoi je jetai mentalement mes questions par la fenêtre et me mis à parler comme tout le monde.

Rendre ici la discussion qui s'est engagée... C'est une chose de relire cet entretien tel qu'il a été publié autrefois – quand Roth était encore considéré comme un *romancier-psychologisant-bourgeois-écrivant-comme-au-XIXe-siècle* et qu'il fallait se battre pour obtenir quatre malheureuses pages sur lui, dont la moitié dévolue aux photos et à la critique du livre encadrant une version de l'interview très formatée et resserrée –, c'en est une autre que de chercher à reconstituer l'énergie de la discussion, telle du moins que j'en ai gardé le souvenir. Comment le *faire parler* – en français, de surcroît –, comment faire entendre *qui* il était pour autant que je l'aie jamais su ? Ah, faire que les mots sur la page ne soient pas juste des mots sur la page !

On se trompe sur les gens avant de les rencontrer, pendant qu'on se prépare à les rencontrer ; on se trompe sur eux pendant la rencontre, et de retour à la maison, en racontant le rendez-vous à quelqu'un d'autre on se trompe à nouveau sur eux, a-t-il écrit dans l'un des passages de *Pastorale américaine* restés justement fameux. *Mais alors que faire de cette chose si importante : l'Autre ? Chacun doit-il s'enfermer, s'asseoir et s'isoler comme le font les écrivains solitaires, dans une cellule insonorisée, convoquer des êtres faits de mots et prétendre que ces êtres imaginaires sont plus vrais que les personnes réelles que nous broyons chaque jour de toute notre ignorance ? Le fait est, de toute façon, que vivre, ce n'est pas comprendre l'autre. Vivre, c'est se tromper sur l'autre, se tromper encore, et encore, et encore, et, après mûre réflexion, se tromper à nouveau.*

Dans *Pastorale américaine*, l'Autre s'appelle Levov, Seymour *Swede* Levov, c'est le personnage central du roman. Grand, blond, athlétique, les yeux bleus, un physique de « Suédois » (*Swede*), il se présente dès le début du livre en père de famille comblé, en entrepreneur humble mais accompli – en catalogue ambulant de la vie réussie en Amérique, en somme, une réalité mais aussi une façade qui lui permet de cacher les tragédies qui sont en train de le tuer. *Un homme*, résume le narrateur Nathan Zuckerman, *qui s'utilise pour se dissimuler.*

Levov a été le champion de base-ball du quartier juif de Newark alors encore semi-communautarisé où lui et Zuckerman ont grandi, vers le milieu des années 1940. Ses exploits sportifs, sa vigueur optimiste, son physique dans un quartier où tout le monde ou presque a l'allure des Juifs ashkénazes – bref, tout ce qui le distinguait de ses congénères a paradoxalement fait de lui l'icône d'une enviable normalité, d'une assimilation à la fois voulue et redoutée. Zuckerman : *Les désirs juifs conflictuels que son apparence réveillait étaient simultanément apaisés par lui ; la contradiction des Juifs qui veulent s'intégrer et se distinguer, qui insistent sur leur différence, et sur leur non-différence, se résolvait d'elle-même dans le triomphant spectacle de ce Suédois...* Levov est l'*hubris* de l'ordinaire, en quelque sorte. Mais peut-on être ordinaire, dans ce pays de l'*hubris* qu'est l'Amérique ?

En 1995, au début du livre, Levov écrit à Zuckerman pour lui demander de l'aider à rédiger un texte personnel sur son père qui vient de mourir. Leurs chemins ont depuis longtemps divergé, Levov est un entrepreneur, et Zuckerman reste le seul écrivain qu'il connaisse, et il est de la tribu : cela fait de lui le seul à pouvoir l'aider. Quant à Zuckerman lui-même, s'il accepte contre tous ses principes de le rencontrer pour discuter de ce projet, c'est en hommage à ce que Levov a représenté pour lui dans l'enfance, à leur monde commun disparu. Ils se retrouvent donc, un soir, dans un restaurant italien où le Suédois a ses habitudes. C'est le premier chapitre du livre. Si l'apparence de Levov est intacte, il est en réalité depuis longtemps détruit de l'intérieur par le véritable motif que dissimule cette invitation à dîner – le secret qu'il est venu confier à Zuckerman mais se révèle incapable d'évoquer : la disparition de sa fille Meredith, opposante à la guerre du Vietnam et devenue terroriste et meurtrière vingt ans plus tôt. Le drame a fait voler en éclats sa vie de famille. Sa première femme l'a quitté dans des conditions dramatiques, son père, dont il avait repris l'entreprise par devoir filial, est mort quelques années plus tard. Et même s'il a trouvé la force de surmonter l'épreuve, même si ses affaires prospèrent, s'il s'est remarié, a fait d'autres enfants – ainsi qu'il s'en flatte en faisant défiler de façon maniaque ses photos de vacances devant Zuckerman qui s'endort d'ennui –, même s'il a repeint la façade de sa vie, l'excès d'énergie qu'il a dû déployer pour le faire l'a corrodé, son cœur est en train de lâcher, ses médecins l'ont déjà condamné. Contrairement à ce qu'il a fait valoir dans sa lettre, ce n'est donc pas pour évoquer le décès de son père que Levov a contacté Zuckerman, mais pour parler de sa mort à lui, et de la tragédie qui l'a précédée. Lui qui a tout accompli de ce qu'attendaient son père, sa femme, sa communauté et son pays, lui pour qui être un homme a consisté à dé-conflictualiser l'existence par le dialogue, la raison et l'action constructive, et dont l'infatigable énergie morale, la volonté, la bonté et le travail n'ont rien pu empêcher, lui qui n'a vécu que par et pour les autres, lui qui voudrait parler enfin de lui avant de mourir et s'en montre incapable. Il ne parvient à se définir que par une série de clichés, cachant ce qu'il voudrait dire sous ces photos de vacances en famille avant de payer l'addition et de disparaître avec son secret. Un homme qui s'utilise pour se dissimuler.

Ce premier chapitre de *Pastorale américaine* est entièrement construit sur le contraste entre ce personnage et l'écrivain réfractaire chargé de nous le présenter. En vain, durant ce dîner, Zuckerman lutte-t-il pour dénicher un double fond à cette *platitude humaine* qu'est Levov, qu'il n'a d'autre choix que d'écouter dérouler le fil de son existence sur un ton de satisfaction impavide. Comme la plupart d'entre nous, le Suédois se montre incapable de distinguer ce qui, chez lui, est intéressant de ce qui ne l'est pas. Roth ramasse ici le gant là où l'a laissé le Flaubert de *Madame Bovary* : Attention, le personnage dont je vais vous raconter l'histoire sur quatre cents pages n'a pas le moindre intérêt : *Le Suédois me regardait comme s'il comprenait le sens profond de ce que je disais comme nul autre être humain ne l'avait fait avant lui, et du fait de ce regard pénétrant dont j'aurais pu jurer qu'il ne voyait rien, toute cette générosité qui ne donnait rien et ne révélait rien, je n'avais aucune idée de ce qu'il pensait ou même s'il « pensait » quoi que ce soit. (…) Quelque chose dans ses yeux inoffensifs – leur promesse qu'il ne pouvait rien faire d'autre que ce qui était juste – commençait à me taper sur les nerfs. (…) Où était le Juif en lui ? On ne pouvait le trouver et pourtant on savait que c'était là. Où était l'irrationalité ? La dualité ? Où les désirs rebelles ? (…) Mais peut-être n'était-il qu'un homme heureux. Pourquoi pas ? Les gens heureux existent aussi*, etc.

Pour des raisons personnelles qui s'éclairciront tout à l'heure, j'avais été particulièrement réceptif, en lisant le livre, à la rage caustique du narrateur telle qu'elle s'exprime dans ce genre de passage, et beaucoup moins à la fin du chapitre qui se clôt, en réalité, par son échec à comprendre qui il a eu en face de lui deux heures durant (*Jamais de ma vie je ne m'étais autant trompé sur quelqu'un* est la dernière phrase de ce chapitre où l'ironie littéraire se retourne contre l'écrivain lui-même).

— J'ai dû commencer à écrire ce livre en 1972 ou 73, pendant la guerre du Vietnam, m'a dit Roth dans le studio de Wylie. Quel était l'impact d'un événement historique de cette envergure sur une famille ordinaire ? Voilà ce sur quoi je voulais méditer. J'ai laissé tomber au bout de soixante-dix pages. Mon problème c'est que j'étais *d'accord* avec la fille, je n'arrivais pas à trouver la tension narrative, je n'avais pas de livre. Vingt ans plus tard, je venais de finir *Le Théâtre de Sabbath*, j'étais vidé et n'avais plus de sujet et je me suis posé la question que se posent les écrivains dans ces cas-là : « Qu'est-ce que je *sais* d'autre ? » J'ai exhumé ces vieilles pages pour les relire et je me suis rendu compte que ma perspective s'était modifiée, le personnage intéressant n'était plus pour moi la fille révoltée mais le père, un genre d'Américain très commun, pas vraiment cultivé, mais ouvert et intelligent. Un grand nombre de gens aux États-Unis sont vraiment comme ça, et le pays vit sur la base de ce qu'ils sont : extrêmement tolérants avec les désordres ordinaires de l'existence. Je venais de passer deux ans avec Mickey Sabbath, le héros du *Théâtre de Sabbath*, j'étais fatigué, écœuré de ses provocations permanentes, personne n'aurait pu être plus différent de lui que ce que je voyais de Levov, je me suis dit que c'était exactement ce qu'il me fallait.

En réalité, la genèse de *Pastorale américaine* a été plus complexe et surtout bien plus longue que ce que m'en a dit Roth lors de ce premier entretien. Mais je n'étais pas en mesure de le savoir, à ce moment-là, et de toute façon c'était autre chose qui m'intéressait.

— L'une des conséquences de ce changement de perspectives, dis-je, c'est que la fille, Meredith, apparaît moins comme une rebelle politique que comme une espèce de monstre.

— Dans le livre, pour Levov elle est l'incarnation du chaos, répondit-il. Elle semble inexplicable, sortie de nulle part. Les parents sont toujours confrontés au fait que leurs enfants seront différents un jour, mais, dans les années 1960 et 1970, pour la première fois, les jeunes ne sont pas apparus juste différents, ils sont apparus méconnaissables. Ce n'était pas le cas bien sûr, ils ne venaient pas de nulle part. Culturellement, ethniquement, leurs origines étaient *claires !* Ils venaient en majorité de familles juives ou semi-juives de la classe moyenne. Et pour le reste, ils venaient de l'histoire immédiate. Ils venaient de l'Amérique. Une Amérique elle-même méconnaissable, en tout cas pour quelqu'un comme Levov. *Pastorale américaine* raconte l'histoire d'un personnage en quête d'explications. Il ne comprend pas ce qui lui arrive et ne comprend plus le pays auquel il a cru. Mon rôle de romancier se limite à justifier narrativement ce qui se passe, non à l'expliquer. Je tenais beaucoup à ce que le roman soit truffé de toutes sortes de théories historiques, psychologiques, sociales, toutes plausibles, toutes offertes à la réflexion de Levov et à celle du lecteur, sans qu'aucune apparaisse suffisante ou même satisfaisante. À la fin, la destruction d'un homme aussi énergique et compétent que Levov reste parfaitement énigmatique.

Il y a eu un silence. Ce qu'il venait de dire n'invalidait pas forcément ma lecture « flaubertienne » ironique, mais ça ouvrait des perspectives neuves. Pour commencer, la construction si sophistiquée du premier chapitre n'était *pas* le fruit d'un plan savamment préparé par Roth dans son laboratoire d'écrivain démiurge, contrairement à ce que j'avais cru, mais le résultat de son échec à venir à bout des premières versions de son récit. La réussite finale du livre, sa profondeur réflexive, venait de sa prise de distance, de ce que, le temps aidant, être d'accord ou non avec le personnage de la fille révoltée avait cessé de compter pour lui : la réussite artistique de ce roman politique venait paradoxalement de son apparente dépolitisation. (À la sortie du livre en France quelques mois plus tard, ce paradoxe ne serait pas pour rien dans le cliché d'un Roth désormais « conservateur », critiquant les années 1960 dont il avait été l'une des icônes culturelles.)

Mais un autre point m'intéressait :

— Je voudrais revenir sur cette *inexplicable destruction d'un homme énergique et compétent*, comme vous dites. Vous venez de parler du *Théâtre de Sabbath*, un roman dans lequel le personnage central, Mickey Sabbath, consacre l'essentiel de son énergie masculine et de sa libido à se faire détester de son entourage. Il instrumentalise jusqu'à ses obsessions sexuelles dans le seul but de mettre en scène son combat contre les conventions et la morale, et flirte avec la haine et l'autodestruction. Levov est tout le contraire. Aucun de ces deux hommes n'est faible. Chacun à sa manière, ce sont des types solides, autonomes, déterminés à persister dans leur être. Et pourtant, chacun des deux livres est l'histoire de leur chute. S'il n'y avait qu'un seul thème chez vous, je me demande si ce ne serait pas celui-là : des hommes qui voient un impératif moral dans la nécessité de maîtriser les circonstances de leur existence, des hommes que la conscience de leurs limites humilie, et finalement des hommes piégés par leur combativité même.

— Vous voulez dire des hommes solides, défaits par une force impondérable ? Oui, c'est quelque chose qui m'intéresse apparemment, fit-il sans me regarder. Dans *Patrimoine*, qui n'est pas un roman, l'homme fort défait n'est autre que mon père. Donc voilà : mon père, Mickey Sabbath, Swede Levov – si on met de côté ce que chacun d'eux a choisi de faire de sa vie, on a effectivement des êtres qui ont tenu à se prendre en charge et que la vie a détruits. Vous avez le choix. Vous pouvez vous conduire de manière responsable, ou totalement anarchique, ou bien acheter naïvement les promesses d'une vie heureuse, la chute est la chute et généralement, elle est le produit de circonstances ridicules. Ce n'est jamais par des géants que vous êtes défait.

— Mais est-ce que même Portnoy ne pourrait pas être considéré de cette façon, bizarrement ?

— Portnoy… fit-il, soudain hilare.

On arrivait à la fin de l'entretien. Ses longues jambes croisées étaient étendues devant lui.

Portnoy est le masturbateur frénétique, héros de la *Complainte de Portnoy*, le roman best-seller qui, à la fin des années 1960, a assuré reconnaissance mondiale et aisance financière à Roth – le roman dont j'avais laissé tomber la lecture au bout de cent pages, dix ans plus tôt, avant de découvrir *L'Écrivain fantôme*.

— L'érection est-elle une force impondérable ? reprit-il après un temps de réflexion. Chacun de nous vit ça comme il peut. C'est en général connu pour rendre les hommes complètement cinglés, non ? Personne n'est obligé de gérer ça comme le fait Portnoy, évidemment.

Il se leva. Fit le tour de la longue table qui nous séparait, se planta devant la clarté pâle et froide de cette mi-journée de fin d'hiver qui traversait la fenêtre.

— Ce qui est vraiment excessif, ajouta-t-il, c'est d'en faire un sujet de livre. Ce n'est pas Portnoy qui surréagit comme un fou. C'est moi.

Debout, les mains dans les poches, il ne m'offrait plus que son dos. Il observait rêveusement l'épileptique féerie de cette Vienne du XXe siècle finissant qu'était encore pour quelque temps Manhattan, les énormes lumières en plastique de Times Square, sur les étals des échoppes dégorgeant leur came à touristes quarante-neuf étages plus bas, les enseignes plus pâles des luncheonettes, des Seven Ups verdâtres, le néon rouge des *diners* au café tord-boyau, la furie des klaxons et des sirènes de police dont le double vitrage nous protégeait. Un Américain dominant New York, la ville-Monde, à la toute fin de cette décennie de l'Amérique victorieuse. Pourquoi parlait-il de chute et de destruction ? Moi qui connaissais tous ses livres, pouvais ouvrir n'importe lequel de ses romans à n'importe quelle page avec une familiarité presque intime, maintenant que je l'observais en silence, j'eus soudain la certitude de contempler un homme dont j'ignorais tout.

En sortant nous avons pris le même ascenseur, et, une fois au rez-de-chaussée, dans le vaste hall de l'immeuble, tout près de la porte-tourniquet donnant sur la rue, il s'est arrêté un instant pour m'interroger sur le sort de ma famille durant la guerre. Je lui ai résumé en quelques phrases les grandes lignes de la légende familiale telle qu'elle m'a été transmise – mon grand-père paternel Henri refusant de se faire recenser comme Juif, grâce à quoi il évita le port de l'étoile jaune, la fuite de la capitale avec ses trois enfants pour échapper à la police française, les faux passeports fournis par sa seconde femme Paule, non juive, et qui avait des contacts dans la Résistance, l'errance à Loche puis dans le Vaucluse et finalement dans un petit village de Loire du nom de Lorette, et enfin l'arrestation de Henri tandis que mon père et mon oncle rejoignaient le maquis, la détention à Lyon avant sa déportation au camp de Drancy, son sauvetage *in extremis* par Paule, qui investit le camp à la tête d'un commando lors des combats de la libération de Paris, quelques jours seulement avant le départ du train qui devait l'emporter à Auschwitz.

Il m'écouta avec une curiosité cordiale, posa une ou deux questions, puis on se salua, et je le regardai s'éloigner vers cette vie enviable où tout ce qu'il avait à faire se limitait à *justifier narrativement* ce qu'il se passe, et laisser ses personnages se débattre en quête d'explications dans la toile d'araignée des faits qu'il concoctait à leur intention dans son studio, là où il contrôlait tout. Une vie parfaite, pour ce que j'en savais. La liberté. La rigueur. Une certaine forme de pureté littéraire. Les dîners entre amis lorsqu'il était à New York.

Faire une fausse biographie, une fausse histoire, imaginer une existence à moitié imaginaire à partir du drame réel de ma vie, c'est *ma vie*, ainsi qu'il l'avait formulé peu de temps plus tôt en réponse à un journaliste. À 66 ans, apaisé, il avait toujours plus ou moins vu dans la littérature une espèce de sacerdoce et passait désormais ses journées dans sa maison isolée de Warren, Connecticut, *comme il avait toujours voulu le faire. Je vis seul*, confirme-t-il dans le même article, *sans personne dont je devrais me sentir responsable. Je suis absolument maître de mon temps. D'ordinaire, j'écris toute la journée, mais si je veux retourner le soir au studio après dîner je ne suis pas tenu de rester dans le séjour parce que quelqu'un s'est senti seul des heures durant. Je ne suis pas tenu de distraire ou d'amuser qui que ce soit. Je retourne travailler deux ou trois heures. Disons que c'est une vie qui réclame d'être un peu comme un soldat. (...) Le temps ne me pèse pas. Ça devrait être le cas mais non. Il suffit de faire ce que vous avez à faire le mieux possible et le reste appartient à la comédie humaine : les évaluations, les listes, les articles merdiques, les insultes, les louanges... Si je suis en bonne santé, fort, et si j'écris chaque jour, qu'est-ce que ça peut faire ?*

I don't answer questions anymore. I just write, m'avait-il faxé deux ans plus tôt. Il était la preuve vivante, à mes yeux, que, si l'on est suffisamment tenace, il est possible de choisir sa vie et de s'y tenir. La preuve de l'invincibilité de l'écrivain. Mes aspirations/sa réalité, ou ce que je croyais en percevoir.

3.

Vers la fin de cette même décennie, les horloges digitales des ordinateurs, de fabrication américaine, et dont l'usage massif s'était répandu sur toute la planète en quelques années seulement, avaient uniformisé le Temps. Mais nul n'ayant songé à les programmer pour s'adapter au changement de millénaire, il était plus que probable que, à 23 h 59 dans la nuit du 31 décembre 1999, ces horloges revenant à leur point de départ indiqueraient l'année 0000 provoquant un bug mondial. Telle était, en tout cas, la rumeur effrayante qui faisait le tour du monde, propagée sur un ton d'ironie fébrile : le Temps allait s'effondrer sur lui-même. Le monde anglophone, où la rumeur était née, appelait ce bug Y2K (pour *Year 2000*).

La date fatidique arriva, passa, et bien sûr rien ne se produisit – du moins en apparence.

Je vais laisser d'autres écrivains que Roth rappeler l'ambivalence qui présida à cette mondialisation heureuse, hantée par la conscience de son explosion programmée. La version positive, tout d'abord, chantée par Salman Rushdie dans *La Terre sous ses pieds*, le « roman rock global » de plus de huit cents pages, publié simultanément sur toute la planète en janvier 1999, quelque trois mois avant cette première rencontre avec Roth que je viens de reconstituer :

Que se passerait-il si tout – le foyer, la famille, tout le truc – n'était que le produit du plus grand, du plus complet, du plus ancien lavage de cerveau de tous les temps ? Supposons que ce soit seulement quand vous osez lâcher tout cela que votre vraie vie commence ? Quand vous vous libérez du navire amiral, coupez les cordes, larguez vos chaînes, quand vous disparaissez, quand vous partez sans permission (...). Supposez que ce soit à ce moment-là et seulement à ce moment-là que vous soyez libre d'agir ! De vivre la vie que personne ne vous dit comment vivre, ni quand, ni pourquoi. Une vie dans laquelle personne ne vous ordonne d'aller mourir pour lui ou pour Dieu, où personne ne vient vous chercher parce que vous n'avez pas respecté les règles (...).

Vous vous êtes aventuré au-delà des bords de la Terre, ou sous cette chute d'eau fatale, et c'était là : la vallée magique au bout de l'univers, le royaume béni de l'air. Partout une musique formidable. Vous la respirez, maintenant c'est votre élément. Bien mieux pour vos poumons qu'un sentiment « d'appartenance ».

La Terre sous ses pieds met en scène trois Indiens de Bombay qui vont naviguer dans les milieux de la musique entre les débuts du rock, à la fin des années 1950, et la chute du mur de Berlin quarante ans plus tard, et entre Bombay, Londres, Los Angeles, le Mexique et New York. Le roman se présente comme une uchronie lui aussi, mais une uchronie du présent, si l'on peut dire : JFK n'a pas été assassiné par Oswald et rien de ce qui a suivi – l'élection de Nixon, le Watergate… – n'est jamais arrivé. Rushdie met l'accent, en d'autres termes, sur l'un des enjeux implicites majeurs de ces années-là, celui de la rédemption. La mondialisation offre aux États-Unis – sinon à l'Occident tout entier – cette fameuse seconde chance dont Fitzgerald disait qu'elle n'existe pas pour un Américain. L'avenir projeté se libère du passé et de l'Histoire.

En France, en plus de *Pastorale américaine*, et en plus de *La Terre sous ses pieds*, ce début d'année voit aussi la publication d'*Outremonde*, du romancier new-yorkais Don DeLillo. Sorti deux ans plus tôt aux USA, sensiblement de la même taille que le livre de Rushdie et couvrant la même période, *Outremonde* en est presque point par point le contre-pied. Il raconte l'histoire, sur quarante ans, d'un homme spécialisé dans la gestion des ordures, qui passe des poubelles de New York aux déchets nucléaires ; un homme obsédé, dans sa vie privée, par l'acquisition d'une balle de base-ball mythique, passée de main en main entre 1953 et 1990, et dont le trajet semble croiser et recouper celui des assassinats politiques des années 1960. En toile de fond, un serial killer hante les routes américaines. Sur ce canevas, le roman examine de façon bien plus sceptique le vertige et la désorientation consécutifs à la disparition de la guerre froide, ce cadre géopolitique qui a structuré la planète entre 1945 et 1989 : *Maintenant que ces frontières soviétiques n'existent plus de la même façon, je crois que nous comprenons, nous nous retournons et nous nous voyons plus clairement. Le pouvoir signifiait quelque chose il y a trente, quarante ans. C'était stable, c'était centré, c'était une chose tangible (...). Et ça nous maintenait ensemble, les Soviétiques et nous. Peut-être que ça maintenait le monde ensemble. On pouvait mesurer les choses. On pouvait mesurer l'espoir et on pouvait mesurer la destruction. (...) Les choses n'ont plus de limites à présent. L'argent n'a pas de limites. Je ne comprends plus l'argent. La violence est déchaînée, la violence est plus facile, maintenant, elle est déracinée, elle est incontrôlée, elle n'a plus de mesure, elle n'a plus d'échelle de valeurs.*

Rushdie/DeLillo, ou les bornes opposées de cette période qui tenta de s'affranchir des limites de l'Histoire.

Côté Rushdie : le coup d'envoi de la fête mondiale avait été donné en août 1990 à Prague par les Rolling Stones, lors d'un concert symboliquement organisé par le nouveau président tchèque, auteur de théâtre et ancien dissident, Václav Havel : la fin de la guerre froide consacrait les noces du Rock'n Roll et de la Littérature. *Je n'avais jamais rien entendu qui s'approche de la voix sensuelle de Mick Jagger ou du riff brutal de la guitare de Keith Richards*, s'en souviendrait plus tard, dans le *New York Times,* le journaliste praguois Eduard Freisler, 16 ans le soir du concert. *Quarante années durant, on avait exigé des Tchèques qu'ils sacrifient leurs rêves intérieurs au profit du bonheur collectif des masses. Ceux qui faisaient des choix personnels – les rebelles – finissaient le plus souvent en prison. Cette nuit-là en août, nous nous sentions rebelles. (...) Quand le concert s'acheva, les gens pleuraient de bonheur en s'étreignant. Partout une musique formidable*, s'enthousiasme en écho le narrateur de *La Terre sous ses pieds. Democracy's coming to the USA,* chantait Leonard Cohen à la même période. Et l'écho de cette démocratie se faisait entendre jusqu'à Pékin sur la place Tiananmen, en Afrique du Sud où s'écroulait l'apartheid, au Moyen-Orient où Israéliens et Palestiniens négociaient la paix, en Inde où l'extrême pauvreté se résorbait au profit des classes moyennes émergentes, en Europe où partout s'installaient des gouvernements sociaux-démocrates. Vingt ans après le voyage d'Apollo 11 sur la Lune, par la grâce des satellites spatiaux relayant CNN, le grand programme technologico-messianique d'abstraction des distances lancé par Kennedy à l'aube des années 1960 trouvait son apogée dans le Village Global. C'était la victoire de l'Amérique, oui, mais une Amérique universelle. Chacun serait désormais libre de choisir sa vie et son identité.

Côté DeLillo : l'imagination libérée portait en puissance l'inimaginable. Romancier apatride *utilisant le blasphème pour se faire de l'argent*, ainsi que l'en avait accusé Jacques Chirac depuis Matignon, Rushdie fuyant la fatwa lancée par l'Iran contre lui l'année même où s'était écroulé le mur de Berlin avait trouvé refuge à New York, la ville rongée par le sida et minée par la spéculation. Dans les Balkans, pendant ce temps, Slobodan Milošević massacrait les populations civiles bosniaques au nom de l'Histoire, et, en Algérie, le GIA dressé contre *la démocratie des homosexuels* importée d'Occident égorgeait deux cent mille personnes sur l'autel d'un islam *authentique*. Plus au nord, dans les rues de Saint-Pétersbourg, les nouveaux hommes d'affaires tombaient sous des coups de feu anonymes. Quant à la France, soucieuse de contrer une influence américaine qui menaçait son prestige en Afrique, elle favorisait un génocide au Rwanda.

D'un côté, l'exubérante élégie des possibles, de l'autre, la conscience fascinée de leur potentiel de terreur.

C'est sur le bord ultime de cette décennie que j'ai rencontré Roth – et que je l'ai retrouvé une deuxième fois, en octobre 1999, cinq mois après notre entretien – trois avant l'effondrement du monde prophétisé par Y2K. Introduite auprès de lui par un ami commun, l'aixoise Annie Terrier s'était déplacée dans le Connecticut pour le convaincre de tenir une masterclass à la Cité du Livre, une importante manifestation organisée chaque automne à Aix-en-Provence. Avec son association Lectures croisées, Annie Terrier accomplissait un remarquable travail, qu'elle poursuit d'ailleurs aujourd'hui quoique avec moins de moyens, et qui faisait alors d'Aix l'un des hauts lieux de cette littérature que l'on appelait « cosmopolite », et dont ces années-là marquaient les derniers feux, même si on l'ignorait encore : Octavio Paz, Jim Harrison, J.M. Coetzee, Mario Vargas Llosa, André Brink, Kenzaburō Ōé, Salman Rushdie, V.S. Naipaul et bien d'autres répondaient à son invitation. L'improbable venue de Roth depuis sa retraite de Warren pour quatre jours de rencontres et débats couronnerait cette démarche.

Après une première réponse typiquement réticente (*Pourquoi pas ?*), Roth agit non moins typiquement, c'est-à-dire qu'il ne se contenta pas d'accepter mais débarqua à Aix, en Concorde – officiellement pour raisons de santé : séquelle d'un accident mal soigné datant de son service militaire, son dos le faisait souffrir sitôt qu'il restait assis plus de deux heures – et avec en tête le projet de battre en brèche ce qu'il appelait *les idées condescendantes* des Français sur la culture américaine. Dans ses bagages, il apportait sinon l'Amérique tout entière, du moins certains de ses échantillons les plus exigeants : cinq films documentaires sur les États-Unis – dont le *Welfare* de Frédérick Wiseman –, un orchestre complet de musique de chambre américain – qui joua notamment la *Fanfare for the Common Man* de Aaron Copland –, le bibliothécaire municipal de Newark Charles Cummings, documentariste officieux de Philip, qui fit le voyage avec une exposition photo des rues de la ville entre l'après-guerre et les années 1990, et, enfin, un panel d'orateurs américains choisis par Roth pour discuter de ses livres. Josyane Savigneau et Alain Finkielkraut, les grands rothiens historiques de Paris, assureraient la partie française, en plus du professeur de littérature américaine Pierre-Yves Pétillon. Comme l'écrit Blake Bailey dans la biographie officielle de Philip, il avait veillé à tout dans les moindres détails. C'était là le Roth qui, deux ans plus tôt, avait imposé avec la même minutie à son éditeur, Houghton Mifflin, l'embauche de son ami, la star du graphisme américain Milton Glaser – le créateur du *« I love NY »* – pour réaliser la jaquette de *Pastorale américaine* avant de superviser chaque stade du travail de Glaser comme s'il s'était agi d'un débutant. Le Roth qui avait jugé *abominable* l'argumentaire de présentation du roman mis au point par le département marketing de sa maison d'édition à l'intention des libraires, ainsi que le résumé du livre écrit par l'éditeur pour la couverture, et les avait rédigés lui-même à la place.

Voilà ce qu'il faut faire. Voilà ce qui est le mieux. Voilà comment il faut s'y prendre et pas autrement. C'était l'autre face de l'existence autonome et parfaite que je lui enviais, celle dans laquelle il contrôlait tout. *Maintenant je comprends ce que c'est que d'être Mao Tsé-Toung*, fit-il, sourire aux lèvres, en montant sur scène le soir de l'inauguration de l'*Explosion Roth* – un titre choisi par lui –, et c'était à peine une plaisanterie. Les rues du centre-ville avaient été ornées de bannières rouges à son effigie, un chœur de jeunes filles scandait son nom à son arrivée.

Retenu par le journal, ce premier soir, je ne débarquai à Aix que le lendemain en simple spectateur. Philip se montra tout de suite amical, et, avec une élégance impériale, à chacun des déjeuners et dîners collectifs organisés dans les restaurants d'Aix entre les cessions, il m'intégra sans même que je m'en rende compte à la table où se retrouvaient les intervenants au terme des débats. À midi, après le café, sa compagne d'alors, la psychiatre Julia Golier, prenait le relais avec beaucoup de tact tandis qu'il s'éclipsait, à la déception générale, pour finaliser ce qui deviendrait *La Tache*. Au bout du compte, même l'envoyé spécial de *Libération*, un journal qui, jusque-là, avait traité ses livres avec des pincettes, finit par rendre les armes sur deux pleines pages couvrant l'événement de manière laudatrice. La vérité est que Roth aurait séduit un mur, une fois qu'il l'avait décidé. Sa seule présence semblait rendre tout le monde plus intelligent et apaisé, même moi. C'était le Roth souverain dont la silhouette avait dominé Manhattan depuis le studio de l'agence Wylie cinq mois plus tôt, le représentant de l'Amérique victorieuse, haïe et enviée, de cette décennie. Les querelles d'ego, les disputes idéologiques, l'héritage historique, ce nihilisme plein de ressentiment propre au milieu littéraire français : rien de tout cela n'avait plus cours. Mais après son départ ? Comment le pays qui fêtait Roth ainsi appréhendait-il cette décade paradoxale ? Avec quelles ambiguïtés ?

4.

En février 1995, lors du passage des *Inrockuptibles* en hebdomadaire après dix années d'existence comme mensuel musical, l'équipe, en la personne de son directeur, Christian Fevret, m'avait proposé d'en concevoir la rubrique littéraire jusque-là inexistante. La logique et mon inclination naturelle m'avaient vite fait conclure que la seule façon de fabriquer cette rubrique consistait à ne pas en faire ce que l'on me demandait – c'est-à-dire un cahier pour étudiants amateurs de polars et de BD. Et puisque consacrer huit pages par semaine à un monde littéraire selon moi déclinant n'avait guère plus d'intérêt – car c'est ainsi que je voyais les choses, depuis l'arrogance qui me tenait lieu de poste d'observation sur à peu près tout dans la vie –, cela ne laissait guère que deux pistes : faire la part belle aux romans contemporains étrangers qui refléteraient mes goûts, pour une part, et, pour une autre, concevoir la partie française comme une sorte de plaque tournante de la littérature émergente, celle de ma génération, à laquelle je ne connaissais pas grand-chose et m'étais fort peu intéressé jusque-là. C'est ainsi qu'en plus de donner la parole à Roth et à d'autres, *Les Inrocks* contribua à rendre visibles des auteurs hexagonaux que je découvrais en même temps que les lecteurs – Marie Ndiaye, Yasmina Reza, Virginie Despentes, Lydie Salvaire, Christine Angot, entre autres (je les cite ici à titre indicatif). Le premier de ces auteurs, dès mon arrivée au journal, avait été Houellebecq, et il allait rester le plus emblématique, celui auquel *Les Inrocks* serait le plus associé durant ces années-là. Ce sont les motifs personnels de ce choix que je voudrais éclairer ici, parce que mon état d'esprit comme celui de Houellebecq, en tout cas tel que je le perçus alors, me semblent illustrer certaines des tensions françaises qui refirent surface durant cette décennie, et jouèrent un rôle dans la suite du parcours antagoniste qui allait me conduire à New York auprès de Roth.

J'ai gardé un vif souvenir de mon bref mouvement de recul à l'instant de lui serrer la main la première fois que je l'ai rencontré, un soir de mars 1995, je crois. C'était dans un bar américain de Montparnasse, il était arrivé un peu avant moi, et m'accueillit debout au comptoir, les cheveux collés au front, un sourire en biais luisant de sueur sous l'éclairage tamisé. Tout son corps exsudait une douleur venimeuse. J'avais découvert *Extension du domaine de la lutte* quelques semaines plus tôt sur un étal de libraire, une écriture à la limite de l'appel au meurtre, à ce qu'il m'avait semblé. « Je peux pas lire ça, j'ai l'impression de me salir », surenchérit une amie à qui je l'avais prêté et qui me le rendit, écœurée, au bout de trente pages. Ce qu'il allait devenir ne faisait pour moi aucun doute. Aux *Inrocks*, je le fis tout de suite travailler. Aucun de nous, qui essayions d'écrire, n'avait peint avec tant de précision simple la hideur du quotidien que nous avions pourtant tous en permanence sous les yeux. Ni la sexualité désespérante, ni les élans existentiels pathétiques de cette classe moyenne française successivement standardisée par les Trente Glorieuses, déboussolée par « la crise » et le chômage, et finalement réduite à une espèce de déshérence mentale par l'alliage de socialisme moral, de technocratie managériale et de capitalisme publicitaire qui servait de culture officielle au pays depuis quinze ans : *La Fabrication du consentement* dans sa version française. Surtout, Houellebecq était le premier à donner une forme littéraire à la rage bouillonnant sous ces mensonges que le pays se faisait à lui-même, et les courants métaphysiques souterrains qu'il en exhumait correspondaient à tout ce contre quoi je tentais de me construire. C'était là le point central, pour moi, la vraie raison de mon intérêt pour lui. Il personnifiait tout ce que je haïssais.

Littérairement, mes inclinations, voire mon attitude dans la vie, étaient le produit d'une détestation instinctive pour le romantisme conservateur propre aux écrivains français, cet arrière-goût d'église et tout cet académisme plus ou moins latent qui leur tient lieu de morale – combien d'entre eux, me disais-je, ce goût en avait-il conduit dans les bras de Vichy en 1940 ? –, et les intellectuels qui en étaient soi-disant le contraire ne trouvaient pas plus grâce à mes yeux. Après-guerre, il avait fallu rien moins que leur terrifiant jargon cérébral pour sauver le monde littéraire de la honte, avec pour résultat que le seul fait de raconter avec simplicité quoi que ce soit était devenu suspect. Quant à ceux qui avaient tenté d'échapper à ce corset – les Camus, les Koestler –, ils s'étaient vus négligés, au mieux traités de bourgeois, au pire traînés dans la boue. La culpabilité, en un mot, avait régné sur les Lettres françaises, sur la culture française – raison pour laquelle j'étais allé chercher mes références ailleurs, dans une grande anarchie de lecture – et maintenant que ce sur-moi intellectuel national et jargonnant tendait à disparaître, emporté par la mondialisation et le crépuscule des idéologies, les écrivains traditionnels tel Houellebecq allaient revenir en force, avec leur fond sentimental de noirceur post-fasciste, et leur intelligence acérée mâtinée de bêtise roublarde.

Aux *Inrocks*, l'équipe gagnée par mon enthousiasme, par le charme paradoxal émanant de ce que Houellebecq avait de pire, et aussi, sinon surtout, par une proximité inconsciente avec sa vision du monde, le reste de l'équipe, donc, avait fini par voir en lui un utopiste inclassable et déglingué que son antilibéralisme rangeait dans le bon camp, c'est-à-dire à gauche. Je le considérais plutôt comme un gaz toxique indispensable à mon oxygène, une présence littéraire me rappelant à ma désappartenance obstinée.

Les soirées dans le salon de son petit appartement du 15e arrondissement, au milieu d'un capharnaüm de bouteilles de mauvais alcools et de livres en vrac où surnageaient des films de De Funès, une poignée de Dostoïevski, et des ouvrages de Schopenhauer. En dépit de mon hostilité, ou bien à cause d'elle, un courant de sympathie presque fraternelle circulait entre nous, de ma part en tout cas, une sympathie empoisonnée qui me poussait jusque dans l'un des fauteuils aux taches suspectes jetés n'importe où dans la pièce, un verre gris crasse de whisky ou du cognac le plus *cheap* qu'il avait pu trouver à la main. À côté, dans la cuisine, le lino collait aux semelles, rendant impossible toute tentative d'approcher l'évier où j'aurais volontiers rincé le verre avant de m'en servir, si tant d'assiettes sales n'y avaient mariné. Je ne sais pas combien de fois je l'ai vu séduire hommes et femmes de cette manière, ivre mort, sale et muet et bourré d'antidépresseurs, un légume marmonnant en boucle un brouillamini de phrases où surnageaient des fulgurances. Son charisme bizarre aidant, ça fonctionnait presque à chaque fois. Avec *Les Particules élémentaires*, en 1998, quand la célébrité est venue, cette manière d'être a réveillé l'enthousisme des commentateurs les plus blasés des milieux culturels qui virent un signe de « vie littéraire authentique » dans la mise en scène de cet effondrement, sans jamais s'interroger sur ce qu'elle pouvait signifier.

Depuis, tout a été écrit sur la façon dont ce livre, les *Particules*, règle son compte à la révolution sexuelle et aux années 1960, et prépare l'asexualité terrifiée des millennials français et de leurs successeurs. La prétendue libération des femmes et des mœurs ? C'était le fruit du capitalisme global décadent importé d'Amérique. La modernité avait dynamité la famille. Qu'était le désir dans ce contexte, sinon une *source de souffrance, de haine et de malheur,* et quels étaient ses effets, sinon de faire croître *la précarité, le chômage et l'âpreté de la compétition sexuelle* ? La solution : *l'éteindre en organisant sa satisfaction immédiate.* La prise en charge collective de l'*in*satisfaction sexuelle et du malheur amoureux consécutifs à la modernité passait par le refus de la concurrence individuelle, et par la distribution collective égalitaire du plaisir gérée par la société. Prostitution, clubs échangistes, tourisme sexuel, communautés nudistes : les signes de l'aliénation devenaient autant de solutions. Depuis les hauteurs de son olympe personnel – un monceau de détritus –, et dans un curieux mélange de nostalgie catholique réactionnaire, de positivisme utopiste et de bouddhisme post-hippie, l'anti-Sade, l'anti-Sollers – l'anti-Roth, comme on l'a peut-être compris – adoptait le parti de la masse contre l'individu d'exception, du touriste sexuel contre Nietzsche, ainsi qu'il le formulait en ne plaisantant qu'à demi, citant *Le Meilleur des mondes* d'Aldous Huxley non comme un cauchemar dystopique mais comme une utopie enviable. Le résultat fut un coup de tonnerre. Enfin ! Enfin quelqu'un exprimait sans fard la fatigue d'être que chacun éprouvait secrètement à l'ombre des grands snobismes cérébraux auxquels on s'obligeait depuis tant d'années ! Enfin on pouvait lâcher prise, laisser libre cours à ce que l'on était vraiment ! Très perceptible, dans les milieux intellectuels notamment, ce soupir collectif qui accompagna la publication des *Particules élémentaires* fit pour quelque temps des *Inrocks* – et de moi, assez ironiquement – l'un des arbitres des goûts littéraires.

Une littérature pour perdants, voilà pourtant ce que j'en pensais. Là où le reste de la planète explorait avec une bonne dose d'excitation les ambiguïtés de la nouvelle ère – là où Roth, Rushdie, DeLillo, Bret Easton Ellis, Kathy Acker, Vikram Seth, Jhumpa Lahiri, Nadeem

Aslam interrogeaient, chacun à sa manière, les conflits éthiques auxquels les individus se trouvaient confrontés maintenant que le monde s'ouvrait, révélant des opportunités impensables jusque-là –, l'écrivain le plus français du Village Global mettait en mots la fiction nationale mortifère par laquelle le pays se projetait dans la mondialisation. Il offrait à ses lecteurs la démission et la médiocrité assumées comme seuls abris souhaitables aux réfugiés de la brutalité capitaliste. Une métaphysique masculine du mépris de soi, typique d'un certain courant national, d'après ce que j'en pensais.

5.

Le problème, ce n'était pas mes idées – la plupart me paraissent encore valables aujourd'hui –, c'était le systématisme présidant à leur élaboration, ce tempérament qui m'empêchait de penser autrement que je ne pensais, c'est-à-dire dans le conflit. Je pourrais tenter de l'expliquer mais qui a jamais expliqué un tempérament ? Mon père, pour prendre un exemple tout sauf anodin, a grandi sous la coupe de son propre père qui était une brute et dont il a toujours accepté la tyrannie ; pourquoi ? Avec exactement la même enfance et dans les mêmes circonstances, un autre que lui se serait rebellé, mais lui, son tempérament placide, son refus de l'affrontement, son désir d'échappée, sa culpabilité, sa haine narcissique de lui-même, sa peur, selon ce que l'on choisissait d'y voir, l'emportaient sur ses frustrations, il a tout accepté sans jamais se rebeller contre ce qu'il subissait. On n'explique pas un être, on le décrit, c'est tout. Et la question que chacun se pose à 8 ans, « pourquoi je suis moi et pas le voisin ? », cette question reste sans réponse – elle n'est que le premier pas dans l'apprentissage mystérieux de la solitude.

Mais, puisqu'il faut bien raconter, je vais tenter de préciser la dimension collective, le contexte, ce qui me semble avoir constitué l'air du temps de cette époque dans laquelle je cherchais à m'inscrire tout en la refusant. En particulier, je vais m'arrêter un instant sur les ambiguïtés de cette « crise masculine » française que le succès des livres de Houellebecq exprimait selon moi, et auxquelles le mélange de honte et de fureur par quoi se traduisait mon amour pour mon père me rendait peut-être particulièrement sensible.

Stéphanie, qui partage ma vie aujourd'hui et qui est éditrice, a publié voici quelque temps un roman de Blandine Rinkel intitulé *Vers la violence*, qui aborde incidemment ce sujet, et parce qu'il le fait avec distance, à une génération d'écart, et depuis un point de vue féminin, c'est sur lui que je vais m'appuyer pour ça.

Vers la violence est raconté par une jeune femme, Lou, laquelle se penche sur son enfance passée à l'ombre d'un père inquiétant sensiblement de l'âge de Houellebecq (et du mien) qu'elle appelle Gérard. Le cadre historico-sociologique qu'elle donne à ce croque-mitaine affabulateur est le suivant : *Gérard était né en 1954, un baby-boomer qui avait cru à l'éternité de son pouvoir d'achat*

(…). Il estimait que tout ce qui lui était arrivé dans la vie était dû à son mérite. Rappelait ses exploits. Proclamait ses désirs comme des dus. (…) Homme sans passé ni futur, il était là, irradiant, et sa présence suffisait. Il disait : on vit n'importe comment, à la recherche de la sensation du couteau. Il n'expliquait pas ce qu'il voulait dire par là, mais je crois qu'il désignait par le couteau ces moments où l'on se sent un peu plus que vivant. Il voulait dire qu'on traque, tous, même et surtout si on ne se l'avoue pas, les instants obscènes, les impressions d'avant-catastrophe, les vacillements. Quand il évoquait la sensation du couteau, on sentait que la violence et la vitalité ne faisaient plus qu'un. Mû par un idéal du moi américain irréalisable et pris en étau dans la France des années 1990, il avait pour ainsi dire un surplus d'énergie inemployé, comme s'il était né avec une libido pour laquelle le monde – le sien – n'était pas prêt. Cet excès de sève lui pesait, comme un lévrier anglais confiné dans un studio d'étudiant. À son corps défendant, la nuit, cette force inemployée se changeait même en violence.

Lou n'explique pas vraiment les raisons pour lesquelles un homme comme Gérard pouvait se sentir *pris en étau dans la France des années 1990*. Sans doute n'est-ce pas le lieu du roman de rappeler le livre qui fournissait le cadre intellectuel par lequel la décennie s'appréhendait et qui était *La Fin de l'histoire et le dernier homme*, du politiste américain Francis Fukuyama, publié en 1992. Moins élégiaque que le roman de Rushdie, moins chargé de terreur sourde que celui de DeLillo, l'essai de Fukuyama dessinait un avenir moral d'une totale vacuité. Selon lui, la fin de la guerre froide marquant la victoire planétaire de la démocratie néolibérale sur les luttes idéologiques signifiait à brève échéance *la fin de l'audace, du courage, de l'imagination et de l'idéalisme*. L'avenir proche, en d'autres termes, allait voir disparaître les valeurs en général associées à l'héroïsme et à la virilité. Les questions de pouvoir et de violence y seraient résolues par le management, c'est-à-dire, écrit Fukuyama, par *le calcul économique, la résolution sans fin des problèmes techniques, les préoccupations environnementales et la satisfaction des demandes sophistiquées des consommateurs*. Loin du chant de triomphe capitaliste attendu, donc, cette analyse prospective déprimante reprenait dans ses grandes lignes la critique anglo-saxonne de la technologie telle que l'avait formulée par exemple Aldous Huxley, mais la déminait de son potentiel de révolte. Le propos de Houellebecq dans les *Particules* en semblait si proche que certains abordèrent le roman comme une variation romanesque de *La Fin de l'histoire*, ce qu'il était peut-être bien.

À une différence près. Car si les sociétés anglaise et américaine de tradition protestante pouvaient à peu près s'accommoder du programme technico-rationnel envisagé par Fukuyama, dans le pays du lyrisme politique, il en allait tout autrement. Une remarque méprisante attribuée à François Mitterrand dans les derniers jours de son mandat et restée fameuse, *je suis le dernier des hommes d'État, après moi viendront les technocrates de Bruxelles*, montre que la période était vécue en France non seulement comme une crise de l'État centralisateur face à la globalisation, mais, plus profondément, comme la mort de la mythologie romantique du pouvoir et de la gloire. Cette mythologie française phallocrate et profondément littéraire a plusieurs fois changé de nom et reste difficile à définir. Mitterrand l'appelait *catholico-communiste*, d'autres anarcho-royaliste. Sans elle, en tout cas, nul gouvernement et nulle insurrection ne sont vraiment jugés légitimes en France. Le constat de son décès à partir des années 1990 – tandis que le pays de Philip Roth pavoisait – laissait orphelins tous ceux qui se croyaient nés, ainsi que l'écrit Lou dans *Vers la violence*, avec *un excès de sève*, tous ceux qui, comme Gérard, partis en quête de *la sensation du couteau*, se découvraient condamnés à ne tomber que sur le Monoprix – une contradiction que Houellebecq allait fameusement exploiter. *Peut-être que Gérard n'était tout bonnement pas à la hauteur de son propre appétit*, poursuit Lou dans le passage cité plus haut. *Peut-être se rêvait-il hyène ou créature mythologique (et) n'était-il au fond qu'humain, se rendant au supermarché comme on conquiert le seul royaume à portée de main, et nous en voulait-il de le prendre en flagrant délit de médiocrité, de le surprendre tel qu'il était – non tel qu'il se rêvait.*

Pour les plus lettrés de cette génération, le parallèle presque inévitable avec les premiers romantiques quelque deux siècles plus tôt ajoutait une touche de cruauté mortifiante à la situation. Les Musset, les Lamartine, les Hugo des années 1820 avaient au moins grandi dans les ruines encore fumantes des bains de sang régénérateurs dont ils avaient la nostalgie. Terreur révolutionnaire, grands massacres des guerres napoléoniennes : ils les avaient pour ainsi dire touchés du doigt. L'adolescence des trentenaires de 1989, par contraste, s'était déroulée dans les années de prospérité. Ni juives, ni immigrées, ni révolutionnaires, ni fascistes, rejetons de la majorité silencieuse, leurs familles avaient vu l'Histoire leur passer sous le nez. Dans le meilleur des cas – ou le pire, selon le point de vue –, leurs parents ou grands-parents avaient vécu l'Occupation comme Houellebecq affirmait qu'il l'aurait fait lui-même (*J'aurais sans doute été un collaborateur qui essaie de sauver des Juifs*, à *Lire*, en septembre 2001). Et la seule guerre imposée à leurs pères par la suite, celle d'Algérie, n'avait pas eu de nom.

Réduite à ses frontières hexagonales, la France post-impériale promettait certes à cette génération *l'éternité du pouvoir d'achat*, mais comme un palliatif humiliant à la grandeur défunte. Un palliatif garanti par un système de prestations sociales sans précédent, mais peu exaltant ; par une stabilité de l'emploi qu'autorisait un fonctionnariat viral ; par des accords économiques passés avec les anciennes colonies, enfin, lesquelles, moyennant une immigration de masse et une corruption structurelle de part et d'autre de la Méditerranée, fournissaient désormais les matières premières indispensables au maintien du niveau de vie. Qu'avait eu à se mettre sous la dent la jeunesse qui avait grandi dans ce contexte truqué, confortable mais sourdement humiliant, sinon le vide et l'ennui ? Et maintenant que les choses bougeaient enfin, maintenant que l'Histoire se remettait en marche, on lui promettait ce vide pour l'éternité. L'événement historique majeur de la décennie – la fin de la guerre froide – annonçait pour la France la fin de *tous* les événements au profit d'une technocratie globalisée anglophone et d'un multiculturalisme « américanisé ». Comment chercher la gloire – comment rester viril – dans de telles conditions ?

Avec le personnage de Gérard, *Vers la violence* offre une assez bonne illustration de l'hystérie masculine que ce moment engendra. Homme *sans passé ni futur*, les différentes facettes de la personnalité de Gérard s'entre-dévorent dans l'étroite cage de son insatisfaction castratrice : policier de profession, il est anarchiste par conviction. Fonctionnaire, il déteste l'État. Fidèle des soirées de bistrot, il les passe en compagnie de « collègues » qu'il méprise tous néanmoins – ses seuls amis. Où qu'il se tourne, c'est le même mur. Enfin, Gérard se veut phallocrate, mais les féministes radicales sont les seules femmes trouvant grâce à ses yeux, pour la bonne raison qu'elles n'ont rien de féminin, selon lui (son idéal est Virginie Despentes). S'il adore sa fille, il l'élève donc en conséquence comme *un monstre de virilité* ainsi qu'elle l'écrit : il lui apprend à refuser en elle tout ce qui ressemblerait à une expression de féminité, donc de mollesse, donc d'acceptation du quotidien domestiqué de ce nouveau monde sans perspective auquel il s'efforce d'échapper grâce à *la sensation du couteau.*

Il me tient par le menton et j'ai peur de mourir, annonce Lou dès le premier chapitre. *Dans son regard, je décèle de la tendresse, mais, d'instinct, je sais que celle-ci ne protège de rien.* Ce père de famille aimant, merveilleux conteur, un peu magicien, est aussi un homme qui insulte son épouse, et fait régner chez lui un climat potentiel de terreur domestique rendue crédible par son physique imposant, son narcissisme, et son goût pour l'affabulation. Ainsi ne serait-il pas simple flic mais espion, laisse-t-il entendre, peut-être même tueur à gages.

À la fin de *Vers la violence*, Blandine Rinkel extirpe son personnage de sa sociologie pour le tirer du côté de la fable fantastique : c'est ainsi que la fiction sauve les êtres. Dans la réalité, cependant, les questions qu'elle soulève aident à saisir quelques-unes des impasses de cette classe d'âge qui fut aussi la mienne. Par exemple, quel romantisme poussa des écrivains et journalistes à partir chercher l'aventure sur le seul territoire européen où elle survenait encore selon eux, c'est-à-dire dans les Balkans, où la guerre faisait rage ? Je pense ici, plus particulièrement, à ceux qui se joignirent aux milices néofascistes de Slobodan Milošević en Serbie, avant de revenir ensuite conter leurs exploits, réels ou exagérés, ainsi que j'en fus par deux fois le témoin direct. (L'un d'eux se vanta devant moi d'avoir tiré d'un toit sur une vieille femme qui traversait la rue.) La plupart n'allaient bien sûr pas jusque-là, se contentaient de soutenir depuis Paris la cause serbe à coups d'articles, des articles dont le ton, lorsqu'on les relit aujourd'hui, préfigure celui des admirateurs plus ou moins zélés de Vladimir Poutine tels qu'ils s'exprimèrent entre le début des années 2000 et l'invasion de l'Ukraine. Le caractère générationnel et quasi exclusivement masculin de ce courant littéraire informel que l'on commençait d'appeler les Rouges-Bruns, puisque c'est d'eux qu'il s'agit, n'a pas été suffisamment souligné.

Au début des années 1990, le monde littéraire français était encore régi par un labyrinthe de règles léonines pratiquement inchangées depuis Balzac. Ces règles, où se mêlaient sens suranné de l'étiquette et romantisme insurrectionnel, arrivisme et amour idéalisé de la littérature, en faisaient l'un des milieux les plus contradictoirement libertaires et guindés du pays – l'un des plus réactionnaires, aussi, d'une certaine façon. Les Marc-Édouard Nabe, les Édouard Limonov, les Alain Soral, les Patrick Besson, les Frédéric Taddeï, les Simon Liberati et pas mal d'autres se retrouvaient autour de *L'idiot international*, feuille de chou à haute prétention montée par l'écrivain Jean-Edern Hallier, qui constitua un temps l'avant-garde de cet état d'esprit. Nous ne sommes plus là dans les affabulations mais bien dans la réalité. Certains parmi cette jeune garde adhéraient plus ou moins par dandysme au Parti communiste français agonisant, d'autres se convertissaient à demi sérieusement à une forme ou une autre de catholicisme intégriste ou mystique, d'autres encore redécouvraient les pamphlets antisémites de Céline ou lisaient par « ouverture d'esprit » les négationnistes.

Shoah, le film de Claude Lanzmann, était sorti en 1985, quatre ans seulement avant la chute du Mur. Les éditions Julliard avaient republié à grand fracas *Si c'est un homme*, de Primo Levi, deux ans plus tard, en 1987, l'année du procès Barbie. L'ancien haut fonctionnaire collaborateur antisémite du gouvernement de Vichy et ami fidèle de François Mitterrand, René Bousquet, s'était vu inculpé pour crime contre l'humanité en 1991, avant d'être assassiné deux ans plus tard par Christian Didier, un baby-boomer assoiffé de reconnaissance, convaincu d'avoir enfin donné par ce meurtre un sens à son existence. Le procès d'un autre collaborateur de Vichy, Paul Touvier, se tint l'année suivante, qui fut aussi celle des révélations par Pierre Péan de la jeunesse de François Mitterrand dans les premières années de l'Occupation, et Maurice Papon fut jugé en 1998 : la concomitance de la fin de la guerre froide avec ce retour en France « des mémoires », comme on commençait à dire, mériterait une réflexion spécifique. L'historien François Hartog l'esquisse dans son livre *Régimes d'historicité* lorsqu'il écrit que *toute la présidence de Mitterrand, de la visite inaugurale au Panthéon jusqu'à la mise en scène des funérailles en passant par l'affaire Bousquet, s'est trouvée prise dans la crise du temps.* Un Temps qui subit dans ces années-là, selon lui, une torsion particulière qu'il appelle *présentisme.*

Cette crise – et le mélange de fascination et de culpabilité qu'elle implique – est la toile de fond historique du désarroi viril que je cherche à reconstruire ici dans ce qu'il eut de spécifiquement français, et dont Houellebecq, collaborateur occasionnel à *L'Idiot international*, aura été la figure la plus cohérente. Les Rouges-Bruns touchaient du doigt le cadavre des *luttes idéologiques* dont Fukuyama venait de dresser l'acte de décès. L'absence de toute morale des mots, qui en était la conséquence logique, constitue aussi leur aspect le plus étrange et le plus paradoxal. Censées redonner vie et sens au langage littéraire, la légèreté dandy, ou, au contraire, l'expression d'une violence régénératrice puisée chez Céline ou Artaud, qui caractérisaient alternativement leur littérature, passaient dans les deux cas par un déni de leur pouvoir d'écrivain. La liberté de parole qu'ils revendiquaient – sur le négationnisme ou sur l'éloge de l'action directe – se voyait d'autant plus érigée en principe absolu que ses conséquences étaient nulles. L'humiliation mortifère et jouissive qui découlait de ce constat d'impuissance se traduisait par un style rhétorique et performatif qui anticipe sur la culture algorithmique : jeu permanent entre le vrai et le faux, déni des faits les plus simples, affirmations péremptoires infondées, affabulation, ironie déstabilisatrice, usage systématique et brutal de la « blague » rebaptisée « provoc' ». Un style qu'exploiteraient Dieudonné et Soral dans les années 2010, mais qui semble être une vieille affaire française. Dans son livre sur Baudelaire, par exemple, le philosophe Walter Benjamin en fait déjà l'élément le plus caractéristique des milieux de la bohème parisienne du XIXe siècle où marinent ceux qu'il appelle (à la suite de Marx) *les conspirateurs professionnels*, ces ancêtres de nos théoriciens du complot qu'il décrit ainsi : *Le culte de la blague, que l'on retrouve chez Georges Sorel et qui est devenu un élément essentiel de la propagande fasciste, forme chez Baudelaire ses premiers bourgeons. Le titre sous lequel, et l'esprit dans lequel Céline a écrit ses* Bagatelles pour un massacre *renvoient immédiatement à une note du journal de Baudelaire : « Belle conspiration à organiser pour l'extermination de la race juive. » (…) Même le délire terroriste que Marx découvre chez les conspirateurs a son pendant chez Baudelaire : « Je voudrais mettre la race humaine tout entière contre moi. Je vois là une jouissance qui me consolerait de tout. » Cette colère rentrée* – la rogne – *était l'état d'esprit qui avait nourri chez les conspirateurs de profession parisiens un demi-siècle de combats sur les barricades.* Un demi-siècle de combat *perdu*, faudrait-il ajouter.

N'est-il pas tentant de rapprocher cette *rogne* petite-bourgeoise, que diagnostique Benjamin, avec ce que les technocrates de la sociologie militante rebaptisent aujourd'hui « conflictualité » ? Benjamin y voyait en tout cas un unique trait distinctif de la mentalité française, dont la fonction semblait être de donner à la défaite l'aura d'une mystique transcendante. Et ce qui frappe, si l'on suit son analyse, c'est la façon dont cette métaphysique du provocateur circule sans se soucier des catégories droite/gauche, elles aussi, pourtant, une création française. Le Georges Sorel dont parle Benjamin dans l'extrait ci-dessus fut certes un théoricien de la lutte des classes et du syndicalisme révolutionnaire insurrectionnel proche des milieux anarchistes, mais aussi un membre de l'Action française, et son texte majeur, *Réflexions sur la violence*, passe pour avoir influencé aussi bien les cercles proudhoniens que Mussolini. Sans doute est-ce encore une fois Baudelaire qui saisit avec le plus de génie l'ambivalente vérité de cette pulsion française pour la destruction générale lorsqu'il écrit, dans son Journal de Belgique : *Je dis Vive la Révolution comme je dirais Vive la Destruction ! Vive la Mort ! Non seulement je serais heureux d'être victime mais je ne haïrais pas d'être bourreau – pour sentir la Révolution des deux manières ! Nous avons tous l'esprit républicain dans les veines, comme la vérole dans les os, nous sommes démocratisés et syphilisés.* Un état d'esprit auquel Dostoïevski et les nihilistes russes devront beaucoup. La sarcastique haine de soi qui s'y exprime diagnostique l'impasse d'un pays en lutte avec ses tendances à la tyrannie. Sous l'Occupation, on retrouvera intact cet orgueil de la défaite chez des écrivains tour à tour dandy (le Morand collaborateur sous Vichy), suicidaires (Drieu la Rochelle passant de la soumission à Hitler à l'admiration pour Staline avant de se tuer) ou insurrectionnels (Céline bien sûr), et il serait tentant d'en suivre la trace plus près de nous encore, jusque dans les années fondatrices de l'après-guerre, lorsque gaullistes et communistes se dépêtrent comme ils peuvent de l'épineuse situation du pays à la fois vainqueur – grâce au génie de De Gaulle – et vaincu – puisque son gouvernement s'est rangé du côté des puissances de l'Axe.

Les Français ne savent pas s'ils ont gagné la guerre ou s'ils l'ont perdue. Pour réussir l'avenir, il faut regarder le présent en face, et j'ai l'impression que les gens d'ici ne se rendent pas du tout compte. Ils ont l'air de s'imaginer qu'ils pourront vivre comme avant la guerre. Ainsi Simone de Beauvoir fait-elle parler le personnage de Scriassine, très inspiré par l'écrivain juif russe Arthur Koestler, dont elle détestait la *personnalité tumultueuse* au moins autant que l'anticommunisme, dans son roman *Les Mandarins* qui lui vaudra le Goncourt en 1953. Et avec cette date, nous voilà de retour chez nos baby-boomers. Houellebecq naît quatre ans après cette prophétie de Scriassine/Koestler, moi six.

Dans les années 1990, le sentiment de défaite provoqué par la fin des idéologies fut d'autant plus vif au sein du monde littéraire français que ce dernier était certainement le mieux placé pour éprouver les conséquences des bouleversements politiques et technologiques en cours sur le langage. Issue de la classe moyenne et de la petite-bourgeoisie en crise, la nouvelle bohème dont *Les Inrocks* se fit en partie le porte-voix une fois que *L'Idiot* eut mis la clé sous la porte ne pouvait qu'être particulièrement sensible à ce climat. Les perspectives de révolution avaient disparu. Aussi insurrectionnels soient-ils, les appels lyriques à la révolte n'avaient plus aucun poids. Tout pouvait se dire puisque rien ne pouvait plus arriver.

Les choses n'étaient pourtant pas si simples. Entre romantisme et nihilisme, cette génération aspirait à un monde où *la sensation du couteau* et le supermarché à quoi se réduisait son quotidien ne seraient plus, d'un côté, un fantasme inaccessible et toxique, et de l'autre, la métonymie spatiale de la banalité de l'existence, mais bien les deux aspects d'une même réalité où ce que chacun d'eux avait de pire se confondrait avec ses aspirations les plus nobles – où l'ordinaire et la violence, la mesure et la démesure, se refléteraient l'un l'autre dans le chaos d'une même insatisfaction ; en clair, elle appelait de ses vœux le XXIe siècle.

6.

En septembre 2000, un projet de roman assez vague avec pour toile de fond la mondialisation me jeta en Israël, où je n'avais pas mis les pieds depuis vingt ans et pas plus de deux fois dans ma vie. Le hasard voulut que la *seconde intifada* m'y cueillît presque aussitôt. Les attentats-suicides, un mode opératoire alors très neuf et qui donnait à cette *intifada* son caractère le plus étrange et le plus fascinant, désintégrèrent immédiatement tout projet de fiction dans mon esprit. Avec l'assentiment de mon éditeur d'alors, Jean-Marc Roberts – qui me soutenait financièrement d'une manière qui ne paraît plus possible aujourd'hui –, je plantai là le projet initial et les quinze jours d'entretiens avec des Juifs russes immigrés en Israël censés l'alimenter, pour lesquels j'étais venu, et, à la place, j'entrepris de sillonner Israël et les Territoires en tous sens pendant près de six semaines. Officiellement pour le compte des *Inrockuptibles*, mais surtout porté par le sentiment que ce mode opératoire des attentats-suicides était plus qu'un simple mode opératoire, dévoilait quelque chose sur lequel personne ne parvenait à mettre aucun mot. Ma sensation du couteau personnelle, pour ainsi dire.

L'un de mes premiers appels fut pour Aharon Appelfeld. Je connaissais son existence surtout par le portrait que Roth fait de lui dans *Opération Shylock*, si bien que le mieux est peut-être de le présenter ici par ce biais.

Opérations Shylosh, publié en France en 1993, s'ouvre sur l'année 1988 à New York, lorsque « Philip Roth », le narrateur, à peine remis d'une sévère dépression, apprend par un coup de fil de son ami Appelfeld à Jérusalem l'existence d'un homme portant le même nom que lui et présentant la même apparence. Cet autre Roth a débarqué en Israël avec pour projet de répandre une nouvelle idéologie, le *diasporisme*, lui apprend Applefeld. Seul à même d'éviter un nouvel holocauste, le *diasporisme* prône le départ d'Israël des Juifs d'origine ashkénaze, culturellement étrangers à l'Orient, où leur présence ne peut qu'attiser la haine, et leur retour en Europe. Pour financer ce projet, ce second Roth utilisant sa ressemblance avec le romancier demande et obtient des rendez-vous avec les grands de ce monde, et lève des fonds auprès des retraités israéliens survivants de la Shoah. Devinant l'escroquerie, et bien décidé à confondre l'imposteur, le « vrai » Roth débarque à son tour à Jérusalem alors que la ville est en proie aux émeutes arabes de la *première intifada*, et que s'y déroule, par ailleurs, le procès Demjanjuk, du nom d'un homme suspecté d'avoir été « le bourreau de Treblinka », surnommé ainsi en raison de son sadisme particulier durant la Shoah. C'est en se rendant, fasciné, aux audiences visant à déterminer l'identité réelle du prévenu, que Roth rencontre son double pour la première fois. Tour à tour pleurnichard, hystérique, clownesque, cet autre Roth qui se prétend détective et voyage accompagné d'une infirmière blonde *ancienne antisémite* se révèle insaisissable, droit sorti d'un roman de Kafka.

En fait de dualité, *Opération Shylock* rend aussi fidèlement compte du procès Demjanjuk – qui s'est réellement tenu à Jérusalem en 1988 – que des conditions de vie des Palestiniens de la Cisjordanie à l'époque où il a été écrit, et c'est ce mélange de documentaire et de folie intérieure qui lui donne son caractère unique.

Deux figures d'écrivains aux expériences antithétiques s'y opposent. D'un côté, une version de Roth en citoyen américain historiquement juif, à l'enfance choyée, si désireux de s'assimiler qu'il a refusé d'apprendre l'hébreu à l'école juive où ses parents l'avaient inscrit, et si amoureux de sa langue natale qu'il est devenu auteur de romans *subtilement vraisemblables*, ainsi qu'il l'écrit ; de l'autre, Appelfeld, dont la mère a été assassinée par les nazis lorsqu'il avait 8 ans et qui, à 9, a été déporté dans un camp de Transnistrie avant de s'en échapper pour se réfugier dans les forêts du Bucovine où il a vécu seul jusqu'à la fin de la guerre.

Dans le livre, Roth-le-narrateur est écrivain parce qu'il a foi dans les capacités du langage à rendre compte de la réalité, Appelfeld est écrivain parce qu'il en doute. Le premier est convaincu que les histoires doivent être vraisemblables pour être crues, mais sitôt confronté à l'*in*croyable et l'irrationnel de la vraie vie – Demjanjuk, l'Histoire, son double –, il perd toute confiance dans les mots comme dans sa capacité à raisonner et agir avec intelligence. Le second, c'est le contraire : Appelfeld a très tôt et très durement appris qu'une fois les normes et les conventions humaines explosées, la vraisemblance n'est plus de mise ; dès lors, *la facilité avec laquelle les mots deviennent des faussaires pour habiller la vraie vie est stupéfiante*, ainsi qu'il le formule lors d'une conférence prononcée, dans la vraie vie justement, en 1985 à Columbia et publiée en France sous le titre *L'Héritage nu.*

Pour l'essentiel, les propos d'Appelfed rapportés dans *Opération Shylock* font partie de la section documentaire du roman. Ils sont tirés d'un entretien réalisé par Roth pour le *New York Times*, publié l'année même où se situe l'action du livre. Appelfeld y dit notamment ceci : *L'expérience que les Juifs ont de la Deuxième Guerre mondiale n'est pas « historique ». Nous avons été au contact de forces mythiques archaïques, une espèce de subconscient obscur dont nous ne connaissons toujours pas le sens aujourd'hui. C'est un monde qui nous semble rationnel (avec des trains, des heures de départ, des gares et des mécaniciens), mais en fait, ce furent des voyages de l'imaginaire que seules des pulsions profondes et irrationnelles ont pu susciter. Je ne comprenais pas et je ne comprends toujours pas le motif des assassins.* C'est avec ces lignes en tête que je l'avais appelé.

Car c'était une chose de lire les comptes rendus d'attentats dans la presse ou d'en voir les images à la télévision, et c'en était une autre de découvrir sur un trottoir, un matin, le café de Tel-Aviv où je prenais habituellement mon petit déjeuner dévasté par une bombe, ou la photo d'un bar de Jérusalem dans lequel j'avais pris un verre l'avant-veille avec une amie réduit à néant. C'était comme si les attentats avaient constitué un langage indéchiffrable, ou comme si le présent avait commencé à fondre et à se répandre dans la décharge surchauffée du Temps, et lire tout ce que je pouvais de concret et de factuel sur les causes de la dislocation en cours – l'ambivalence de la direction palestinienne corrompue vis-à-vis du contrôle démocratique à venir si jamais la paix s'installait, la fureur de la droite israélienne face à ce qui serait vu comme une victoire de la gauche dans ce cas-là, les conditions matérielles et logistiques permettant le recrutement des kamikazes –, misère endémique, abyssal ennui, propagande religieuse, primes aux familles désargentées des candidats au martyre, drogue administrée pour leur éviter de réfléchir une fois lâchés au hasard des rues leur ceinture d'explosifs collée au ventre… –, j'avais eu beau lire tout cela, ça ne m'avait aidé en rien à comprendre la nature de ce qu'il se passait.

Appelfeld n'avait pas eu l'air tellement surpris de ma demande, au téléphone, en me fixant rendez-vous très simplement dans les jardins du musée Ticho de Jérusalem, où Roth le situe déjà dans *Shylock*, et où, dans la réalité, il se rendait chaque jour pour « polir », comme il disait, l'un ou l'autre de ses livres en cours. Je l'y rejoignis par un après-midi ensoleillé de fin septembre. Bien que très informé, il se tenait publiquement à l'écart de l'actualité. Je savais qu'il n'avait rien écrit sur les attentats-suicides, mais c'était justement pourquoi je voulais le voir – en plus du plaisir un peu puéril qu'il y avait à découvrir « en situation » le personnage d'un roman de Roth.

Un taxi me déposa rue du Rav Kook, contre la petite enceinte de pierre isolant le musée, puis piqua droit vers les remugles noirs du vieux centre aux rues maculées de légumes et de papiers gras où les décombres d'une pizzeria dévastée par une bombe quelques jours plus tôt s'entassaient toujours sur un bout de trottoir. Je poussai la porte, m'avançai sur le petit chemin de gravier dans le jardin silencieux. Il m'attendait assis, solitaire, parmi les fleurs, à une table blanche et nue, devant un café, un verre d'eau, et un manuscrit ouvert qu'il referma en m'apercevant : un petit homme calme de 68 ans au visage rond, au crâne chauve sous une perpétuelle casquette posée de biais, au regard intense à demi caché par des lunettes discrètes, et aux lèvres amincies par une bienveillance ironique. Je m'assis devant lui et commandai un cappuccino.

Il émanait de toute sa personne comme une vibration sourde, une espèce de ténacité, et c'était le seul indice de ce qu'il avait dû mobiliser de force et d'énergie pour survivre dans les forêts de Bucovine mais aussi, par la suite, se forger une identité neuve dans ce pays inconnu et brutal. Comme beaucoup d'États socialistes, l'Israël des années 1950 était férocement laïque et lorgnait vers le modèle français, faisant de l'assimilation la colonne vertébrale de sa politique de construction nationale. Les Ashkénazes abandonnaient les langues européennes, les papillotes des Yéménites étaient coupées de force par les fonctionnaires de l'administration. Lui se rendait chaque jour chez ses maîtres d'hébreu – Martin Buber et Gershom Sholem, notamment – tout en luttant contre la dépression, la solitude, un profond sentiment d'inadaptation. Le syndrome post-traumatique dont il souffrait se traduisait entre autres choses par des crises d'amnésie. Mais comment retrouver la mémoire dans une langue étrangère ? Sa *seconde langue maternelle*, comme il l'appelait, allait devenir sa meilleure arme et son pire ennemi, celle avec laquelle il reconstituerait ses souvenirs et écrirait ses livres. *Tout ce qu'Appelfeld n'est pas*, écrit Roth dans sa présentation de leur entretien au *New York Times, s'additionne pour constituer ce qu'il est.* Une phrase qui aurait pu définir le pays lui-même.

Je lui ai demandé comment il faisait pour traverser chaque jour la ville en proie aux attentats dans le seul but de venir travailler ici au calme.

— Je suis né dans la guerre, voyez-vous, a-t-il répondu, avec cette façon de s'exprimer qui n'appartenait qu'à lui, très simplement, mais en jetant comme des ombres entre les mots. Ce n'est pas rien.

Un temps.

— Il y a eu la Shoah, bien sûr, et puis ensuite j'ai été mobilisé pour la guerre d'Indépendance. Puis de nouveau durant la guerre des Six Jours, en 1967. Et puis encore en 1973, la guerre du Kippour. Pourquoi changerais-je quoi que ce soit ? La guerre est tout ce que j'ai connu, je suis donc ici chez moi.

Je lui ai demandé comment il voyait la situation présente, tout en m'efforçant de faire quelque chose de sa dernière phrase qui me restait dans la gorge, sans que je comprenne bien pourquoi. À vingt ans de distance, elle est toujours là, plus asphyxiante que jamais tandis que je la recopie sur cette page, mais je la comprends mieux, elle me paraît plus naturelle.

— Souvenez-vous de l'inspiration progressiste qui présidait au processus de paix initié par la gauche israélienne et par les Américains au début des années 1990 et qui est en train de mourir sous nos yeux, a-t-il poursuivi en souriant. Vous savez ? Cette vieille foi dans le progrès. Assimilons les Arabes au développement économique et leur attitude envers nous changera. C'était la version régionale de ce que l'on voyait alors partout, n'est-ce pas ? Et ça ne marche pas, évidemment. Les Arabes n'ont aucune envie d'être traités avec paternalisme ni condescendance et c'est compréhensible. Ils voient dans le développement démocratique comme dans la paix un pur produit de l'impérialisme. Quant à nous, ils nous voient comme des Juifs. Chaque pas que nous faisons dans leur direction est pour eux une menace économique, religieuse, existentielle.

Nous avons continué de parler assez longuement ce jour-là, bien sûr, comme chaque fois que nous nous sommes revus à chacun de mes séjours de plusieurs mois dans le pays au cours des trois années suivantes, pour échanger des considérations sur les Juifs ou l'état du monde autour d'un déjeuner ou d'un verre, mais aujourd'hui ce sont ces quelques phrases qui me restent en tête, c'est ce premier rendez-vous. Cloué sur le vide bleu du ciel tendu au-dessus de nous, le soleil coulait sur le pourpre des Croix de Jérusalem, sur le violet des glycines. Les collines que l'on apercevait au loin, défigurées par le béton des constructions neuves incessantes, résonnaient de rafales d'armes automatiques étouffées par la distance et les fleurs. *La guerre est tout ce que j'ai connu, je suis donc ici chez moi.* Cette phrase parlait d'un monde où nul ne cède quoi que ce soit à l'ambition d'une vie normale. Et tandis qu'il parlait, je me suis demandé si ce n'était pas lui qui avait raison, en fin de compte, et si nous n'étions pas tous à côté de la plaque, avec nos Trente Glorieuses et notre détestation de l'avenir rêvé par Fukuyama. Je me suis demandé si on ne voyait pas mieux les choses depuis cette guerre atemporelle où Appelfeld avait l'air d'accepter de se situer, car il était clair qu'il s'agissait d'un choix, et, à cette idée, une terrifiante exaltation s'est emparée de moi une seconde et je me suis soudain senti vivre.

Les rafales ne cessaient pas. Elles provenaient d'une petite agglomération palestinienne du nom de Beit Jela, tout près de Bethléem, et visaient la banlieue mitoyenne juive de Gilo. Deux jours plus tôt, guidé par un fixeur, sous les insultes d'un soldat israélien j'avais passé le check-point de Bethléem et m'étais enfoncé dans les rues de la ville pour y rencontrer les tireurs : deux gamins d'à peine 20 ans et leur chef, qui devait en avoir dix de plus et était le seul autorisé à s'exprimer. Aucun n'avait de nom. Les deux plus jeunes étaient en jeans et T-shirts et portaient des pistolets, le chef une kalachnikov. Un quatrième type, armé lui aussi, gardait la porte du petit café du centre où le rendez-vous avait lieu. Une fois avalés le sandwich épais et le soda orange que l'on m'avait mis entre les mains sitôt franchi le seuil – ce que j'avais fait tout en écoutant le chef du commando me parler de la tour Eiffel, absurdement –, je m'étais laissé guider en SUV dans les environs de Bethléem jusqu'à une vaste maison vide, sans meubles, aux volets fermés, qui servait de planque, et où le même responsable m'avait assené l'heure de propagande correspondant à l'idée qu'il se faisait d'une interview. Je m'en foutais, je n'étais pas venu pour ça, je savais d'avance ce qu'il allait dire, de toute façon. Tout en le laissant parler j'observais les deux jeunes – l'éclat de fierté complice dans leurs yeux, leur énergie joyeuse de petits mecs enfin aux commandes de leurs vies. Une part de moi aurait pu sympathiser avec eux sans problème. Bien sûr, ils allaient droit dans le mur, avec leurs pistolets coincés à la ceinture et leur chef pérorant des mots d'ordre, cette « intifada » n'était rien d'autre qu'un processus d'autodestruction collectif – un attentat-suicide géant. Mais ce n'est qu'en y repensant à l'aune de ce que venait de dire Appelfeld que j'ai commencé à prendre la mesure de ce que cela voulait dire. De l'ampleur du désir de destruction que cela impliquait.

Au retour, le taxi qui me ramenait est passé sous les banderoles annonçant l'an 2000 et la concorde universelle, installées aux portes de Jérusalem par la mairie combien de temps plus tôt, en prévision des accords qui ne pourraient manquer de se conclure puisque « c'était la seule solution », ainsi que l'avaient répété mes interlocuteurs du camp de la paix, convaincus que l'avenir s'écrit avec la raison et que les êtres agissent selon leurs intérêts rationnels, des banderoles que nul n'avait pris la peine de décrocher depuis que tout vrillait vers la violence. Elles flottaient, exposées aux intempéries et à l'indifférence générale, au-dessus des maisons de Jérusalem dont les murs épais semblent comme taillés dans leurs ruines, et, en passant dessous, j'ai songé au siècle méconnaissable qui émergeait du cocon éventré de ces banderoles en charpie, j'ai songé aux prophéties paranoïaques de Y2K. De retour à l'hôtel, j'ai rouvert *Shylock* pour y relire les réflexions d'Appelfeld telles que Roth les consigne, et vérifier qu'elles n'avaient concrètement rien à voir avec la situation, ou avec Y2K, ou le changement de millénaire. L'analogie existait, pourtant, mais au-delà, ou plutôt, en deçà des événements, d'une manière infra-historique, comme si la fine couche de l'actualité n'avait rien été de plus qu'une gaine conductrice aspirant une intemporelle énergie noire. C'était l'énergie des forces archaïques diagnostiquée par Appelfeld, entr'aperçue par DeLillo, qui avait rampé vers la surface du Village Global durant la décennie précédente, surgissant brièvement avant de disparaître à nouveau – comme en Algérie, où, dès 1991, le Front islamique du salut avait appelé à en finir, je cite, avec *la démocratie des Juifs et des homosexuels* importée d'Occident, avant d'égorger près de 200 000 personnes, en majorité des femmes et des enfants ; comme à Tokyo où quatre ans plus tard la secte Aüm prêchant la fin du monde avait attaqué au gaz sarin les couloirs du métro, assassinant 13 personnes et en blessant près de 6 000 au milieu des années 1990 ; comme dans le Montana, où *Unabomber*, de son vrai nom Theodore Kascynski, 54 ans, docteur en physique et prophétisant lui aussi l'Armageddon, avait envoyé des colis piégés tuant 2 personnes et faisant 23 blessés graves à travers les USA sensiblement à la même époque ; comme dans le Vercors, ou 16 membres de la secte du Temple solaire s'étaient suicidés pour hâter eux aussi la fin de tout ; comme à Oklahoma City, où un terroriste d'extrême droite avait fait sauter l'immeuble du FBI local, au nom, lui aussi, de l'Apocalypse imminente, faisant 167 morts et plusieurs milliers de blessés. Et comme à Paris, dans la banlieue lyonnaise, à Roubaix, où le réseau Khelkal, piloté par les islamistes algériens, avait assassiné policiers et imams et placé des bombes à clous dans le métro parisien (8 morts, 138 blessés).

Tout se disloque. Le centre ne peut tenir. À l'époque, j'ignorais tout de ce très célèbre poème de W.B. Yeats *La seconde venue*, qui se conclut ainsi : *La ténèbre, à nouveau ; mais je sais, maintenant/Que vingt siècles d'un sommeil de pierre, exaspérés/Par un bruit de berceau, tournent au cauchemar, /–Et quelle bête brute, revenue l'heure,/Traîne la patte vers Bethléhem pour naître enfin ?* J'en ignorais tout mais la terrifiante exaltation que j'avais ressentie en écoutant Appelfeld, cette conviction d'assister à une espèce de naissance épouvantable en passant sous les banderoles dans le taxi – ce sentiment ne m'a plus quitté au cours des années suivantes, tandis que j'apprenais à vivre entre l'Israël des attentats et une France où, dans le déni total, une autre sorte de violence était en train de monter, et quand je me suis assis devant un écran de télévision comme tout le monde pour regarder en boucle les images du World Trade Center en flammes le 11 septembre 2001, et dans les jours qui ont suivi, cette conviction bien ancrée était déjà devenue une espèce d'habitude, comme elle m'accompagnerait dix mois plus tard, en juillet 2002, en émergeant du Holland Tunnel dans la lumière intense de New York pour y retrouver Roth et réaliser avec lui l'entretien qui allait tout changer entre nous, même si je ne le savais pas encore, remontant Canal Street enfoncé dans la banquette arrière d'un taxi bringuebalant avec le sentiment non de voyager mais de glisser, d'une moitié de la planète à l'autre, le long d'un temps détraqué, le long d'un de ces trous de ver qui dit-on relient entre eux des points situés aux extrêmes de l'espace. Le trou de ver de la destruction, le taxi longeant Ground Zero, la tonne de béton et d'acier enchevêtrés à quoi se réduisait le World Trade Center, transportée jusqu'à la décharge géante de Freshkills, sur Staten Island, où, dix mois après l'attentat, des équipes balistiques en scaphandres blancs pataugeaient encore dans les ordures et les débris à la recherche de morceaux d'os, de bouts de chair, de dents et de vêtements fondus ensemble par le feu et la compression des tours au moment de leur effondrement. Le taxi roulant le long du trou de ver de la destruction dans l'été de New York aux vents de plomb et d'amiante qui balayaient les rues, empoisonnant la population à petit feu bien que nul n'ait su alors à quel point, il faudrait attendre un rapport encore provisoire de 2021 établissant à plus de quarante mille en vingt ans, dont plus de deux mille cancers mortels, le nombre de personnes infectées par ces effluves toxiques nés de l'effondrement des tours – roulant jusqu'à la 74e Rue Ouest où m'attendait la chambre d'hôtel que j'avais réservée depuis Paris pour huit jours aux frais des *Inrocks* sans prévenir qui que ce soit au journal, puisque ma vie aussi était en train d'imploser.

7.

Fin août 2001, dans le cadre de la promotion de son roman *Plateforme*, Houellebecq avait donné au directeur de *Lire*, Pierre Assouline, l'entretien resté fameux dans lequel il assène que *l'islam est quand même la religion la plus con*, que Pétain a eu raison contre de Gaulle (*Je trouve ça facile d'aller faire le malin à Londres, plutôt que d'affronter les difficultés réelles du pays*), et que, sous l'Occupation, lui-même aurait sans doute soutenu Vichy tout en s'efforçant de sauver des Juifs. La première phrase avait fait scandale et, comme le silence entourant les suivantes me dérangeait, j'avais envoyé aux pages *Idées* du *Monde* un article intitulé *Michel Houellebecq aspects de la France* qui s'en prenait à la réception critique de Houellebecq par la presse, et dans lequel je prenais soin d'égratigner au passage l'aveuglement des *Inrocks* à son égard, tout en me donnant le beau rôle par implication.

La référence majeure de Houellebecq à cette époque était le fondateur du positivisme Auguste Comte, un penseur depuis longtemps tombé en désuétude, mais dont la philosophie autoritaire avait exercé une très forte influence en France et en Europe entre la seconde moitié du XIXe siècle et la Seconde Guerre mondiale, d'abord sur les milieux de gauche, puis sur les mouvements d'extrême droite (Karl Marx et Charles Maurras, le leader antisémite de l'Action Française, avaient successivement compté parmi ses plus fervents disciples). Comte était obsédé par la nécessité de maîtriser l'avenir. Même s'il tenait en haute estime le catholicisme dans lequel l'avait élevé sa famille monarchiste, il était arrivé à la conclusion que la solution, pour résoudre les problèmes du monde moderne, résidait désormais non plus dans la religion mais dans la science et la technique. *Savoir pour prévoir, prévoir pour savoir*, tel était son *moto*. Une nouvelle science, en particulier, allait tout résoudre, la « physique sociale » ou « sociologie », terme qu'il avait inventé en 1838. Une fois les valeurs morales et le fonctionnement de la société scientifiquement établis par ces nouveaux experts que seraient les sociologues, des questions telles que la liberté individuelle et sa Némésis, qui est l'imprévu, disparaîtraient d'elles-mêmes. Il suffirait de s'en remettre aux conclusions des experts en société pour savoir comment vivre. De cette science neuve naîtrait une nouvelle religion rationnelle, que Comte appelait *la Religion de l'Humanité*, et que nous appelons, nous, la technocratie. Une religion au sein de laquelle chacun, se conformant à l'ordre et au classement statistique, concourrait à *l'Harmonie universelle*, et ainsi régneraient l'ordre, la vertu civique et le progrès, tandis que le chaos serait chassé du monde.

Comte, en d'autres termes, avait inventé le cauchemar décrit par Huxley dans *Le Meilleur des mondes*, et décrit de façon plus neutre par Fukuyama dans *La Fin de l'histoire*. À en croire mon texte au *Monde*, il n'y avait pas une telle différence entre cette façon de penser qui inspirait tant Houellebecq, et celle des *Inrocks*, dont l'équipe, en dépit de son folklore *rock'n'roll*, était alors sous l'emprise d'une sociologie érigée en scientisme, comme d'ailleurs toute la gauche. Chacun avait beau se situer aux antipodes du spectre politique, l'aveuglement des *Inrocks* vis-à-vis des positions réactionnaires de Houellebecq révélait, selon moi, un conformisme et un désarroi communs. Au nom de la Raison, les libéraux avaient puisé dans la fin de la guerre froide une source d'espoir, et au nom de la Raison, les réactionnaires y avaient lu les débuts de la décadence, dans les deux cas, il s'était agi de sauver un cadre mental en état de siège, d'entretenir une illusion petite-bourgeoise de pertinence et de maîtrise face aux temps qui s'annonçaient – dont j'avais entr'aperçu les prémices à Jérusalem.

Rien de tout cela n'était explicitement développé dans l'article, qui se contentait de citer ironiquement *Les Inrocks* une seule fois entre deux virgules, mais à l'époque, tout ce qui touchait à Houellebecq prenait immédiatement des proportions nationales. Si le choix du *Monde* de publier ce papier en Une, que je n'avais pas anticipé, était flatteur, sa conséquence fut de transformer ma petite pique sarcastique contre mon employeur en gifle publique, et dans les minutes suivant sa publication, le 6 septembre, je reçus du directeur du journal Christian Fevret, qui m'avait embauché, l'appel m'annonçant qu'il venait de lire dans *Le Monde* ma lettre de démission. Je lui ris au nez.

La plupart des membres de la direction des *Inrocks* venaient de Versailles et se connaissaient depuis l'adolescence. Ils avaient fait des études supérieures, ignoraient les problèmes matériels et affichaient d'autant plus volontiers des opinions de gauche qui les autorisaient à naviguer dans les milieux culturels de ce temps-là avec une aisance organique. En rupture avec mes déclassés de parents, journaliste par nécessité financière, et affligé d'une vie sociale complètement à côté de la plaque, j'avais longtemps balancé à fleur de peau entre la position du voyou trop sûr de lui et celle du hippie de province qui ne l'était pas du tout. Tout cela avait changé grâce aux *Inrocks* et à ce que Fevret m'avait laissé y faire, et aux livres que j'avais publiés en parallèle, mais il était évident que l'hostilité instinctive entre la direction et moi n'attendait que l'occasion pour se manifester et je venais de nous l'offrir.

La guerre d'usure qui s'ouvrit pour obtenir mon départ serait fastidieuse à décrire et sans intérêt. Ce qui est sûr, c'est que l'onde de choc des attentats du 11 Septembre nous tapait tous sur les nerfs, potentialisant et radicalisant le moindre conflit à une vitesse et avec une intensité inimaginables encore six mois plus tôt. Parlons du désir de destruction. Dans les jours suivant les attaques, je me querellai avec toutes sortes d'amis et une bonne partie de l'équipe. Les paroles de *raps* politisés, les analyses de Tariq Ramadan fustigeant l'impérialisme américain, publiées par *Les Inrocks* pour *contextualiser* l'attentat – c'est-à-dire, en clair, pour l'approuver –, faisaient écho au musicien Karlheinz Stockhausen galvanisé tel Néron devant Rome par *la plus grande œuvre d'art jamais réalisée* qu'était, selon lui, le World Trade Center en flammes. *Le prodige de l'exploit nous émerveillait. On s'en voulait d'avoir cru les États-Unis invincibles. On se vengeait d'une illusion. On se souvenait d'un autre 11 Septembre et de l'assassinat d'Allende. Quelque chose se payait* : le milieu de la culture – et *Les Inrocks* avec lui – s'était mis à vibrer tout entier de cette extase telle qu'Annie Ernaux la décrit positivement, sept ans plus tard, dans son livre *Les Années*. Le divorce avec mon expérience à Jérusalem, une expérience juive, n'aurait pas pu être plus radical.

Les courriers que Christian Fevret et moi nous sommes échangés durant cette période me laissent aujourd'hui incrédule. Par quel déchaînement d'agressivité réciproque en vint-il à me dire que je me comportais depuis le début en « profiteur » et en « parasite » au journal – boycottant les réunions de rédaction, bouclant la rubrique dans mon coin et n'en faisant qu'à ma tête, et, alors que je bénéficiais d'une place en vue et enviée, annulant sans prévenir la moitié de mes rendez-vous professionnels et me faisant des ennemis à chaque pas, ou bien quittant Paris plusieurs mois d'affilée de manière impromptue au risque de désorganiser « le collectif »... Bref : traitant tout le monde à l'intérieur comme à l'extérieur du journal avec morgue et mépris, ce qui me desservait, moi, c'était mon affaire, mais desservait aussi le journal, et ça, c'était la sienne, et s'il ne me licenciait pas dans l'heure c'est que la situation financière délicate des *Inrocks* ne le lui permettait pas. Tout cela au cours d'un entretien dont j'ai (significativement ?) tout oublié, mais dont je retrouve l'essentiel dans le contenu de ces lettres avec A.R. que j'ai conservées.

Et qu'est-ce que je trouvai à répondre ? Oui, parlons du désir de destruction. Quelle fut ma seule réponse ? Que j'étais écrivain. J'écris le mot normalement mais il s'épelait dans ma tête avec une majuscule, à en juger par le ton de mes courriers. Personne, pas même le chef d'un « collectif », n'avait à me dire quoi écrire ni où le faire puisque j'étais *Écrivain*. Seize mois plus tôt, en avril 2000, j'avais publié, *moi*, et nul autre, l'article révélant les paragraphes antisémites écrits par Renaud Camus dans son livre *La Campagne de France* sorti ce printemps-là, déclenchant du même coup ce qu'on avait appelé l'« affaire Camus », une polémique sur l'antisémitisme, certes malsaine, si j'y réfléchissais à tête reposée, pour autant que j'en sois capable, mais qui avait duré jusqu'à l'été, et dont le journal avait bien profité. À l'automne suivant – quelques semaines avant ce premier voyage en Israël au cours duquel j'allais rencontrer Appelfeld –, la publication d'un roman de moi intitulé *Mariage mixte* et inspiré par un fait divers sanglant à connotation antisémite avait certes déclenché des réactions outrées – *livre nauséabond, dégoûtant*, écrit par un *pervers* ou un *fou* et dont *on parle trop*, avaient été quelques-uns des qualificatifs les plus aimables à son sujet –, mais ce livre avait tout de même aussi figuré sur toutes les listes de prix, et, de toute manière, ce succès fût-il de scandale avait lui aussi profité au journal, tout comme avant lui celui de Houellebecq, et de combien d'autres, que tout le monde associait aux *Inrocks* grâce à qui. Bref, si *Les Inrocks* bénéficiait d'une réputation digne de ce nom, fis-je savoir à Fevret, c'était en bonne part du fait de mon travail d'*Écrivain.*

Profiteur. Parasite. Dans le courrier officiel qu'il m'a fait parvenir après ce rendez-vous, ces deux mots deviennent *collaboration épisodique* et *attitude désinvolte et inacceptable à l'égard du journal.* Après l'avoir reçu, pour faire bonne mesure, je pris une place dans le premier avion à destination de Tel-Aviv où je disparus plusieurs mois. De retour à Paris, je mis peu de temps avant de pousser la porte de la comptabilité désertée par des départs en vacances précoces, et passer commande à l'unique assistante présente d'une pleine semaine d'hôtel à New York aux frais du journal, en plus du billet, pour une simple interview de deux heures avec Roth. Profiteur pour profiteur, parasite pour parasite, je tenais à être à la hauteur.

Marc Weitzmann cherche le scandale, avait conclu *Libération* dans sa recension de *Mariage mixte* à l'automne 2000, *les juges auraient raison d'interdire ce livre.* Le roman passait au tribunal le lendemain. *Libération* n'avait tort qu'en partie. À ne jamais me contenter de la surface, je vivais dans les profondeurs, l'esprit chargé comme une arme, ne faisant allégeance à rien et tenant à le faire savoir avec une arrogance de maniaque, et pour quel résultat ? Je ne cherchais pas le scandale, je cherchais les problèmes et j'étais en train de les trouver. Pourquoi m'être mis dans la situation d'avoir à m'expliquer – et pourquoi *sur ce ton* ? Pourquoi le furieux déploiement égotiste, si j'étais à ce point sûr de moi ? Pourquoi cette guerre contre des gens dont le seul crime, après tout, se limitait à m'avoir embauché et donné ma chance ? Aujourd'hui, un peu tard, ce sont ces questions qui me frappent.

Profiteur. Parasite. J'en avais la secrète certitude – secrète au sens où je me l'avouais à peine –, ce vocabulaire ne devait rien au hasard. Si les choses dégénéraient à ce point entre *Les Inrocks* et moi c'était aussi – c'est-à-dire, dans mon esprit surchauffé, avant tout – en raison de mes reportages sur Israël. En raison d'un conflit politique et existentiel entre le journal et moi qui avait pour centre Israël. Si *Libération* avait écrit ce qu'il avait écrit c'était aussi – donc essentiellement – parce que j'avais exhumé les phrases antisémites de Camus (que *Libé* avait défendu). Je pourrais continuer, mais je crois que c'est clair. Mais aurais-je laissé mes nerfs prendre ainsi le dessus, aurais-je laissé les pires clichés de l'époque me définir, me serais-je enfoncé dans cette *crise du temps* dont parle Hartog à propos de la France de cette époque et de son obsession pour « les mémoires » et « les identités », aurais-je cédé à tout cela sans les attaques contre les synagogues qui se multipliaient dans le pays depuis que la situation dégénérait au Moyen-Orient ? Sans les dîners au cours desquels certains des quelques amis qui me restaient se virent personnellement reprocher la brutalité de l'armée israélienne pour l'unique raison qu'ils portaient des noms juifs ? Sans la femme inconnue qui hurla *Je n'ai pas de sympathie pour Israël ! Je n'ai pas de sympathie pour les Juifs !* au bar du théâtre de l'Odéon, le soir d'une première d'un spectacle de Bob Wilson à laquelle j'assistais. Sans *Et on va nous faire croire que ce sont les Arabes qui ont fait ça !* crié par un technicien devant les images du World Trade Center en flammes, dans les couloirs de France 2 le lendemain de l'attentat ? Sans les cortèges contre la guerre d'Irak aux chants du Hamas et les passants pris pour juifs agressés dans la rue, sans l'attaque à la barre de fer contre une équipe juive de foot amateur à Sarcelles, dont je lus le compte rendu avec une espèce de satisfaction noire, dans l'avion qui, à nouveau – à peine rentré, je ne cessais de repartir –, me ramenait en Israël à la mi-avril 2002 ? Pas une semaine ne s'écoulait sans un incident de ce genre. Ou bien alors, c'était moi qui me focalisais là-dessus en raison de mes longs séjours en Israël, justement, et parce que je trouvais dans ces incidents confirmation de presque tout ce que j'avais publié jusque-là – l'article sur Camus, les reportages sur Israël, *Mariage mixte*, sans compter un premier roman sur l'héritage juif qui m'avait violemment brouillé avec ma famille. Je n'arrivais plus à savoir. Je n'aurais su dire ce qui l'emportait, chez moi, entre ce qu'il se passait réellement et ce que j'en voyais, entre les faits et, par exemple, mes relations déréglées avec mon père, enfant caché pendant la guerre mais surtout victime née, selon ce que j'estimais – un homme que sa nature, son narcissisme et sa culpabilité d'être avaient toute sa vie réduit à l'effacement, et à qui – à 40 ans encore, mon Dieu ! – je n'arrivais pas à rendre visite sans que l'amour que je pouvais lui porter se mêle à la honte et même au dégoût. Par orgueil, défi ou snobisme, ou bien par l'effet d'une fidélité perverse impossible à conjurer tout à fait, j'avais joué une espèce de jeu malsain avec un sentiment de désappartenance qui avait surtout été le sien, et maintenant, voici que le pays semblait décidé à me renvoyer ce jeu à la figure comme une réalité.

Je crois que c'est lors de ce séjour – mi-avril 2002, une saison de solitude et de paranoïa, gravats empilés au détour des rues, photos et récits d'attentats aux devantures des kiosques et sur les écrans de télévision – que j'ai abandonné tout espoir de jamais dissocier ma guerre intérieure de ce qu'il se passait tout autour. À Jérusalem, un fixeur du nom de Sahid était censé m'amener à Hébron. Parce que les maisons arabes et juives s'y côtoient, et parce qu'elle passe pour abriter le soi-disant tombeau des Patriarches, Hébron est l'une des villes les plus saintes, donc les plus mentalement empoisonnées, de toute la Cisjordanie. C'est là qu'en 1929, bien avant la création de l'État, le Grand Mufti de Jérusalem a exhorté la foule à l'un des pires pogroms de toute la région – plus de soixante-dix morts : rien à l'échelle d'aujourd'hui mais un choc pour les contemporains ; là que, bien plus récemment, en 1994, le terroriste juif Baruch Goldstein a vidé le chargeur de son M-16 sur une mosquée, tuant vingt-neuf personnes et en blessant plus d'une centaine d'autres avant de se faire lui-même mettre en pièces par les survivants. Au cours d'un précédent voyage, je m'étais joint à une patrouille de Tsahal chargée de faire respecter le couvre-feu et de répondre aux tirs sporadiques des snipers, nous avions tourné jusqu'à l'aube dans les ruelles du Souk aux relents d'ordures qui infestaient la nuit, et maintenant il me fallait à tout prix découvrir « l'autre côté », la partie arabe. Pour ce faire, Sahid m'avait été recommandé par un ami journaliste. Il habitait Jérusalem Est mais toute sa famille venait de Hébron, il connaissait parfaitement la ville et vendait ses compétences à la presse internationale, le plus souvent avec le sentiment de se faire exploiter.

Je me souviens de lui comme d'un homme énergique et trapu d'environ 45 ans. Il m'attendait devant un thé à la menthe au bar de l'American Colony où il avait ses habitudes. Parce que Haïm Weitzmann a été l'un des grands leaders du sionisme, et son neveu Ezer Weitzmann ministre de la Défense puis président de l'État, l'un et l'autre ont des rues à leur nom dans chaque ville d'Israël, j'évitais autant que possible de donner le mien quand je prenais contact avec un fixeur arabe. Je me présentais comme *Marc*. Mais quand, au bout d'une vingtaine de minutes, Sahid m'a demandé mon patronyme, le mélange d'amertume laconique et d'autorité qui se dégageait de sa personne ne m'a pas laissé le choix. De toute façon, il allait nous falloir des autorisations administratives pour entrer dans la ville.

— Weitzmann ? Son visage s'est décomposé sous l'effet de la colère. Je ne savais pas que vous étiez israélien ! — Mais je ne le suis pas ! répondis-je trop vite, avec le sentiment désagréable que j'étais en train de me défendre mais de quoi. — Vous avez un passeport français ? — Mais bien sûr ! Ma voix venait de s'envoler vers des aigus méconnaissables. — Je refuse de prendre cette responsabilité surtout en ce moment avec ce qui se passe. Vous êtes comme les Arabes d'Israël, ajouta-t-il. Eux non plus n'ont pas le choix de leurs noms. Ce n'est pas une question de passeport, c'est une affaire d'appartenance. Vous devez savoir de quel côté vous êtes.

Ce que je répondis à Sahid en me levant m'échappe aujourd'hui. J'étais dans un état de grande agitation au sortir de l'American Colony. À Paris comme ici, me quereller sur qui j'étais ou n'étais pas semblait devenu ma principale occupation. Vexé, obscurément furieux, piégé, ma liberté de mouvement limitée par quelque chose dont la puissance me dépassait complètement, je n'avais plus d'autre possibilité que d'arpenter la pourrissante sainteté de Jérusalem à la recherche d'un taxi.

Deux heures plus tard environ, de retour dans le deux pièces de la résidence d'artistes, à Hertzliya, aux environs de Tel-Aviv, où je logeais, devant la télévision de fortune posée dans le salon annonçant la qualification de Jean-Marie Le Pen face à Lionel Jospin au premier tour de l'élection présidentielle française qui s'était déroulée ce jour-là, je mis près de deux secondes à prendre conscience de ce qui ressemblait à un soupir de soulagement de ma part : si je devenais dingue, me dis-je, le yeux sur Le Pen au moins je n'étais pas le seul, tout le pays – le monde entier – basculait.

Et tel était encore mon état d'esprit trois mois plus tard, en montant dans l'avion pour retrouver Roth à New York.

8.

— On ne parlera pas des « Z », dit-il dans un rire en me voyant déchiffrer les titres des livres de sa bibliothèque. Nous venions de franchir le seuil de l'ancienne grange, transformée en bureau, contre les murs de laquelle s'alignaient les rayonnages. Les « Z » étaient les Juifs, à en juger par les titres. – Okay okay, laissons tomber les « Z », dis-je en riant à mon tour. – Parce qu'ils peuvent vous rendre cinglé, quelquefois, hein !

C'était le début de l'après-midi. À sa demande, l'entretien prévu à Manhattan se tenait en fin de compte chez lui, à Warren, dans le Connecticut, moins un village qu'un lieu-dit, une poignée de maisons champêtres éparpillées dans les bois à trois heures en taxi de la 74e Rue Ouest où je logeais. La maison principale, construite au XVIIIe siècle, d'une sobre élégance, s'élevait sur deux étages au milieu d'une silencieuse clairière verdoyante. Ses murs solides, faits de longues plaques de bois de chêne, étaient peints d'un beau bleu clair propre et apaisant. Les tuiles du toit, comme posées la veille, brillaient sous le soleil, et la haute cheminée en brique rouge s'élevant au-dessus semblait n'avoir jamais servi. Un peu plus loin, derrière la touffeur des arbres immobiles, un plan d'eau calme reflétait la lumière estivale. Et cent cinquante hectares de forêt achetés par Roth au fil des ans dessinaient tout autour comme une protection naturelle contre le reste du monde. C'était *Flat Rock Farm, The Fiction Factory*, ainsi qu'il l'avait rebaptisé, le parfait cottage du *Common Man* américain – non aristocrate mais indépendant, solitaire mais accessible, simple, quoique doté des moyens nécessaires au minutieux entretien des lieux. Le rêve du Suédois dans *Pastorale américaine*, mais un rêve que rien ne serait venu briser. Tout disait la permanence. Les effluves du 11 Septembre n'y atteignaient rien ni personne.

Pour discuter de *La Tache*, dont la sortie en France l'automne suivant était la raison de ma présence, il m'avait guidé derrière la maison, au bout de la clairière, jusqu'à l'annexe aménagée en bureau confortable : deux grandes pièces claires, la seconde, une petite salle de sport, et la première équipée des outils nécessaires à la discipline à laquelle il avait dédié sa vie il y avait de cela maintenant plus de quatre décennies : les rayonnages remplis de livres sur l'histoire des Juifs (mais le mot avait été tout de suite proscrit au profit des « Z » dans deux éclats de rire nerveux), les photos de famille (celle de son père en évidence), la table de travail soigneusement rangée, et les deux pupitres à hauteur de poitrine disposés de part et d'autre de la pièce, entre lesquels il allait et venait lorsqu'il écrivait parce que ses douleurs dorsales l'empêchaient de rester assis longtemps et l'obligeaient à marcher. L'un des pupitres supportait un ordinateur, l'autre les feuillets empilés d'un manuscrit ouvert. En bas à droite de ce manuscrit était posée une photo de Kafka jeune, l'une des plus connues. La ressemblance avec Roth au même âge me frappa pour la première fois. À gauche, une note disait *Finish the job*.

Nous étions à peine assis, qu'une petite femme brune assez jolie, d'une quarantaine d'années, et vêtue d'une robe longue et légère parut sur le seuil de la pièce, un plateau d'argent entre les mains, deux verres d'eau posés dessus. Me saluant à peine, elle déposa les verres entre nous avec un regard complice en direction de Roth, ce qui les fit éclater de rire l'un et l'autre, ça ressemblait à la conclusion d'une plaisanterie dont je n'avais pas le code, elle disparut et je restai seul avec lui.

Ce que j'aimais le plus, dans son travail : *Ma Vie d'homme, La Contrevie, L'Écrivain fantôme, Opération Shylock, Le Théâtre de Sabbath, Pastorale américaine* déjà cités. Quarante ans à creuser le sillon d'une œuvre ambivalente et sans compromis où la comédie de la dépendance sexuelle s'ouvre sur les abîmes de la fiction réflexive, et la méditation historico-politique sur une interrogation quant au sens de la vie. L'humour. Le sarcasme. La maîtrise formelle impeccable. Et, plutôt que l'autofiction, *l'autocompromission* : une tendance à faire de chacun de ses livres le compte rendu élégant d'une expérience morale et brutale.

Mais j'avais eu plus que ma part de brutalités au cours des deux années précédentes. Déniaisé par l'Histoire, compromis moi aussi quoique de façon non littéraire, non maîtrisée, je m'étais découvert incapable de distinguer entre ma nature et les circonstances, incapable, du même coup, par une sorte d'équivalence d'ailleurs difficile à expliquer, de lire Roth comme je l'avais lu jusque-là.

Est-ce là la raison du désaccord par lequel cet entretien a commencé ? Lui, l'Américain, libre et libéré de l'identité, du moins est-ce ce qu'il donnait à voir, ou ce que je voulais voir de lui, tandis que j'étais arraché comme une feuille à ma vie par le fatal mariage entre les événements et ma façon d'y réagir.

L'échappée

1.

Un aujourd'hui désaxé se glisse dans le présent de ce récit – images brèves captées sur les campus américains entre octobre et décembre 2023 et enregistrées sur mon téléphone.

Stanford University, Californie, 10 octobre, soit trois jours après les viols collectifs, tortures, démembrements et meurtres de masse commis par le Hamas dans le sud d'Israël le 7. Pour célébrer l'événement, Ameer Hassan Loggings, 35 ans environ, doctorant à Berkeley et professeur à Stanford, ordonne aux Juifs de sa classe d'*Éducation civique libérale et globale* de s'identifier comme tels, puis il les sépare des autres étudiants et, les regroupant dans un coin de la salle, demande : Combien de Juifs Hitler a-t-il tués entre 1939 et 1945 ? — Six millions, répond un étudiant. — Oui, commente Loggings, *seulement* six millions.

Trois jours plus tard, le 13 octobre à Washington University, Missouri, *Fuck Israel! You guys are all fucking gay!* On encule Israël! Vous n'êtes que des putains de pédés! Ainsi crient, sous un ciel d'azur, plusieurs dizaines d'étudiants hilares, tous blancs, et le visage entouré de keffiehs, à un groupe d'élèves juifs.

Cornell University, Ithaca, le 15 octobre, dans le crachin d'un crépuscule pâle et gris une petite foule entoure Russel Rickford, 48 ans, professeur d'histoire afro-américaine sympathisant de Black Lives Matter décrivant, micro en main, sa réaction spontanée au carnage en Israël une semaine plus tôt : *It was exhilarating! It was energizing! I felt energized!* – C'était exaltant! C'était énergisant! Ça m'a rempli d'énergie!

Même campus, quinze jours plus tard, le 31, tête basse, menottes aux mains, l'étudiant en ingénierie Patrick Dai, 21 ans, sino-américain, est emmené par deux officiers jusqu'à une voiture de police. Il vient d'avouer avoir posté sur l'Intranet du Cornell les courriels anonymes menaçant le réfectoire casher de l'université d'une attaque au fusil d'assaut.

Impossible d'échapper à ces vidéos, et beaucoup, beaucoup d'autres, qui infiltrent l'écran de l'ordinateur sur lequel j'écris ceci, parasitant jusqu'à cet après-midi, voici plus de vingt ans maintenant, où, dans la clairière des bois de Warren, Roth est apparu sur le perron vêtu de sa chemise écossaise, un Jimmy Stewart juif qui aurait lu Emerson et Thoreau, il s'avance vers moi dans un éclat de rire cordial et me guide jusqu'à l'annexe pleine de livres pour discuter de *La Tache*, qui a justement pour cadre un campus universitaire américain.

— L'Amérique a toujours été très présente dans vos livres, ai-je commencé ce jour-là. Mais depuis que vous la prenez ouvertement pour sujet, depuis *Le Théâtre de Sabbath* et *Pastorale américaine*, vous semblez vouloir vous concentrer sur ce qui ne va pas dans le pays. Jamais vous n'écrivez sur l'Amérique victorieuse dont vous êtes pourtant l'un des représentants les plus flagrants.

— Bien sûr que si, répond-il. À chaque page, il me semble. Mais par implication. Je suis très conscient du privilège qu'il y a à être américain au XXe siècle, particulièrement si vous êtes juif. J'écris sur cette chance, la chance de ce qui est, mais en montrant ce qui pourrait être. Ce qui m'intéresse, c'est la fragilité de cette réussite. La facilité avec laquelle les choses pourraient tourner autrement qu'elles ne le font.

Los Angeles, Californie, 5 novembre 2023, sur un trottoir, dans le soleil, gît la longue silhouette d'un homme de 69 ans, Paul Kessler, juif. Du sang coule de ses lèvres, quatre personnes l'entourent. Un coup porté en pleine tête durant la manifestation *Free Palestine* qui vient de s'achever l'a projeté au sol, il mourra à l'hôpital quelques instants plus tard. L'auteur du coup, Loay Abdel Fattah Alnaji, 50 ans, professeur d'informatique dans un collège local, n'est pas condamné.

New York University, Manhattan, 14 novembre, Bella Ingber, étudiante en physique, exhorte l'administration de NYU à la protéger contre les élèves la menaçant de mort parce que sa mère est juive et porte plainte contre l'administration de l'université pour discrimination et non-assistance à personne en danger.

New York, Queens, Hillcrest College, le 25 novembre, vue sur un couloir saccagé où une meute d'élèves adolescents pourchasse une enseignante juive aux cris de *Free Palestine*, l'enseignante disparaît derrière une porte, s'y barricade. Frustrés, les élèves détruisent, à la place, les toilettes de l'établissement scolaire.

Quelques jours plus tard, au Congrès, les présidentes de Harvard, MIT et Penn University, trois des plus prestigieux campus du pays, font face à la représentante républicaine et trumpiste Elise Stefanik. Concentrées, le buste penché vers l'avant, à la question de savoir si appeler au génocide des Juifs contrevient ou non aux codes de conduite en vigueur sur leurs campus, l'une répond après un long silence, *It depends on the context*, une autre, *It's a context-related question*, et la troisième, *It depends whether the speech turns into conduct* – Ça dépend du contexte. C'est une question liée au contexte. Ça dépend si le discours est ou non suivi d'acte.

2.

La Tache se déroule entre les années 1950 et la fin des années 1990, une époque aussi peu imaginable, vue d'aujourd'hui, que les vidéos que je viens de décrire le seraient pour le héros du livre, Coleman Silk, s'il pouvait les voir.

Les Noirs sont encore ségrégués tandis que le *numerus clausus* limitant l'admission des Juifs dans les universités n'est déjà plus qu'un souvenir. Selon l'historien Yuri Slezkine, au début du siècle, Harvard compte déjà vingt pour cent de Juifs parmi ses étudiants, et Columbia quarante – un chiffre qui monte à quatre-vingts et quatre-vingt-dix pour cent, respectivement, pour City College et Hunter College à New York. Quand s'ouvre l'histoire de Coleman Silk, dans la réalité, les Juifs s'apprêtent à devenir la minorité la moins menacée, la plus dynamique et la plus intégrée des États-Unis d'Amérique – une intégration dont Roth se sera fait toute sa vie le chroniqueur enthousiaste, l'observateur satirique et le moraliste inquiet. (*Ce qui m'intéresse, c'est la fragilité de cette réussite.*)

Le jeu de départ donné par Roth à Coleman Silk dans le livre n'est pas très différent de celui dont héritent la plupart de ses personnages. Comme Zuckerman dans *L'Écrivain fantôme*, comme Peter Tarnopol dans *Ma Vie d'homme*, et comme Roth lui-même, Silk est né en 1933 dans le New Jersey au sein d'une minorité ethnique, il a grandi entouré de parents aimants et laborieux de la classe moyenne, il est l'enfant favori de sa mère. Meilleurs résultats scolaires et universitaires ; physique avantageux ; énergie industrieuse ; puissant désir d'intégration. C'est lui à 20 ans, soit bien avant que le roman ne commence, dans le long flash-back qui retrace son parcours, vers le milieu du livre. Comme Tarnopol, Zuckerman et les autres également, un obstacle se dresse cependant entre lui et cet avenir américain prometteur : sa famille. Son origine. Mais cette fois, Roth complique la donne. Ce n'est plus le conformisme social de parents petits-bourgeois dont le héros veut s'affranchir pour devenir pleinement américain, ni leur désir de protection, mais quelque chose de bien plus formidable et difficile à vaincre : la couleur de la peau. Comme Levov avant lui, en effet, Silk se distingue physiquement du restant de sa tribu. Si sa mère, ses cousins et sa sœur sont immanquablement noirs, les hasards de la génétique l'ont fait hériter, lui, d'une pigmentation à peine mate, quasi blanche, qui lui permet de passer pour ce qu'il n'est pas. Que faire de cette carte qui, dans l'Amérique ségréguée des années 1950, est un atout possible, un choix potentiel – une trahison ?

Une première histoire d'amour avec une Blanche à qui il a caché ses origines – et qui le quitte, déchirée, lorsqu'il se décide à lui dire la vérité – le laisse dévasté. Il prend alors, pour la première fois, intimement conscience de la prison identitaire où l'enferme la société dans laquelle il est né. Va-t-il se joindre au mouvement des droits civiques naissants ? Non : Silk n'est pas un citoyen exemplaire. Sur les conseils de son entraîneur de boxe – le sport de combat individualiste par excellence –, sa révolte l'amène à une décision radicale : rompre avec sa tribu. En rejoindre subrepticement une autre. Devenir l'un de ces Juifs ashkénazes qui arrivent alors par contingents entiers dans les universités, et dont il partage certaines caractéristiques physiques, les cheveux frisés, le teint matifié. Il va planter sa tente au sein de cette minorité-là, celle qui dans les années d'après-guerre est en train d'emporter socialement et culturellement la bataille de l'intégration dans le pays. Il va dissimuler, pour ainsi dire, sa différence authentique sous le masque d'une altérité fictive.

Mais gagner cette liberté-là implique d'éliminer les témoins. Dans la scène-clé où se révèle toute la brutalité du personnage, Silk convoque sa mère – cette mère qui l'a si particulièrement choyé – pour lui annoncer qu'il la renie. C'est la dernière fois qu'ils se parlent, elle ne le reverra plus, ne saura jamais rien de ses petits-enfants s'il en a. Et, Roth insiste avec soin sur ce point, c'est la cruauté morale de ce choix, son injustice radicale qui le rendent indispensable aux yeux de Silk : *Il était en train de la tuer. (…) Il l'assassinait au nom de son exaltante idée de la liberté ! (…) Quand on a fait une chose pareille, c'est d'une telle violence que l'on ne peut plus* jamais *revenir en arrière – or c'est justement ce qu'il veut. (…) Donner à la brutalité du rejet sa vraie signification humaine, impardonnable, affronter avec tout le réalisme et la clarté possibles l'instant où votre destin vient à croiser quelque chose d'énorme. (…) Si, pour s'aiguiser comme une lame, il a décidé de faire la chose la plus dure qui soit à part la poignarder, c'est bien celle-ci. Cela le place au cœur même du sujet. C'est l'acte majeur de sa vie et sciemment, intensément, il en ressent l'immensité.*

Silk est le favori de la famille, le sur-aimé – le seul de la fratrie qu'un tel amour absolu reçu dès la naissance a rendu intérieurement assez fort, suffisamment intransigeant et fanatiquement égotiste, pour rompre comme il a décidé de rompre, et faire de sa vie ce qu'il a décidé d'en faire. Personne ne l'aimera comme l'aime sa mère.

La brutalité de ce reniement, en cette époque où la ségrégation imposerait plutôt un devoir de solidarité, fait de lui quelqu'un de si impardonnable *y compris à ses propres yeux*, sa solitude de renégat sera si complète après un tel acte, qu'il n'aura plus d'autre choix que l'indépendance. Trahir délibérément ce dont il vient est la condition virile de sa mutation. Sa sensation du couteau à lui. Plus jamais il ne laissera personne déterminer qui il est.

Par la suite, il épouse une Juive, a des enfants juifs, devient professeur spécialisé dans l'enseignement des classiques grecs, l'*Iliade*, notamment – quoi de plus occidental ? *Vous savez comment commence la littérature européenne ? Par une querelle. Toute la littérature européenne est née d'une bagarre*, dit-il, en introduction au seul cours que le lecteur le voit donner, au début du roman, un cours sur la *désastreuse colère d'Achille, la tête brûlée la plus inflammable, la plus explosive, qu'un écrivain n'ait jamais pris plaisir à dépeindre*. Cette carrière va le mener jusqu'à l'université d'une petite ville de la Nouvelle-Angleterre dont il devient le doyen, et qu'il entreprend de secouer grâce à une politique agressive et querelleuse que sa forte personnalité et son caractère charmeur mais peu commode, voire tyrannique, lui permettent d'imposer.

Silk est ainsi présenté dès l'ouverture comme *un extraverti à l'intelligence aiguë, main de fer dans un gant de velours, guerrier et manipulateur*. Sous sa houlette, les promotions deviennent plus difficiles, les augmentations de salaires moins automatiques et plus corrélées aux résultats, bref, il introduit la compétition et une authentique méritocratie, au grand dam de beaucoup de professeurs qui voient dans cette politique *un comportement de Juif typique* ainsi que le grommelle l'un des nombreux ennemis qu'il ne tarde pas à se faire, dupé par l'identité fictive que Silk s'est patiemment construite. Mais nul n'ose défier l'autorité et le charisme dont il fait preuve. La force qu'il lui a fallu mobiliser pour imposer son mensonge l'isole et le consacre en même temps.

Jusqu'à ce qu'un malentendu provoque la série d'accidents qui vont le détruire.

Deux ans avant que l'action du livre ne commence, Silk s'est interrogé à voix haute sur deux de ses étudiants inscrits à son cours, qui n'y ont jamais mis les pieds : *do they exist or are they spook,* a-t-il dit devant ses élèves, est-ce qu'ils existent ou est-ce que ce sont des spectres ? Mais le mot *spook* a aussi, en anglais américain un peu désuet, le sens argotique de *nègre*, et le hasard veut que les deux étudiants en question soient noirs. À la seconde où la phrase de Silk leur est rapportée, les deux élèves concernés décident de dénoncer Silk pour racisme auprès de l'administration. Un mini scandale s'ensuit, durant lequel Silk, drapé dans son orgueil, humilié par la bêtise d'une accusation dont il est seul à percevoir l'ironie, et furieux du peu de soutien qu'il reçoit de ses collègues, démissionne, plutôt que de calmer le jeu comme il lui serait très facile de le faire. Sur quoi, son épouse Iris meurt, foudroyée par un AVC brutal, que Silk ne manque pas d'attribuer au stress provoqué par l'affaire – plutôt qu'au stress qu'il a lui-même fait régner dans leur foyer par sa réaction colérique. Pour lui, aucun doute : l'administration du campus a tué son épouse.

Tous ces événements ne sont encore que le point de départ du livre, qui s'ouvre deux ans plus tard, donc, alors que Silk désormais ostracisé, vivant seul, consumé par une colère inextinguible contre son ancienne université, entame une relation clandestine avec l'un des seuls habitants de la petite ville auxquels il a encore accès du fond de sa rage solitaire : Faunia Farley, une femme de ménage de trente ans de moins que lui et apparemment illettrée, qui vit elle aussi en marge de la société. *La Tache* va décrire la destruction progressive de ce couple en état de siège, une fois leur relation scandaleuse révélée par un courrier anonyme.

3.

— Coleman Silk enseigne la tragédie grecque, dis-je à Roth, dans une ville fictive que vous avez pris soin de baptiser Athena. Il a une liaison avec une certaine Faunia, nom qui évoque les Faunes, tout le roman est ainsi saturé d'éléments renvoyant à la mythologie. Ne peut-on y voir le signe du *fatum* ou d'une némésis identitaire pesant sur Coleman Silk ? Il a voulu s'assimiler et voilà le résultat. Ses origines qu'il a si brutalement rejetées font retour dans son âge mûr pour lui présenter l'addition.

Cette fois-ci, je n'avais pas eu besoin de fiches. Mais j'aurais dû. Mon interprétation de *La Tache* était tout entière conditionnée par le bilan que je tirais de ma propre vie. Dans sa jeunesse, Silk récuse sa famille sur-aimante : pour des raisons dont le détail importe peu ici, le fils favori que j'avais été avait fait la même chose au même âge, j'étais resté des années sans voir ma famille, et continuais d'entretenir vis-à-vis d'elle de violents sentiments de rejet ; Silk cache le stigmate de la ségrégation et le déterminisme historique sous les signes d'une judéité normalisatrice – j'avais tout fait, au contraire, pour rendre apparents ses aspects les plus spécifiques. En clair : était-ce vraiment le fruit du hasard si un homme aussi avisé que Silk rencontrait une femme telle que Faunia Farley, en bordure de délinquance, mariée à un criminel, et dont l'irruption dans sa vie ne peut qu'accélérer sa destruction ? m'étais-je demandé en lisant le livre. Le puritanisme américain que Roth fustige à chaque page, et dont il se sert comme d'un *deus ex machina* pour provoquer la chute finale de son héros, est-il vraiment plus que cela, un outil littéraire ? Et la vraie cause de la catastrophe n'est-elle pas à chercher dans quelque chose de transgressif présent chez Silk dès le début ? De *l'ostracisme choisi* à l'ostracisme imposé par la société qui finit par le tuer, un fil reliait, selon moi, le point de départ au point d'arrivée : le tempérament du personnage principal. Qu'on l'appelle *culpabilité inconsciente*, si l'on avait lu Freud et Kafka et fait douze années d'analyse, ainsi que c'était mon cas, ou bien, si l'on était comme Silk féru de mythologie, *hubris* – du nom de cet orgueil individualiste propre à celui que les dieux distinguent pour mieux l'abattre –, ce tempérament qui lui avait donné la force de se construire provoquait en tout cas sa perte à la fin du roman.

Tel était l'angle par lequel j'avais abordé l'entretien, gardant pour moi la partie la plus personnelle de cette façon de voir.

C'est peu dire que Roth n'était pas d'accord.

— Je ne vous suis pas du tout, fit-il. D'abord, je n'ai pas inventé l'incident sur le mot *spook* servant de point de départ à ce livre, c'est arrivé à un professeur que je connais et qui a démissionné, complètement écœuré. Je ne serais pas surpris que ça se produise tous les jours, d'ailleurs, vu l'atmosphère ici en ce moment. Un professeur m'a raconté une histoire, et je me suis mis à écrire. Et comme souvent je me suis arrêté parce que je ne voyais pas quoi tirer d'*intéressant* à partir de cette anecdote. Ce n'est que lorsque j'ai commencé à comprendre qui était Silk et d'où il venait que j'ai entrevu mon sujet. Une bonne situation n'est jamais suffisante pour écrire un roman, ce qui est nécessaire, c'est la bonne personne dans la bonne situation. Un professeur stupidement accusé de racisme pour avoir employé un mot malencontreux, c'est un incident bon pour un sociologue dans la presse locale. Si le professeur est lui-même noir, s'il a tout fait pour échapper à cela, c'est déjà autre chose. Vous devez comprendre que beaucoup de gens aux États-Unis essaient de faire ce que fait Coleman Silk. Des gens aux origines mêlées de façon dingue, indiennes, noires et blanches, d'apparence quasi blanche mais qu'une légère couleur de peau ou un accent ont emprisonné dans une identité dont ils veulent se libérer… Depuis que le phénomène est analysé par des Noirs, on a tendance à y voir un reniement; dans ce livre, je tente plutôt d'en faire une quête de liberté. Trahir son appartenance, sa religion ? Parfait : c'est la règle, ici, c'est l'histoire de ce pays dans toute sa brutalité bénéfique. Je n'ai pas voulu montrer un homme poursuivi par un destin caché ou torturé par une culpabilité inconsciente mais tout le contraire : un homme fort, indépendant, qui est parvenu à créer sa vie comme tant d'Américains tentent de le faire. Il a voulu quitter sa communauté d'origine? Il l'a fait. Il s'est fait passer pour juif? Ça a marché. Il est devenu père de famille, enseignant, doyen respecté. Rien n'a été simple, dans son parcours, il a dû se battre, mais tout s'est enchaîné comme il le voulait. C'est un Américain, il contrôle son existence. Et soudain – boum! Le voilà attaqué par surprise, de la manière la moins probable qui soit, par des gens qui ne sont pas du tout à sa hauteur, et il s'effondre. C'est ce qui m'intrigue et m'intéresse, dans son histoire. Jamais un faux mouvement, pas une erreur, et le voilà pourtant détruit par rien : le hasard et la stupidité.

— Mais alors, dis-je, d'où vient cette impression de fatalité, à la lecture? D'où vient le sentiment que ce qui arrive à Coleman Silk a un sens?

Nous nous parlions chacun d'un côté de l'Atlantique, moi, l'Européen empêtré dans l'origine et le passé, lui, méditant sur des personnages occupés à naître.

— Qui sait? dit-il. C'est toujours un mystère, ce qui vous tombe dessus, non? Après la victoire, quelque chose doit bien survenir, je suppose... Et quand ça se produit, le sens du bizarre se réveille en vous. Le sens de l'injustice ou de l'absurdité : comment cela peut-il m'arriver, *à moi* ? *Pourquoi* cela m'arrive-t-il ? En réalité, toutes ces questions, que l'on est parfaitement en droit de se poser tant ce qui arrive est étrange, sont des pièges. L'ironie du livre ne vient pas d'une fatalité quelconque, mais du fait que Coleman va être défait par une petite imbécile – une jeune professeure sans expérience pleine de préjugés – suivie d'autres imbéciles. S'il doit être vaincu, la logique, la sienne en tout cas, voudrait que ce soit par quelqu'un d'au moins aussi *fort* que lui. Vous vous bâtissez une vie par la lutte et vous vous préparez à affronter des gens de votre niveau. Mais non. C'est ça qui est inexplicable. Sa chute ne peut pas se produire de manière aussi bête. Si on est vaincu, il faut que ce soit au moins par un adversaire noble, pour une raison valable, une raison que l'on mérite !

— Parce que mériter son sort donne un sens à ce qui se passe ?

— C'est ce qu'on s'imagine, oui. Comme cette idée que l'Amérique *méritait* ce qui s'est passé il y a dix mois, le 11 Septembre dernier. Un journaliste allemand venu m'interviewer m'a dit ça récemment : « Mr. *Roth, ne pensez-vous pas que l'Amérique a mérité le 11 Septembre ?* » J'ai dit, « *Mais cher Monsieur, vous qui êtes allemand, si les gens recevaient ce qu'ils méritent on ne se serait pas contentés de bombarder Dresde et Berlin, en 1945, on aurait rasé tout le pays* ». Vous savez ? Si on *mérite* ce qui nous arrive ! Et qui décide du tarif, au fait ? Ha ! Kafka a tout écrit sur la bêtise de ce genre de raisonnement. Non, on ne mérite pas ce qui nous arrive. Coleman Silk est défait du côté où il s'y attend le moins, et ça n'a pas la moindre signification.

4.

Qui de nous deux voyait juste ?

Chacun est-il vraiment *libre de se battre pour devenir libre* comme il l'écrit dans *La Tache*, et comme on le croit aux États-Unis, et, le succès venu, la ruine s'abat-elle sur le vainqueur pour l'unique raison que la nature a horreur du vide et que les histoires doivent succéder aux histoires ? Ou bien la brutalité nécessaire pour se forger une vie à hauteur d'ambition condamne-t-elle par avance qui s'y risque – *quelque chose se paye-t-il* toujours à la fin, pour le dire avec les mots d'Annie Ernaux sur le 11 Septembre ? Si j'envisageais ce que disait Roth comme une réponse au journaliste allemand – ou, pour le formuler depuis aujourd'hui, comme une réfutation préventive à ce qu'écrirait Ernaux sept ans plus tard dans *Nos Années* –, je tombais d'accord avec lui ; si j'y réfléchissais depuis mon propre parcours, c'était bien moins clair, et je cessais de savoir si le pire est que la vie n'ait pas de sens, et que n'importe quoi puisse arriver à n'importe qui n'importe quand, ou bien qu'elle en ait un, au contraire, condamnant chacun à ce qu'il est.

Mais à quoi bon ces ratiocinations ? Je n'étais pas venu demander à Roth d'évaluer mes choix – et moins encore le lui demander tout en le contredisant. *La Tache*, chapitre III : *Il remuait les mêmes pensées vaines, vaines pour un homme sans grand talent comme lui, sinon comme Sophocle : combien un destin se fabrique par accident… et, d'un autre côté, combien le destin semble accidentel quand les choses ne peuvent jamais tourner autrement qu'elles ne le font.* Une chose était sûre : aucun de nous deux n'allait trancher la question d'ici la fin de la journée, même si l'isolement de Warren facilitait la discussion. Le soleil avait commencé de baisser. J'avais coupé le magnétophone, laissant l'interview couler en discussion impromptue que nous poursuivions dans le jardin. Sous quelle impulsion me suis-je mis à lui expliquer ce que représentaient pour moi non seulement ses livres, mais ceux de son ami Saul Bellow, ceux de Don DeLillo également et de quelques autres encore, parmi les grands noms de la littérature américaine du siècle qui venait de s'achever ? Une littérature romanesque à l'énergie pyromane où rien ni personne n'était plus effacé, où tout pouvait et *devait* être dit. À son meilleur, la démesure incendiaire du roman américain jaillissait d'une guerre interne entre les contradictions de l'auteur, poussé par l'écriture jusqu'à une forme de folie, et par l'exigence artistique la plus haute voulue par la société, et le résultat, quand ça marchait, quand cette conflictuelle alchimie prenait corps, était un roman qui dynamitait tout, conventions sociales, lieux communs idéologiques, tout jusqu'au moindre soupçon d'académisme ou de cérébralité. Une littérature libre, mais d'une liberté exigeant un travail de titan. Il était d'accord, cette fois-ci, quoique pour d'autres raisons que les miennes. Comme nul ne lisait de littérature sérieuse aux États-Unis, disait-il, presque personne n'était au courant de ce qui s'y écrivait, c'était là toute la tragédie, mais aussi la condition de cette liberté et de cette originalité, l'impuissance sociale de la littérature était la raison pour laquelle on pouvait trouver aux États-Unis dix à quinze écrivains aussi remarquables que différents les uns des autres. À l'opposé de la France qui n'aime rien tant que les manifestes, les écoles, les catégories et les groupes, ces différences individuelles entre écrivains assuraient la richesse de l'ensemble. Chaque romancier écrivait depuis une vision des USA n'appartenant qu'à lui, une vision d'autant plus ancrée *localement* que son ambition se voulait universelle. Faulkner faisait écho à Shakespeare tout en donnant au lecteur une idée aussi précise que possible du Sud de son temps, Bellow un sens aigu de Chicago. Chaque page de Baldwin reconstruisait le Harlem noir de son enfance, Hawthorne autopsiait la mentalité de la Nouvelle-Angleterre, Fitzgerald, celle des classes supérieures de l'âge d'or du jazz tandis que Hemingway explorait le mythe agonisant de la frontière, etc. Le gigantisme de l'Amérique dictait à ses écrivains, non l'impératif d'une identité, mais l'urgence d'un lieu à décrire et partager. Tel était le malentendu aujourd'hui, disait-il : on rebaptisait *littérature ethnique* ce qui, en réalité, relevait d'un régionalisme viscéral.

— Dire qui l'on est, d'où l'on vient, dire l'arrachement aux origines, poursuivit-il : telle est la nature de la fiction ici. C'est de cette manière qu'on apprend le pays. Si vous êtes, mettons, un Polonais de Détroit ou un Noir de Harlem, vous allez écrire sur les Polonais de Détroit ou sur les Noirs de Harlem, et c'est cela qui fera de vous, non un Polonais de Détroit ou un Noir de Harlem mais un Américain… Vous n'avez pas tellement d'écrivains régionaux en France, si ? ajouta-t-il après un temps. Mauriac ?

— Mauriac, maugréai-je, oui… Il m'avait un peu pris de court, avec ce mot, *régionalisme*, un mot qui exhalait le chemin vicinal et l'ennui, un ennui à se buter contre lequel je m'étais constitué en lisant les écrivains cosmopolites tels que lui : comment pouvait-il me renvoyer à quelque chose de si *ringard* ? Je ne sais plus ce que j'ai répondu au juste, mais quels qu'aient été les à-peu-près plus ou moins grossiers avec lesquels je réfléchissais, il a dû percevoir ma soif d'échappée. Dans mon esprit, la clairière de Warren matérialisait pour quelques heures le refuge mental que je n'avais jusque-là trouvé que dans ses livres, une perspective de fuite face aux contradictions dans lesquelles je m'étais enferré. Il a dû le sentir, oui, je ne vois pas d'autre explication à ce qui a suivi.

— Vous devriez postuler à la MacDowell Colony, fit-il tandis que nous attendions le taxi qui me ramènerait 74e Rue Ouest.

C'était une résidence d'artistes fondée en 1907 dans les montagnes du New Hampshire par une philanthrope du nom de Mariam MacDowell après la mort de son mari, m'expliqua-t-il. Assez stricte, la sélection des candidats assurée par un comité d'experts se faisait sur examen des œuvres déjà publiées. Cela signifiait qu'il leur faudrait embaucher un lecteur francophone, aucun de mes trois bouquins n'ayant été traduit, mais, dit Roth, *ils ont tendance à écouter ce que je dis.*

Je n'ai pas gardé le souvenir de l'instant où j'ai accepté sa proposition, contrairement au regard avec lequel il m'a salué une dernière fois à travers la vitre du taxi tandis que le chauffeur démarrait, un regard-siphon, si je puis dire, un regard qui m'a comme aspiré dans sa mémoire et dont l'image s'est gravée en retour dans la mienne.

Revenu à Paris, j'ai rempli le dossier de candidature requis sur le site Internet de la Colonie MacDowell, et y ai joint par courrier celui de mes trois livres que j'estimais le moins insatisfaisant. Sur le même site, j'ai examiné la liste des résidents aussi variés que prestigieux qui s'étaient succédé là-bas au fil des ans – Aaron Copland, Leonard Berstein, James Baldwin, Alice Walker, Georgia O'Keefe, Merce Cunnigham, Sonny Rollins, William Styron et Roth lui-même bien sûr, parmi beaucoup d'autres –, et je n'ai pas trouvé particulièrement invraisemblable, moi qui n'étais pas américain et n'avais alors ni livre ni article en anglais à mettre à mon actif –, de recevoir quelque temps plus tard une invitation pour un séjour de huit semaines aux dates de mon choix.

Mais je ne suis pas parti, pas tout de suite. Incertain de ce que je trouverais sur place – ou plutôt, certain que la curiosité et l'excitation m'empêcheraient d'écrire, quelles qu'idylliques que seraient les conditions –, je décidai de conditionner mon départ à l'achèvement du roman commencé deux ans plus tôt lors de mon premier voyage en Israël (lequel restait mystérieusement fidèle à l'intention originelle, même si tout avait changé à l'intérieur), et, après un ultime voyage à Jérusalem au début du printemps suivant pour collecter le matériel nécessaire, je passai l'été de la canicule et le début de l'automne arrimé à ma table de travail dans le salon du deux pièces que j'occupais alors à Paris, place de la République, si bien que je n'arrivai à New York, et, de là, en bus Greyhound, jusque dans les monts enneigés du New Hampshire où se trouvaient dispersés les petits chalets en rondins de la Colonie MacDowell, qu'à la toute fin du mois d'octobre 2003, le lendemain de Halloween, pour être précis, plus d'un an après cette visite à Warren au cours de laquelle nous nous étions pour la première fois parlé « vraiment », Roth et moi, c'est-à-dire depuis nos histoires respectives avec son livre en guise de pont.

Je dis *depuis nos histoires respectives* parce qu'il ne fait aucun doute aujourd'hui dans mon esprit que certaines des choses qu'il a dites ce jour-là étaient le produit de ses réflexions sur lui-même. Je n'avais alors aucun moyen de le savoir, mais, à cette époque, il avait rompu avec beaucoup de monde, et à part un tout petit cercle d'intimes auxquels il réservait sa confiance, nul ne savait plus grand-chose de sa vie. QU'ON SE LE DISE, JE N'AI PLUS AUCUN LIEN AVEC NEW YORK, avait-il faxé à Andrew Wylie en s'installant définitivement à Warren, tout en faisant retirer son nom du *Who's Who* pour mieux disparaître.

(*Il est entré dans la clandestinité*, comme le formulerait Edna O'Brien revenant sur cette période de sa vie, dans le discours déjà cité au début de ce livre.)

Non je ne pouvais pas le savoir, et surtout, je ne l'aurais pas cru si on me l'avait dit. Comment supposer que Warren était aussi une planque pour un homme qui, à force de réfléchir intelligemment aux pièges qu'on lui avait tendus – *Jamais un faux mouvement, pas une erreur et le voilà pourtant détruit par rien, par le hasard et la stupidité*, ainsi qu'il me l'avait dit, se parlant à lui-même –, était sur le point de tomber dans un piège pire encore? Non, si ma part la plus adulte trouvait dans l'énergie et la cruauté de ses livres un carburant à sa réflexion, une autre gobait avec la naïveté d'un enfant de 7 ans ce décor champêtre, Warren et sa *Flat Rock Farm* aux jolies couleurs. La retraite idéale de l'écrivain glorieux, la matérialisation de son indépendance économique, intellectuelle, mentale et affective. Warren respirait force, ordre, concentration, foi en soi. Séances de piscine, séances de travail, promenades et lectures rythmaient seules, pour ce que j'en savais, la discipline de ses journées solitaires – solitaires à l'exception des instants où une femme souriante et mystérieuse lui apportait à boire avant de disparaître. Célébrés dans le monde entier, les romanciers du calibre de Roth ne pouvaient plus être atteints par rien et c'était ça, l'immortalité. Et jamais je n'aurais pu établir le moindre lien concret entre l'harmonie de cet endroit respirant la victoire et la consécration, et certaines des phrases qu'il y avait pourtant écrites. Des phrases comme, par exemple,

Je m'écoule rapidement le long des trottoirs de la vie, je ne suis que débris, et je ne possède rien qui pourrait faire obstacle à une lecture objective de la merde (*Le Théâtre de Sabbath*), ou bien – et peut-être surtout – dans *Pastorale américaine* : *Tu crois que tu sais ce que c'est qu'un homme ? Tu n'as aucune idée de ce qu'est un homme. Tu crois que tu connais ce pays ? Tu n'as aucune idée de ce qu'est ce pays. Tu te fais une fausse image de tout.*

Description d'un combat

1.

Hier soir, j'achevais de transpirer sur les paragraphes qui précèdent quand Steven Zipperstein a appelé.

Professeur d'histoire et de culture juive à l'Université de Stanford, éditeur de la série *Jewish Lives* aux Yale University Press, et ami de longue date de Philip, Zipperstein met la dernière main à une biographie de lui qui, si elle est réussie, pourrait bien sauver sa mémoire du piège dans lequel l'a enfermée celle du journaliste Blake Bailey, pourtant officielle et « définitive », parue aux États-Unis en 2021.

J'ai fait la connaissance de Zipperstein deux ans avant la publication du livre de Bailey, en novembre 2019, à Berkeley, où je me trouvais pour présenter la version américaine de *Un temps pour haïr, Hate*, à un groupe d'étudiants juifs – un choix par défaut : contrairement à ce qu'avait pensé Philip, trouver une audience autre que juive pour un tel livre sur un campus américain était déjà impossible en 2019. Quoi qu'il en soit, après la session, j'ai retrouvé Zipperstein dans l'un des coffee-shops de Berkeley où il m'avait fixé rendez-vous, un petit Juif râblé au regard vif et narquois et au verbe énergique installé au fond de la salle devant un gobelet de café. Il m'avait contacté par email afin de m'interviewer pour son projet de biographie, mais, à peine assis, un de mes sempiternels capuccinos à la main, c'est lui qui s'est mis à parler. Le projet, a-t-il dit, de publier un *Philip Roth* au sein de sa collection *Jewish Lives* à Yale – laquelle comptait des vies aussi disparates que celles de Spielberg, Lilian Hermann, Disraeli, Golda Meir, Proust, Bugsy Siegel, et Moïse – lui était venu en 2016 et, sitôt mis au courant, a-t-il ajouté, une lueur mi-amusée mi-embarrassée dans les yeux, Roth l'avait encouragé avec enthousiasme. Cela alors qu'il avait intronisé huit ans plus tôt Blake Bailey comme son biographe officiel, et guidait et supervisait ses recherches depuis avec toute l'intensité, la minutie – et la fermeté – dont il savait se montrer capable.

À en croire Zipperstein, et je le croyais, ce qui rendait l'histoire remarquable n'était pas tant que deux livres s'avèrent nécessaires pour faire le tour du romancier qui a écrit *La Contrevie,* mais que Philip ait poussé le jeu jusqu'à demander à Bailey de partager ses archives personnelles avec lui, Zipperstein. Bailey était par contrat le seul à pouvoir accéder aux documents les plus intimes du « dernier géant des lettres américaines ». Il avait vendu le projet aux éditions Norton sur cette base exclusive avec l'accord écrit de Philip, et par l'intermédiaire de son agent

Wylie, et s'en prévalait depuis dans le Tout-New York littéraire pour achever d'asseoir sa réputation.

Philip était-il allé jusqu'à transmettre, sous le manteau, certains documents à son potentiel biographe *underground*? Ce n'était pas complètement clair, dans le propos de Zipperstein. Il y a un épisode polémique resté fameux au début de la vie littéraire de Roth, en mars 1962, trois ans après son premier livre et premier National Book Award *Goodbye, Columbus* : sa participation, aux côtés du romancier noir Ralph Ellison, à une discussion organisée à la Yeshiva University de New York sur le thème *Conflit de loyauté chez les écrivains issus des minorités.* Zipperstein disait avoir eu accès à un enregistrement de la soirée, et je ne voyais pas bien comment c'était possible sans le concours du premier concerné. Il ajouta, comme en passant, que la bande sonore ne correspondait pas au compte rendu qu'en avait toujours fait Roth lui-même. Sur l'instant, j'enregistrai l'information sans réagir et le laissai continuer.

Roth, poursuivit Zipperstein, était mort à quelques jours du premier des entretiens biographiques prévus pour s'étaler sur dix-huit mois qu'il avait accepté de réaliser avec lui – et pour lesquels Zipperstein avait sollicité un congé sabbatique à Stanford et emménagé à New York –, et maintenant, sa principale source d'information disparue, il interrogeait tous ceux qui l'avaient connu à un titre ou un autre pour tenter de combler les manques.

Il s'est tu. Un sourire invisible est monté avec les vapeurs des cafés tandis que nous nous regardions par-dessus nos gobelets avec la certitude de penser la même chose : à la version « définitive » de la vie de Roth telle qu'il l'avait lui-même conçue – la version « goy », *wasp, White anglo-saxon protestant*, disons la version institutionnelle dont il avait tout fait pour organiser la publication après sa mort –, succéderait donc, à plus ou moins long terme, une version juive, moins dans la ligne, mais tout aussi consciemment alimentée par lui en sous-main. L'occasion s'était présentée et il n'avait pu résister. Zipperstein et moi avons fini par en rire, quoi faire d'autre, puis nous sommes passés à ce pour quoi il m'avait fixé rendez-vous, il m'a posé deux ou trois questions sur ce que je croyais savoir de Roth, et nous nous sommes séparés sur la promesse de rester en contact, ce que nous n'avons bien sûr jamais fait.

Hier, lorsqu'il a appelé, il sortait d'un rendez-vous avec Norman Manea – l'auteur de vingt livres, dont le merveilleux *Les Clowns, le dictateur et l'artiste* –, que Philip a aidé à fuir le régime de Ceauşescu et à s'installer à New York, vers le milieu des années 1980, et dont il était resté proche. À un moment donné de l'interview que Zipperstein était en train de réaliser pour cette bio parallèle qu'il achève, Norman a mentionné mon nom et *combien Philip appréciait votre relation*, m'a-t-il dit au téléphone.

— Quand on s'est rencontrés à Berkeley il y a trois ans, j'ai senti qu'il fallait que je vous voie mais je ne savais pas vraiment pourquoi, a-t-il ajouté, *je n'arrivais pas à vous placer dans la géographie de Philip.*

Norman avait clarifié ce point. La vie de Roth était ponctuée d'amitiés masculines assez fortes et je faisais partie de la liste, m'a-t-il dit. Qu'est-ce qui avait pu l'intéresser dans cette relation, vu son intransigeance bien connue à cette période de sa vie surtout, et vu la différence d'âge et de pays entre nous ?

Je lui ai répondu qu'il n'était pas le seul à s'être posé la question. Judith Thurman, l'une des rares à tout savoir de Roth ou presque, est restée une seconde interdite, la première fois qu'elle m'a vu en sa compagnie. C'était l'hiver 2005, la fête de fin d'année du *New Yorker* dans un bar de Soho, pour une raison que je n'identifiais pas Philip avait décidé de s'y rendre et m'avait proposé de l'accompagner. *Who's the new guy?* lui a-t-elle demandé sitôt que je me suis éloigné vers le bar, manquant, du même coup, la raison pour laquelle il était là, une femme, bien sûr, ainsi que je l'ai su plus tard, l'une des deux causes de la catastrophe qui devait suivre. Et la réponse de Philip à Judith dans un éclat de rire, *He's a French bandit! C'est un bandit français*, m'a valu une invitation à dîner chez elle une dizaine de jours plus tard. Cette réponse résume assez bien ce qu'il croyait voir en moi, ai-je dit à Zipperstein. J'étais en rupture de ban, quelque chose dans le flegme éruptif avec lequel je donnais le sentiment de gérer ça le séduisait. Et puis la solitude, la disponibilité rageuse qui en résultaient, le fait de ne vivre nulle part bien longtemps. À Tel-Aviv comme à Paris ou New York, même si elles ne durent pas on vit beaucoup d'histoires en vivant de cette façon, cela permettait bien des projections de sa part.

L'un de ses derniers textes, *La primauté du ludis*, qui pose un regard rétrospectif sur son œuvre, définit de la façon suivante les Portnoy, Sabbath, Keppesh et autres grandes figures de ses romans successifs : *une bande d'individus qui ont un penchant pour la provocation canaille, l'improvisation satirique, l'imposture impétueuse, l'irrévérence railleuse, le monologue démesuré, la réalité corporelle vociférante, le faux délire, la moquerie pure et simple, l'appétit incessant et la souillure par leurs inconvenants instincts.* Des types chez qui *la primauté du jeu sans honte est omniprésente, comme l'est aussi la voix subversive alimentée par une méticuleuse méfiance à l'égard des valeurs vénérées...* Il s'agit là d'une vision *idéalisée* de lui-même, pour bizarre que cela semble. Dans cette description de ce qu'est un homme, que beaucoup jugeraient infantile, gratuite, débile, ou répugnante, il voyait certaines de ses potentialités les plus vitales, et cela correspondait à ce qu'il recherchait aussi dans la vie chez une partie au moins de ses amitiés masculines – quitte à les exagérer quelque peu.

Il y avait du danger à fréquenter Philip de près, ai-je ajouté à l'intention de Zipperstein. Ce jeu narratif avec les différentes facettes pas toujours nobles, ni conciliables entre elles, qui constituaient nos personnalités – j'emploie le pluriel sans bien savoir si je m'inclus dans la liste de ses amis ou dans celle de ses personnages –, ce jeu n'était jamais grivois ni vulgaire, mais il n'était pas non plus sans risques. Qu'est-ce que vous aviez dans la tête ? Dans les tripes ? Qui étiez-vous ? Quel type de Juif, quel type d'homme – ou de femme car, sur ce plan, il exigeait la même sincérité de ses amis des deux sexes. Étiez-vous assez vous-même, et suffisamment détaché de vous-même – c'était là le point crucial ? Pouviez-vous faire, en toute sincérité, la pleine expérience toujours renouvelée de ce qui vous composait, si immoral ou douloureux que ça puisse être ? C'était comme un test *in vivo* auquel il participait lui aussi, mais dont il savait comme personne manipuler et suggérer l'intensité. La tentation de l'immaturité était le test de notre maturité, de notre liberté – de notre nitroglycérine existentielle, je ne sais pas si je suis clair, ai-je dit à Zipperstein. Y participer exigeait donc certaines précautions. Bailey n'était pas du tout équipé pour ça, avons-nous conclu avec Zipperstein, et ça a eu des conséquences catastrophiques. Ne *pas trop* devenir l'un de ses personnages, ai-je ajouté avant de raccrocher, résister à la tentation de *trop* être soi, telle est la règle que je me suis fixée très tôt, avec lui.

Ensuite, après avoir raccroché, je suis resté assis devant mon ordinateur face à la fenêtre où le soir montait avec sa cargaison de fantômes. J'ai revu Philip, bras étendus de part et d'autre du dossier de la banquette au Russian Samovar, fixant sur moi son regard nocturne, ce regard de loup fugitif qu'il avait quelquefois, les premiers temps surtout, lorsqu'il guettait ma réponse à quoi que ce soit qu'il venait de dire. La rupture et la fuite étaient ses positions par défaut, cela se sentait. Certains êtres ont un sismographe dans les nerfs et dans le cœur et aux premières impulsions électriques détectant le danger, ils s'évaporent. Je le sais parce que, à moi aussi, ça m'est arrivé parfois, au détour d'un rendez-vous ou d'une rue, disparaître à jamais de certaines vies pour un rien – une intonation, un regard, une expression qui ne me convenait pas. Et j'avais tout de suite identifié ça, chez lui. En dépit de sa force et de son autorité naturelle on percevait la blessure, et aussi, très nettement, qu'à la moindre réflexion qu'il jugerait stupide, à la plus petite trahison – car, dans son esprit, faire preuve de bêtise et trahir sa confiance n'étaient pas loin d'être la même chose –, en un clin d'œil il disparaîtrait à Warren ou ailleurs. Mais si vous acceptiez le jeu, si vous trouviez en vous la générosité et l'audace de le faire, alors il devenait un prodigieux auditeur et le plus merveilleux des amis. L'ami le plus inflammable que j'aie pu avoir.

2.

C'est durant ce séjour à la Colonie MacDowell que j'ai commencé à le retrouver régulièrement. L'endroit : une trentaine de chalets en rondins dispersés dans les bois montagneux d'une réserve naturelle du comté de Hollsborough, autour d'un bâtiment principal où les résidents se rejoignaient deux fois par jour, à sept heures le matin pour le petit déjeuner, et à dix-neuf heures le soir pour dîner, et pour la veillée dans une vaste salle adjacente au réfectoire, pleine de fauteuils profonds au cuir usé posés contre les boiseries, et équipée d'un bar, d'une haute cheminée, de deux tables de billard, d'un baby-foot, et des deux seuls ordinateurs disposant d'une connexion Internet.

C'était le cœur de l'hiver 2003. Les dix minutes de retour au chalet, entre vingt-deux heures trente et vingt-trois heures, se faisaient seul, les mollets profondément enfoncés dans la neige, cerclé par les ombres géantes des conifères du New Hampshire, et avec pour seul guide une lampe-torche dont le rayon blanchâtre s'échouait comme une bave le long des parois de la nuit. L'intérieur du chalet qui m'était alloué – et avait hébergé James Baldwin un demi-siècle plus tôt – se composait d'une grande table de travail carrée au bois usé, d'une chaise dans le même état qui me cassait le dos, d'un lit à une place, d'une cheminée, d'un indispensable radiateur électrique et d'un piano désaccordé dont je n'avais pas l'usage. Dans l'aube scintillante de gel, des daims immobiles plantés sur la neige piquetée d'or rose observaient la cabane avec un ébahissement toujours renouvelé, avant de s'enhardir dans la lumière montante jusque sous le givre de la fenêtre, puis de disparaître d'un bond vers la forêt. À midi, un employé invisible déposait sur le perron le panier d'osier contenant le sandwich enroulé dans une serviette en tissu à carreaux rouges, accompagné d'une demi-bouteille d'eau minérale, qui faisait office de repas. Et c'était à peu près tout. J'avais fini avant de partir le manuscrit pour lequel j'étais venu m'isoler, ainsi que je l'ai dit (c'était le roman « sur la mondialisation », lequel traitait en fin de compte surtout de ma famille et aussi, l'expérience israélienne aidant, de terrorisme, et auquel j'avais donné le titre *Une place dans le monde*) ; mon licenciement des *Inrocks* désormais effectif, l'absence de revenus réguliers constituait la donnée de base d'une liberté avec laquelle il allait me falloir composer, mais, pour l'heure, à part corriger les épreuves du livre à venir, me promener dans les bois, lire la bibliothèque riche en classiques américains, et contribuer à vider la réserve de whisky, je n'avais vraiment pas grand-chose à faire. Chaque jeudi, dans ce qui était vite devenu un rituel, je prenais donc le taxi jusqu'à la petite ville de Peterborough toute proche et, de là, un car Greyhound m'amenait en quelque cinq heures à New York où je restais jusqu'au lundi matin suivant. Je dormais à Brooklyn, dans le petit deux pièces d'un ami journaliste absent de chez lui qui m'avait laissé sa clé contre la promesse de nourrir ses deux chats et de changer leur litière, et, chaque vendredi ou samedi soir, selon les semaines, je retrouvais Roth au Russian Samovar, son lieu de prédilection et très vite aussi le mien – moins un restaurant qu'une société en exil, pour ainsi dire, au nord de Times Square.

L'hiver ! Ce soir NYC/est plus bien froid que la lune/Chère vodka et doux caviar/Devraient nous réchauffer – où être ailleurs/ qu'au Russian Samovar de Kaplan ? Le « Kaplan » de ce court et parodique poème du poète exilé Joseph Brodsky était Roman Kaplan, un Juif trapu à la tête carrée, aux grands yeux bleus rigolards et brutaux et à la barbe poivre et sel impeccablement taillée. Toujours tiré à quatre épingles, il allait et venait entre les rangées, surveillant d'une même autorité les employés, les musiciens et les clients, s'asseyait parfois à telle ou telle table VIP pour réciter de mémoire, en russe, un poème de Anna Akhmatova ou de Ossip Mandelstam, ou de Heinrich Heine en allemand, ses langues favorites en plus de l'anglais, du français et de l'hébreu. Il lui arrivait aussi de se déchausser pour exhiber le pied auquel manquaient trois orteils emportés par le gel durant le siège de Leningrad, où il était né, et où, entre 1941 et 1944, lorsqu'il avait entre 3 et 7 ans, la famine la guerre et le froid avaient presque eu sa peau. Comment il avait enseigné la littérature et s'était lié avec Brodsky au début des années 1960 ; comment il avait été dénoncé au KGB pour contacts illicites avec « l'Ouest » (en l'occurrence, une correspondance avec Leonard Bernstein) ; comment les autorités soviétiques le jugeant *indésirable* l'avaient expulsé en direction d'Israël – Moscou n'autorisant alors pas d'autre destination à ceux que le régime recrachait, qu'ils fussent juifs ou non ; comment il avait ensuite gagné New York, où il avait survécu quelque temps comme bagagiste et portier : tout ça faisait partie de sa légende. Avec quels fonds il avait ouvert le Russian Samovar en 1986, pour y recevoir en priorité des amis exilés comme lui à qui il finissait immanquablement par offrir un repas sur deux, restait en revanche un mystère. L'année suivante, en tout cas, son Nobel de littérature en poche, Brodsky avait consacré une bonne partie du chèque à sauver Kaplan de la faillite et asseoir ses finances. C'était encore à lui, Brodsky, que le Russian Samovar devait d'être devenu l'une des principales cantines d'un New York cosmopolite et littéraire habité par l'Histoire – Norman Mailer, Susan Sontag,

Liza Minelli et bien d'autres, en plus de Roth, en avaient été les habitués : un New York américano-russo-juif au romantisme tragique, réfractaire, et artistiquement intransigeant, typique des dernières décennies de la guerre froide et du siècle de désastres qui s'achevait, et dont les ruines ultimes s'entassaient plus au sud, entre Ground Zero et Freshkills Island.

Un piano Steinway d'un blanc lumineux séparait la salle à manger du bar – un don de Mikhaïl Barychnikov. Entre les sets des groupes russes et tsiganes qui faisaient danser la clientèle – traductrices de l'ONU, correspondants et diplomates russes, hommes d'affaires divers, producteurs de L.A. de passage à New York, journalistes américains, cinéastes… –, un pianiste de Leningrad jouait des Ballades de Chopin, quelques morceaux de Prokofiev, un peu de Beethoven. Assises au bar qui s'étendait plus loin vers la porte, une poignée d'« étudiantes russes » faisaient tapisserie chaque samedi soir, guettant les sorties des théâtres de Broadway tout proche, face à Yasha, le Juif odessite à l'énergie de pitbull qui faisait le barman une batte de base-ball à portée de main, et que je soupçonnais fortement de faire aussi le maquereau. (*So, what did you go to jail for, Yasha? – Ah you know Marc, I tried to make money in this country!*) Il m'avait à la bonne, et savait quand cesser de remplir mon verre les soirs où je venais seul. Des lumières verdâtres, derrière lui, éclairaient les bouteilles alignées sur les étagères au milieu desquelles trônaient trois énormes bocaux de verre remplis d'une vodka maison jaune cuivre et grasse, où marinaient tels des fœtus les racines de gingembre et de raifort qui donnaient à l'alcool son arrière-goût d'horreurs pétrifiées.

Tout au bout de la salle, vers les cuisines, une photo encadrée de Brodsky ornait ce qui avait été sa table, la meilleure, la n° 16, une table ronde cerclée par une banquette épaisse et dure au cuir brun qui offrait une vue panoramique sur tout le restaurant et était maintenant celle de Roth. C'est là que je le retrouvais, généralement vers dix-neuf heures. Nos discussions, ce premier hiver, furent de celles que l'on a quand on s'efforce d'apprendre à se connaître avec l'intuition que c'est déjà un peu le cas. Littérairement, Proust nous ennuyait l'un et l'autre, contrairement à Flaubert et Céline, dans *Si je t'oublie Jérusalem* de Faulkner il aimait la première partie, moi la seconde, aux États-Unis, ses écrivains contemporains de prédilection s'appelaient Robert Stone, Denis Johnson, Louise Erdrich, et aussi Mary Karr que je ne connaissais pas. Politiquement, nos indignations se croisaient en se complétant, le mensonge de l'administration américaine sur les armes de destruction massive et l'invasion de l'Irak qui s'ensuivait le mettaient hors de lui, le pacifisme pervers de la France – cache-sexe pour dissimuler l'amitié séculaire entre Saddam et Chirac et l'affairisme français à Bagdad selon moi – alimentait ma fureur. L'éternel présent de la violence et de la corruption, la guerre et la paix enchevêtrées avec le vrai et le faux : pour le plaisir de la discussion, on spéculait parfois là-dessus entre deux vodkas – pour moi, lui buvait peu ou pas –, élaborant des scénarios géopolitiques insensés qui nous donnaient le sentiment de contrôler, par l'imagination, les mystères du siècle mort-né. Qui mentait à qui ? Où s'arrêtaient les apparences ? Saddam Hussein, contribuant lui-même à sa chute, n'avait-il pas cru détenir les fameuses armes chimiques dont il s'était bel et bien servi autrefois, dans la guerre contre l'Iran des années 1980, et aussi pour massacrer sa population kurde onze ans plus tard ? Son modèle était Staline, et Staline avait régné sur l'URSS gavé de statistiques bidonnées par des fonctionnaires qui tremblaient pour leur vie à la seule idée de révéler l'état réel de l'empire au Camarade numéro Un : en était-il allé autrement à Bagdad ? Ou bien ministres et officiers soutenant Saddam dans ses illusions l'avaient-ils aidé à se persuader qu'une partie de l'arsenal chimique détruit sur ordre de l'ONU après la première guerre du Golfe avait été, en réalité, stockée, mise en lieu sûr, prête à frapper en cas d'invasion ? Conformément à ses instructions, si ça se trouve. Peut-être était-ce pour cela qu'il avait tenu tête si stupidement aux Américains. Sûr de son fait, perdu tel Richard III dans le jeu de miroirs de sa tyrannie, jouant son rôle sans le savoir dans la fabrication des faits alternatifs concoctés au Département d'État pour le détruire… Le présent, un temps de fer et d'ordures en fusion, emportait nos songes spéculatifs comme il emportait tout. Philip quittait les lieux peu après vingt-deux heures, et moi, je rejoignais le bar pour écouter l'un des groupes russes quelconques qui jouait près du piano, et tenir compagnie à Yacha, ou à une journaliste de *Kommersant* venue dîner tard de blinis et de caviar. Puis c'était la 8e Avenue, un taxi qui me ramenait à Brooklyn moyennant une petite fortune. Sur la vitre arrière, Manhattan s'éloignait, dressée contre la nuit électrique.

Romantisme, romantisme. La vérité de notre amitié naissante – *our love story* comme il l'a appelée une fois sur un ton sardonique pour me présenter à un dîner où nous étions conviés l'un et l'autre –, cette vérité était plus prosaïque et avait à voir avec la solitude. *Je suis ravi de vous entendre*, fit-il au téléphone quand je l'appelai, peu de temps près mon retour vers ce qui commençait à se changer en isolement parisien maintenant que je vivais sans filet. Lui-même me parlait depuis Warren, depuis une autre solitude dont il commençait à se lasser. *Je repensais justement à nos conversations.* Et il n'en fallut pas tellement plus pour me faire reprendre l'avion et retrouver Brooklyn aussitôt que possible.

À quel point nous avons peu parlé de ses livres, je ne le réalise que maintenant. Il y a un dîner, un seul, un dîner de trois heures chez lui, lors de ce second voyage, quelques jours avant qu'il ne me confie le manuscrit du *Complot*, durant lequel, devant deux sandwiches épais qu'il a achetés au coffee-shop de Central Park Ouest tout proche, il me laisse lui poser toutes les questions que j'ai en tête, et l'enregistrement de cette discussion constituera le fond d'archives des articles et interviews que je pourrai écrire par la suite à son sujet, comme de certaines des pages de ce livre. Pour le reste, chaque fois qu'il a laissé tomber une information même cruciale sur son travail durant toutes ces années – comment il s'y est pris pour construire le personnage d'Anne Frank dans *L'Écrivain fantôme*, par exemple (un chapitre d'abord écrit au « elle », passé au « je » lors d'une seconde rédaction pour en casser le pathos lyrique et l'excès de sérieux dictés par un respect dont il ne parvenait pas à se défaire, puis repassé au « elle » dans une troisième et ultime version) ; comment il a dû se résoudre à *ouvrir et déployer comme une coquille* (son expression) le manuscrit bien trop dense sur les écrivains américains et est-européens au temps de la guerre froide qui allait devenir la série des Zuckerman, au départ conçue comme un seul livre et finalement composée de quatre volumes étalés sur dix ans… –, chaque fois, il a vraiment fallu se concentrer pour attraper l'information au vol, parce qu'il jetait ça très vite entre deux bouchées et presque avec agacement, un fastidieux détail technique dont il convenait de se débarrasser pour que la conversation reparte sur des sujets qui en valaient le coup.

Je prenais délibérément peu de notes, en plus. Au Samovar, de toute façon je n'avais ni papier ni stylo, et puis je n'étais pas là pour ça. Pour quoi, alors ? Qu'est-ce qui m'intéressait, en fin de compte, dans cette relation (pour retourner un peu stupidement la question de Zipperstein), qu'est-ce qui me mobilisait au point d'organiser – ou d'achever de désorganiser – mon existence ? La non-précaution, voilà quoi. Une certaine façon de jeter toute fausse prudence qui me paraissait refléter, dans sa conversation, les décisions que j'avais prises dans ma vie. Futile ou non, personnel ou non – et bien sûr, c'est devenu de plus en plus personnel avec le temps –, pour peu que l'on parvienne à le rendre intéressant, n'importe quel sujet pouvait faire l'objet d'un de ces dîners où ce qui comptait était surtout le *rythme*, raison pour laquelle il m'est si difficile d'en rendre compte ici. Le rythme d'une intelligence, la sienne, sophistiquée mais jamais cérébrale, toujours connectée à sa sensibilité, et ponctuée d'hilarités sauvages, d'un sens tragique de l'existence, d'ironie, et aussi, pour étonnant que cela puisse paraître, des jeux et des grandes naïvetés de l'enfance. L'autodidacte en moi était particulièrement réceptif à ce mélange. Je savais mieux ce que je savais quand je parvenais à me hisser à ce niveau. Devenais-je donc libre ? Était-ce le sens de ce qui se passait ? *Libre de me battre pour être libre.* Loin des fureurs et des poisons familiers qui me font surréagir. *Come and live with us !* lâcha-t-il au téléphone après un nouveau retour en France.

C'est une sensation que l'on éprouve toujours un peu, non, cette liberté, lorsqu'on vit à l'étranger, surtout si l'on s'est délesté de toutes responsabilités sociales avant de partir, comme c'était mon cas. Et puis, pour cliché que cela soit, l'Amérique, la texture narrative si particulière du paysage américain, sa vaste et insistante promesse, jouaient aussi leur rôle dans l'idée que, à Warren, c'est lui qui avait eu raison et moi non et que tout était possible en fin de compte.

Mais, à ces séductions somme toute assez classiques s'en ajoutait une autre, presque contradictoire. Quelque chose que j'avais déjà plus ou moins perçu à Aix en écoutant le panel des intervenants américains presque tous juifs qu'il avait amenés là-bas, et que je retrouvais intact dans sa façon d'être et de parler. L'expression à fleur de peau d'une judéité ashkénaze à la fois proche de moi et inédite. Moins solennelle, moins morbidement élusive que celle qui m'était familière en France ; moins étrange et intensément folle que celle dont j'avais fait l'expérience en Israël – moins piégée par l'oubli et l'obligation morale d'un côté, par l'excès de mémoire historique et la géopolitique de l'autre.

Une judéité historicisée, et non plus religieuse, assimilée, oui, mais d'une assimilation qui aurait préservé l'énergie de la non-domestication, pour ainsi dire. Agressive, vivante, aussi proche que possible de l'idée que je pouvais me faire du monde juif d'Europe, si ce monde avait pu poursuivre sa métamorphose plutôt que d'être anéanti par l'Europe, quand l'Europe s'est fatiguée d'elle-même, entre 1933 et 1945. Le décor du Russian Samovar tombait bien sûr à point nommé pour renforcer cette perception – j'allais écrire cette résurrection.

L'attachement et l'émancipation. L'identité et la non-identité. Ça allait ensemble, dans mon esprit, ça se renforçait mutuellement. Dans les années 1920, le ratio d'étudiants juifs à Columbia avait atteint 40 %, 80 et 90 % à City College et Hunter College respectivement ; à Harvard, où il était de 20 %, l'administration avait exigé la mise en place de quotas pour contrôler le raz-de-marée : depuis la sortie, à l'automne 2004, du livre de Yuri Slezkine *The Jewish Century,* d'où je tire ces chiffres, un livre sur lequel Roth s'était précipité lui aussi, j'avais la tête farcie de statistiques de ce genre (à faire frémir Renaud Camus et Houria Bouteldja). Des proportions du même ordre existaient alors dans la plupart des pays d'Europe. Entre 1880 et 1940, 60 % des avocats de Vienne avaient été d'origine juive, par exemple, tout comme 45 % des médecins, 25 % du monde universitaire, 60 % des journalistes ; à Paris, dans l'économie, la finance, dans la production théâtrale, *les Juifs étaient partout*, pour citer Dominique Desanti dans sa biographie de la banquière juive, populiste et bisexuelle, Marthe Hanau, dont le journal de l'entre-deux-guerres, *La Force*, avait été dirigé par nul autre que mon grand-père paternel Henri, soit dit en passant (oui, la brute tyrannique dont j'ai déjà parlé).

Je connaissais par le menu ces chiffres communs aux deux côtés de l'Atlantique et les histoires qui s'y rapportaient. Je savais ce qu'ils traduisaient : la même fringale d'éducation et de savoir chez une jeunesse juive qui avait fui les *shtetls*, ces villages juifs d'Europe centrale, pour se ruer vers les grands centres urbains – et vers le sécularisme – sitôt qu'elle en avait eu l'occasion, c'est-à-dire dès la première moitié du XIXe siècle, poussée par les vents de la Révolution industrielle et ceux de l'idéal des Lumières consécutifs à la Révolution française.

Quant à l'émigration de masse vers les États-Unis, elle ne s'était produite qu'ensuite, une fois enclenchée la réaction anti-Lumières et antisémite prévisible, mon arrière-grand-père Max (Moïshe) Weitzmann quittant la région d'Odessa en 1880, les grands-parents de Philip,

Sender Roth et Philip (Farvish) Finkel, les environs de Kiev et de Tarnopol vingt ans plus tard à peu près. Mais au-delà de cette similarité numéraire entre les deux continents, ce qui comptait vraiment, à mes yeux, c'était la différence de résultats.

Le premier grand roman américain du prix Nobel de littérature Saul Bellow, *Les Aventures d'Augie March*, publié en 1953, restait aux États-Unis l'une des pierres d'angle littéraire de cette judéité qui prenait alors conscience de l'énergie et de la visibilité sans pareilles que lui offrait le pays. De Bellow, je gardais l'image d'un petit homme mince aux cheveux blancs, au regard bleu, au rire cristallin, interviewé dans une salle de classe de l'Université de Boston au printemps 1998, éclatant de rire tandis que je lui indiquais l'étiquette du pressing que sa distraction avait laissée accrochée au col de sa veste. Il avait entrepris de la retirer tout en poursuivant son récit, l'histoire de son entretien manqué avec Léon Trotski lorsqu'il avait 25 ans, son arrivée avenue Rio Churubusco, dans le quartier de Coyoacán, à Mexico, le 20 août 1940, à l'heure convenue, sa découverte, devant les murs couverts de glycine de la villa baroque où vivait Trotski, des voitures de police et de l'ambulance dans laquelle deux infirmiers chargeaient le brancard où reposait son leader politique préféré, le crâne défoncé à coups de pic à glace par Ramón Mercader, l'agent de Staline. *Tout ce que j'ai vu de lui c'est le bandage autour de sa tête*, m'a dit Bellow en achevant de se battre avec l'épingle à nourrice accrochée à sa veste, *c'est ce jour-là que j'ai su que l'Histoire n'a pas de sens.*

Huit ans plus tard, il publiait *Augie March*, dont l'énergie picaresque et les différents niveaux de langage allaient influencer le roman anglo-saxon bien au-delà des frontières juives ou de celles de l'Amérique, jusqu'à Martin Amis, Salman Rushdie, Zadie Smith, et ce que l'on appelle aujourd'hui la littérature postcoloniale. Élevé dans une famille russe socialiste, Bellow avait grandi entre les querelles idéologiques, le Talmud, la Torah, et les bagarres entre gangs juifs, italiens et irlandais du Chicago des années trente. Avec James Baldwin et Ralph Ellison – *Go Tell It on the Mountain* et *Invisible Man* sortirent la même année que *Augie March* –, Bellow est l'un de ceux qui mirent à profit cette expérience pour donner voix aux minorités partant à l'assaut de l'Amérique. Dans sa préface à l'édition Penguin du livre, Roth insiste sur *l'assurance enthousiaste* et la jubilation verbale de son écriture. Sa langue sonnait comme la musique des *fils d'émigrés juifs qui ont revendiqué leur américanité auprès de l'Amérique des radios, des théâtre, et des salles de concert* dès la première moitié du siècle, écrit Roth. Oscar Hammerstein et *Ol'man River* (1928), Irving Berlin et *God Bless America* (1938 – devenu un second hymne national), Abel Meeropol et *Strange Fruit* (la fameuse chanson sur le lynchage, popularisée par Billie Holiday en 1939), George Gershwin et *Summertime* (*Porgy and Bess*, 1935), Aaron Copland et *Appalachian Spring* (1943), et bien sûr Leonard Bernstein (*West Side Story*, 1957), parmi beaucoup d'autres moins connus du public français. L'importance des standards afro-américains annonciateurs des combats pour les droits civiques et des idéaux démocratiques dans ce palmarès composé par des Juifs ne devait rien au hasard. La quête pour donner forme et contenu à une culture américaine nationale populaire, à une époque où la communication de masse commençait à unir le pays au niveau fédéral comme jamais auparavant, cette quête ne se limitait certes ni aux Juifs ni aux personnalités de gauche. Le poète Walt Whitman et Herman Melville en avaient été les précurseurs au siècle précédent et en restaient les sources premières, auxquelles s'abreuvaient les contemporains de Saul Bellow – Ernest Hemingway, John Steinbeck, John Ford, Frank Capra, Billie Holiday, plus tard Elvis, puis Johnny Cash et Dylan : tous cherchaient le même populisme élégiaque, sémantique et critique. Mais le rôle électrifiant joué par les fils d'émigrés juifs dans cette prise de conscience restait central. Surtout, le niveau d'acceptation de la société d'accueil vis-à-vis de ces Juifs n'avait aucun équivalent dans l'Histoire. Roth, dans sa préface, s'était limité à la génération qui le précédait immédiatement et dans laquelle il avait grandi, mais allonger la liste aux années suivantes ne m'était pas difficile. Moses Asch, fils du romancier yiddish Cholem Asch, fondateur de la maison de disques Folkways Records, qui allait jouer un rôle essentiel dans le *revival* folk au début des années 1960. Albert Grossman, le manager de Dylan, Joplin, John Lee Hooker, The Band, et les autres. Gloria Steinem, Betty Friedan, la quasi-totalité des féministes américaines des années 1960 et 1970 qui n'étaient pas noires – toutes juives ou semi-juives. Et puis Abbie Hoffman, Elaine May, Mike Nichols, Stanley Kubrick, Sammy Davis Jr., la majeure partie du monde éditorial et critique américain, bien sûr, sans parler de Las Vegas, des ingénieurs de la bombe atomique, et de Hollywood évidemment. En bref, pour citer George Steiner : qu'aurait été le XXe siècle sans l'implosion de l'empire austro-hongrois dont les Juifs constituèrent l'élément dominant ? Mais aussi : qu'aurait été l'Amérique de la seconde moitié du XXe siècle *sans* ces Juifs débarqués d'Europe centrale ? Des Juifs normalisés sans pour autant cesser d'être juifs.

Et ce n'est pas tant que j'avais tort, même si la suite est venue décaper ce que cette vision avait de naïf, c'est plutôt qu'à en rester à ce niveau, ma perception des choses limitée par le besoin de me régler sur des colères historiques et personnelles tout en prétendant m'en débarrasser, je passais à côté de l'essentiel. À côté des raisons de fond pour lesquelles j'étais là – à côté de ce qui me semble aujourd'hui si crucial concernant Philip Roth.

3.

De quoi s'agit-il ? Pour expliquer ce que j'avais intuitivement perçu dans ses livres avant de l'oublier sous la pression de l'actualité, il faut d'abord se pencher un peu en détail sur ce qui l'a poussé à les écrire, et sur le contexte de leur publication, et pour ça, le plus simple est encore de commencer par le début : le débat organisé par la Yeshiva University de New York un soir de l'hiver 1962 dont j'ai parlé tout à l'heure, et dont Roth a toujours affirmé que la brutalité de ce qui s'y était produit avait en bonne part déterminé la suite de son œuvre.

Cette soirée l'a suffisamment bouleversé pour qu'il y revienne dans quantité d'entretiens au fil des ans. Il en a fait par écrit deux comptes rendus différents. L'un, fictionnel, sert de point de départ à *L'Écrivain fantôme*, le premier volume de la trilogie Zuckerman, publié dix-sept ans plus tard – et l'on peut se demander si l'*alter ego* le plus célèbre de Roth aurait existé sans ce qui s'est passé ce soir-là –, et le second, sous forme de récit aussi réel que possible, dans *Les Faits* en 1989.

Conflit de loyauté chez les écrivains issus des minorités. C'était le thème. Un thème qu'il avait jugé *délibérément provocateur* et auquel il avait accepté de participer mais *par défi*, écrit-il à son ami l'éditeur Ted Solotaroff trois semaines avant la soirée : *On se doit de prendre ces salopards d'hypocrites au mot.*

Il allait avoir 29 ans. Son seul livre publié, *Goodbye, Columbus*, un recueil de nouvelles, avait reçu trois ans plus tôt le National Book Award et une flopée d'autres distinctions, parmi lesquelles le Daroff Memorial décerné par le Jewish Book Council – une organisation culturelle juive non religieuse, montée en 1944 à la bibliothèque de Boston, en passe de devenir une institution nationale chez les Juifs lettrés. En dépit de son nom (le mot hébreu *yeshiva* désigne normalement un centre d'étude talmudique), la Yeshiva University de New York, fondée en 1886 pour apporter un soutien scolaire et religieux aux immigrés d'Europe centrale qui s'entassaient dans le Lower East Side, avait abandonné en 1945 sa vocation première pour devenir une université privée à part entière sous la houlette d'un rabbin du nom de Samuel Bielkin – un homme qui, à l'âge de 8 ans, dans la petite ville de Slonim, en Biélorussie actuelle, où il était né, avait vu son père se faire tuer dans la rue par un flic, et, fuyant le pays, débarquant dix ans plus tard en 1929 aux États-Unis alors frappés par la crise, était néanmoins parvenu à intégrer Harvard où il avait décroché un PhD en philo avant de se voir nommé à la tête de la Yeshiva University où il avait tout de suite introduit dans le cursus, en plus des études juives, l'enseignement du grec ancien, de la médecine et des sciences.

Le PhD est l'équivalent américain d'une thèse. Je précise tout cela parce que, au travers de ses six fictions très ciselées (presque trop), *Goodbye, Columbus* dépeignait les conflits internes et les dilemmes moraux de cette petite-bourgeoisie juive fraîchement assimilée dont faisait partie Bielkin, qui était en train de réussir socialement et culturellement en Amérique – celle que chantait Bellow dans *Augie March* –, alors même que commençait à lui parvenir, depuis l'Europe, où beaucoup avaient encore de la famille, les informations concernant la Shoah.

Entre 1938 et 1946, soit en l'espace de huit années seulement, le PNB du pays passa de 80 à 216 milliards. Préparés à retrouver la vie difficile qu'ils avaient connue dans la première moitié du siècle, les Américains se découvraient contre toute attente plongés dans une prospérité non seulement inédite pour eux, mais sans équivalent dans l'Histoire. L'écrivain Norman Mailer qualifierait plus tard de *crise d'identité nationale* la nervosité et le choc moral provoqués par cette soudaine abondance – un choc moral que Mailer compare à celui qu'éprouverait un chômeur de longue durée gagnant une fortune au Loto.

Cette crise profitait aux minorités. Ça n'allait pas sans tiraillements. Tandis que dans le Sud et à Harlem le mouvement des droits civiques lançait ses premières étincelles, la jeunesse juive se voyait placée devant un choix : rester loyale aux injonctions de la tribu et à ses valeurs – à sa mémoire douloureuse, à son cocon protecteur –, ou choisir l'oubli qu'autorisait la confiance en l'énergie d'un pays qui se découvrait hyperpuissance ; céder à la tentation d'une liberté individuelle stéréotypée, potentiellement creuse, ou rester fidèle à la mémoire et au poids du destin historique.

La publication de *Goodbye, Columbus* dans ce contexte – et à une époque où la littérature occupait une place encore assez centrale pour séduire les jeunes ambitieux et inquiéter leur entourage – fut beaucoup moins anodine que le livre ne le laisse paraître aujourd'hui. Entre dissolution de l'identité et appartenance historique, le dilemme des personnages du livre n'était certes pas spécifiquement juif, mais, quinze ans seulement après la découverte de la Shoah, la variante juive de l'intégration ajoutait au problème une dimension tragique particulière. Ce sujet qui sous-tendait tout *Goodbye, Colombus* était abordé frontalement dans les deux meilleures nouvelles du livre, celles qui provoquèrent le plus de réactions : « Défenseur de la foi » racontait l'histoire d'un sergent juif revenu d'Europe et affecté durant les derniers mois de la guerre à une base d'entraînement où trois jeunes recrues juives lui demandent, au nom de la solidarité communautaire, des passe-droits allant de l'évitement des corvées pour cause de shabbat à la mutation dans une unité non combattante ; sous l'effet de son « républicanisme », dirait-on de nos jours en France, il finit par les envoyer dans le Pacifique avec le reste du régiment vers une mort plus que probable. Dans la seconde nouvelle, « Eli le fanatique », un groupe de Juifs assimilés s'efforce de convaincre un vieillard mutique récemment débarqué d'Europe de retirer l'habit traditionnel qui les dérange, et auquel il s'accroche ; apprenant qu'il n'a pas d'autres vêtements, Eli Peck, le jeune avocat athée héros du récit, à qui le voisinage a confié la tâche d'expulser le réfugié ainsi que toute sa famille orthodoxe s'il n'obtempère pas, décide de l'aider en lui faisant don de l'un de ses propres costumes ; le réfugié accepte mais fait déposer en retour chez Peck un carton contenant le caftan moisi et le chapeau dont il vient de se débarrasser ; c'est alors que, les choses semblant réglées et plus personne ne distinguant désormais le réfugié du reste du voisinage, Eli Peck, dans un geste incompréhensible laissant son épouse incrédule et désarmée, enfile les frusques noires du réfugié, se coiffe de son chapeau, et, plongé dans une inexplicable dépression, s'en va errer dans les rues.

Sitôt sa publication, *Goodbye, Columbus* fit de son auteur *une sorte de mot de passe pour les Juifs américains*, selon la formule de l'un des jurés du Jewish Book Council, David Boroff, cité par Blake Bailey dans sa biographie : *Ils se définissent et définissent les autres en fonction de leur réaction à son égard. Dans les banlieues par exemple, il y a toujours de petites cellules, de petits mouvements révolutionnaires formés par ceux qui ont lu* Goodbye, Columbus *(...) C'est un marqueur, si l'on veut, un clivage entre les gens évolués et ceux qui sont attardés.*

L'effet du livre, à vrai dire, était renforcé par le contraste avec la représentation stéréotypée des Juifs dans la culture *mainstream* américaine de ces années-là. Loin de Bellow, elle se limitait, d'un côté, aux comédies musicales édifiantes et joyeuses de Broadway sur la vie des immigrants d'Europe – dont *Un violon sur le toit* reste l'exemple cardinal – et, de l'autre, à la version lacrymale et multi-primée du *Journal d'Anne Frank*, jouée plus de sept cents fois au Cort Theater de New York entre 1955 et 1957 avant de traverser tout le pays, et qui faisait de l'adolescente morte du typhus en 1945 à Bergen-Belsen une quasi-sainte. Il n'y avait rien d'autre.

C'était l'âge d'or du civisme et du McCarthysme, du Code Hays censurant les représentations de la femme et de la sexualité au cinéma, et recyclant la figure délinquante d'Elvis dans des productions insipides. Le kitch, les bons sentiments, servaient d'instruments de contrôle à l'expression culturelle des groupes minoritaires. Les Juifs avaient Anne Frank et Sholem Aleikhem, les Noirs

La Case de l'Oncle Tom et *Autant en emporte le vent.* Billie Holiday se battait pour chanter *Strange Fruit*, persécutée par le FBI. Mingus, Monk, Screamin' Jay Hawkins, Howlin'Wolf, l'énergie du jazz, du blues, du rock (le rap n'existait pas encore) restait confinée dans les boîtes *underground* semi-légales de Harlem et de la Côte Ouest, où les corps exultant préparaient sans le savoir la révolution sexuelle, où les seuls Blancs visibles étaient les poètes encore inconnus, juifs, et/ou gays, de la *Beat Generation*, drogués, et en proie aux angoisses de l'apocalypse atomique, risquant la prison pour pédérastie. Les quelques icônes culturelles incarnant l'insatisfaction montante (Marlon Brando, Kirk Douglas, Marilyn Monroe, James Dean...) étaient majoritairement blanches et passaient pour *wasp*. James Baldwin, et surtout Sidney Poitier, propulsé star en 1955 avec *La porte s'ouvre*, de l'exilé juif Joseph Mankiewicz, premier film hollywoodien à dénoncer violemment le racisme institutionnel du pays, un an après le lynchage du jeune Emmett Till dans le Mississippi et le trajet en bus de Rosa Parks en Alabama, commençaient à peine à fendre l'armure.

Quant aux Juifs, pour exprimer l'insatisfaction ou les tragédies intérieures américaines, ils n'avaient rien. Ou presque. Deux ans avant *Goodbye, Columbus*, un stéréotype tenant lieu de Brando ou de Poitier s'était imposé aux côtés du danseur yiddish hilare et de la martyre des camps : celui du guerrier sioniste aux valeurs morales impeccables popularisé par *Exodus*. Le milieu dans lequel évoluait Roth avait dévoré ce best-seller signé Leon Uris, inspiré de l'odyssée d'un groupe de rescapés de la Shoah gagnant Israël sur le bateau qui donnait son titre au livre. Dans la réalité, *L'Exodus* affrété par la Haganah, le principal mouvement sioniste, avait quitté le port de Sète en juillet 1947 avec la bénédiction des autorités françaises et à son bord près de 45 000 hommes femmes et enfants, pour dix jours de traversée sous la menace de bombardements anglais, dans une opération qui tenait autant du voyage périlleux authentique que de l'opération de propagande montée par la Haganah. Dans le roman, comme dans l'adaptation filmée par Otto Preminger en 1960, les réfugiés étaient guidés par le farouche Ari Ben Canaan, droit sorti du cerveau d'Uris, incarné à l'écran par Paul Newman, qui faisait ainsi son « coming out juif », pour ainsi dire. *Je découvre que je vis tout à coup dans un pays où le Juif est devenu un héros culturel*, avait persiflé Roth après la sortie du film au succès mondial, dans un article publié par la revue *American Judaïsm* qui renvoyait dos à dos ce nouveau cliché – *tellement bête qu'il vaut mieux ne pas en parler*, écrit-il – et *l'image mensongère du Juif* véhiculée par les théâtres de Broadway.

La réaction de Roth à l'invitation de la Yeshiva University (*On se doit de prendre ces salopards d'hypocrites au mot)* donne une idée de l'importance de ces questions dans le monde juif américain de l'époque, mais aussi pour lui, personnellement, alors même qu'il s'efforçait de s'en dégager. Quelque temps plus tôt, un journaliste juif avait critiqué l'attribution du prix du Jewish Book Council à *Goodbye, Columbus*; dès la publication en bonnes feuilles de « Défenseur de la foi » dans le *New Yorker*, un professeur de sciences politiques de la Yeshiva University où aurait lieu le débat, Emanuel Rackman, était allé jusqu'à se demander publiquement : *Qu'attend-on pour réduire cet individu au silence?* (*Les Juifs du Moyen Âge auraient su quoi faire, eux*, avait-il ajouté, suggérant que l'autodafé et l'excommunication n'étaient pas forcément les pires solutions.) Roth était bien décidé à répondre.

Deux autres romanciers *issus des minorités* figuraient avec lui ce soir-là dans le panel : Pietro di Donato – dont l'oublié *Christ in Concrete*, publié en 1939, préfigurait avec trente ans d'avance l'explosion italo-américaine des années 1970 au cinéma –, et surtout Ralph Ellison, l'auteur de *Homme invisible pour qui chantes-tu ?*, un roman qui avait reçu le National Book Award en 1953 et reste aujourd'hui l'un des chefs-d'œuvre de la littérature afro-américaine du siècle dernier. Donato et Ellison improvisèrent en grande partie leurs remarques introductives, tandis que Roth, avec sa minutie maniaque habituelle, avait écrit les siennes. Il les avait conçues comme une réponse directe à Rackman, qu'il ne nommait pas mais que chacun put reconnaître. Prétendre qu'il y a des sujets sur lesquels il ne fallait *ni écrire ni attirer l'attention du public parce qu'ils risqueraient d'être mal compris par des esprits faibles ou mal intentionnés* revenait à mettre *les malveillants et les esprits faibles en position de déterminer* ce qu'il est licite ou non d'exprimer, avait-il écrit. *Dans ces conditions, on ne combat pas l'antisémitisme, on s'y soumet; on se soumet à un rétrécissement de la conscience, parce que être conscient et parler franc, c'est trop risqué.*

4.

Que se passa-t-il ce soir-là? Si l'on en croit le compte rendu donné dans son récit autobiographique *Les Faits*, écrit à vingt-sept années de distance, à peine Roth avait-il fini de parler que le modérateur, se tournant abruptement vers lui, lui posa la question qui mit le feu aux poudres – et servit de combustible à ses livres au cours des années suivantes : *Auriez-vous écrit vos nouvelles si vous viviez dans l'Allemagne nazie?* En d'autres termes, Roth se conduisait comme un enfant gâté irresponsable, insensible au danger toujours présent de l'antisémitisme.

Une demi-heure d'interrogatoire plus tard, la salle s'était à son tour déchaînée, laissant Roth réaliser qu'il n'était *pas seulement contesté mais haï*, écrit-il dans *Les Faits*. Il poursuit : *Je n'ai jamais oublié ma réaction confuse : une vague de fatigue physique s'empara de moi et commença à m'arracher à cet auditoire, même quand j'essayais de répondre avec cohérence à ces accusations (car on était alors passé de l'interrogation à l'anathème). Mon instinct combatif s'était atrophié et j'avais réellement à lutter contre le désir de fermer les yeux.* Une fois le débat achevé, dans *des applaudissements clairsemés*, Roth, à peine descendu de l'estrade, se serait vu pris à partie par la frange la plus hostile du public. Coincé dans un espace étroit, témoigne-t-il, *j'écoutai le verdict prononcé contre moi, d'une sévérité dont je ne rêve pas de trouver l'équivalent dans ce monde-ci ou un autre. Je me contentai de commencer à m'écrier « Écartez-vous donc, reculez, je m'en vais d'ici »*, *après que quelqu'un, agitant le poing sous mon nez, se fut mis à brailler, « Vous avez été nourri de littérature antisémite ! La littérature anglaise est de la littérature antisémite ! »*. Il serait parvenu tant bien que mal à échapper à la foule en furie pour se réfugier dans un délicatessen voisin où il se serait juré de ne jamais plus rien écrire sur les Juifs. *Je ne comprenais pas alors que le plus douloureux échange public de ma vie*, conclut-il, *constituerait non le terme de ma relation imaginative avec les Juifs, sans parler d'excommunication, mais le véritable début de ma servitude.*

Blake Bailey reproduit sans sourciller cette version. Mais selon Zipperstein, qui a donc mystérieusement eu accès à la bande enregistrée du débat, et Bailey non, ce procès public aux accents hallucinatoires kafkaïens n'a jamais eu lieu.

La question posée par le modérateur l'aurait été en connivence avec Roth, c'est-à-dire de manière à lui permettre de désamorcer par avance des critiques éventuelles et d'élaborer ses réponses, et la salle, en l'écoutant, *se serait montrée très compréhensive avec lui à une ou deux exceptions près*, m'a dit Zipperstein au téléphone. *Et elle l'a chaleureusement applaudi*, a-t-il ajouté. *Quand j'ai fait remarquer à Philip la différence entre ce qu'il avait écrit et ce que j'ai entendu sur cette bande, je me suis rendu compte qu'il était très ouvert aux critiques à ce sujet, très disposé à en discuter.*

Dix ans avant son compte rendu dans *Les Faits* en 1989, la question sur l'Allemagne nazie (plus neuf autres, pour faire bonne mesure) sert, comme je l'ai dit, de point de départ au roman *L'Écrivain fantôme*, qui ouvre en 1979 le cycle romanesque des aventures de Nathan Zuckerman. À force de jouer avec ses souvenirs, Roth s'est-il perdu au point de mélanger réalité et vérité romanesque ? Ce qui empêche de souscrire à cette explication, c'est la lettre (citée par Bailey) qu'il adresse à Ted Solotaroff une semaine seulement après le débat, alors que sa mémoire est encore fraîche, pour lui raconter ce qu'il s'est passé et lui faire part de sa réaction : *Je peux dire que j'ai été surpris par la brutalité colossale des arguments adverses et j'ai fini par me sentir écrasé. Toute force m'avait abandonné, j'étais une chiffe molle.*

Assis près de lui pendant la discussion, Ralph Ellison ne laisse non plus guère de doute quant au fait que quelque chose s'est bien produit ce soir-là – mais quoi ? Bailey, qui se base visiblement sur ses entretiens avec Roth – c'est-à-dire sur une troisième version orale –, affirme que Ellison se serait penché vers Roth pour lui demander : *« Que se passe-t-il ? » en le voyant si abattu.* Mais si Roth se trouvait en butte à une foule acharnée, à la haine collective et à l'anathème – plutôt qu'à une ou deux interventions critiques – comment Ellison assis à ses côtés a-t-il pu poser cette question ? Comment a-t-il pu ne pas voir ni entendre ce qui ressemblait à une quasi-émeute ?

Dans *Les Faits*, Roth est un peu plus prudent sur ce point. Il décrit Ellison prenant la parole pour le défendre avec des exemples tirés de son propre roman *L'Homme invisible* – un livre qui a provoqué des réactions hostiles chez certains de ses lecteurs noirs en raison de la relation incestueuse qu'il décrit entre un Noir et sa fille, réactions que Ellison a, dit-il, choisi de négliger au nom de la liberté artistique. *Ralph Ellison avait dû remarquer le naufrage de ma volonté*, commente alors Roth – laissant ainsi entendre que Ellison ne lui a pas parlé directement. *Sa position intellectuelle était pratiquement identique à la mienne, mais il la présentait en Noir américain* (et) *ses remarques semblaient auprès de l'auditoire infiniment plus pertinentes que les miennes.* Tout n'est-il pas là ? Si Ellison s'en sort mieux c'est qu'il est noir et non juif. Sa *position intellectuelle* n'apparaît donc que comme cela, une position intellectuelle : elle n'est pas alimentée par le nerf tribal, intime et charnel qui unit l'audience majoritairement juive de la Yeshiva University, ce soir-là, à Philip Roth.

Je crois que son intolérance pour le narcissisme victimaire qui domine aujourd'hui remonte à cette époque. N'était-ce pas l'un des sens de ses remarques introductives contre Rackman un peu plus tôt ? *Tout ce que l'Holocauste lui a appris, c'est se cantonner dans un rôle de victime au sein d'un pays où rien ne l'y oblige. C'est pitoyable. Et quelle insulte aux morts. Se trouver à New York dans les années*

1960 et en appeler aux « six millions » pour justifier sa frilosité ! La chance d'être né du bon côté de l'Atlantique, lorsqu'on était juif – et juif de cette génération –, la chance d'avoir été élevé par des familles aimantes qui s'étaient souvent sacrifiées, dans un milieu *rayonnant d'industrie*, ainsi qu'il le fera écrire à Zuckerman des années plus tard, dans les pages élégiaques ouvrant le second chapitre de *Pastorale américaine* : cette chance devait être saisie.

Nathan Zuckerman dans *Pastorale américaine* : *La communauté* (juive de Newark) *était unanimement déterminée à nous voir, nous les enfants, échapper à la pauvreté, à l'ignorance, à la maladie, au handicap social et à l'intimidation ; et par-dessus tout à l'insignifiance. Il ne faut pas que vous avortiez de vous-mêmes. Faites quelque chose de votre vie ! (...) On nous poussait sans relâche à la réussite : nous aurions la part la plus belle. Le but était d'avoir un but, l'objectif de s'en trouver un.*

Le paradoxe auquel les jeunes Juifs tels que Roth se trouvaient confrontés était donc, si l'on suit Zuckerman dans ce passage, plus complexe que ce que j'en ai dit tout à l'heure. Les parents ne retenaient pas les enfants, bien au contraire, ils les poussaient à s'intégrer, mais ce miracle exigeant se payait d'une obligation éthique. Si le destin juif avait le moindre sens, ce n'était pas celui prôné par Rackman, mais tout l'inverse. Chacun devait aux morts comme à soi-même d'être le contraire d'une victime, ce qu'en yiddish on appelait un *Mensch* : un homme fiable, responsable, énergique, entreprenant, qui met tout en œuvre pour se construire une vie indépendante. Se changer en *chiffe molle* (par contraste), déserter l'esprit combatif, perdre tout contrôle sur sa volonté – comme le fait par exemple Eli Peck à la fin de « Eli le fanatique » : rien n'était pire ni plus méprisable aux yeux de Roth, comme le savent tous ceux qui l'ont connu.

C'est pourtant ainsi qu'il décrit son état ce soir-là. Et cette description se retrouvera régulièrement dans ses romans par la suite, sous une forme comique ou inquiétante. Ainsi dans le troisième volume du cycle Zuckerman *La Leçon d'anatomie*, Nathan Zuckerman, accablé de douleurs dorsales et de migraines – diagnostiquées, par un médecin que Zuckerman refuse de croire, comme le résultat somatique d'un excès de colère rentrée –, passe-t-il l'essentiel du livre étendu sur un matelas à ratiociner ; ainsi dans *Opération Shylock*, Roth lui-même se découvre en proie aux effets secondaires dévastateurs d'un médicament, l'halcion, qui le change en loque psychique et le conduit au bord du suicide ; une transformation que, une fois sa dépendance au médicament surmontée et sa raison retrouvée, il attribue, non seulement au médicament mais aussi à *quelque chose de caché, d'obscur, de masqué, de refoulé, ou tout simplement de pas encore éclos en moi avant ma cinquante-quatrième année, mais qui était tout autant moi et mien que mon écriture, mon enfance, mes tripes et mes boyaux.* Je limite la liste à ces deux exemples mais on pourrait en trouver bien d'autres. Le poids du destin juif historique n'est jamais éloigné de ces passages à vide pourtant contingents. La crise de l'halcion dans *Shylock* prépare l'irruption du double histrionique de Roth à Jérusalem en pleine Intifada, qui est au cœur du livre. L'action de *La Leçon d'anatomie* (si l'on peut parler d'action à propos d'un roman à ce point statique) culmine dans un cimetière où Zuckerman, totalement agité, hystérisé par le cocktail de Percodan, de vodka et de joints qu'il a passé les dernières quarante-huit heures à s'administrer dans l'espoir de contenir ses douleurs, se met à hurler entre les allées : *C'est nous les morts ! Ces ossements dans ces boîtes, les voilà les Juifs vivants ! Ce sont eux les vrais patrons qui dirigent tout !* Sur quoi il chute et se casse la mâchoire sur une tombe, mettant ainsi fin à sa spirale délirante.

Histrionisme, agressivité, délire : l'élégie de Zuckerman dans *Pastorale américaine* déjà citée (*On nous poussait sans relâche à la réussite)* n'explique en rien cet aspect des choses. Pour le comprendre, il faut se pencher sur un élément que Zuckerman ne traite dans ce roman qu'entre deux virgules : le *fond d'anxiété* des parents qui enseignent à leurs enfants la confiance en l'avenir, tout en leur faisant sentir *chaque jour que les épreuves pouvaient revenir.* Cette *hystérie des assiégés*, ainsi qu'il l'appelle, est propre à *ceux qui ont appris à leurs dépens qu'il suffit de peu d'adversité pour ruiner une vie.* Ce point négligé par Zuckerman dans ce discours constitue l'arrière-plan des nouvelles de *Goodbye, Columbus*, et sera plus tard le moteur narratif du *Complot contre l'Amérique.* Entre-temps, dés-ethnicisé, universalisé, réécrit par ses influences littéraires successives – Thomas Mann, Conrad, Homère, les tragiques grecs –, ce sentiment communautaire se sera changé en conscience aiguë de la fragilité et de l'instabilité de tout. *Après la victoire, quelque chose doit bien survenir.* Dans les œuvres de la maturité, cette conscience alimentera aussi bien la rébellion anarcho-suicidaire du dionysiaque Mickey Sabbath dans *Le Théâtre de Sabbath*, que la méditation sur la faillite des aspects les plus modérés de la vie américaine (*Pastorale américaine*), et celle sur l'orgueil et la chute de Coleman Silk dans *La Tache*. Même les derniers livres – *Indignation, Némésis* – seront écrits sous ces auspices.

À l'époque où Roth rédige son premier livre, cependant, sa volonté d'indépendance et l'affirmation individuelle qu'il oppose à cette *hystérie des assiégés* l'ont conduit non dans les hauteurs métaphysiques, mais dans les bras de Margaret « Maggie » Martinson, qu'il a épousée deux ans plus tôt et qu'il appellera, dans *Les Faits, ma pire ennemie*. Je reviendrai plus longuement, à la fin de ce livre, sur cette relation déterminante, mais sa présence au premier rang du public ne put sans doute qu'amplifier la tension et le sentiment de solitude qu'il ressentit à s'exprimer chez *des salopards d'hypocrites* qu'il était venu défier.

Le plus probable ? Le désir de fermer les yeux, cette *impression d'écrasement* qui lui tombe dessus en dépit de l'*instinct combatif* l'ayant poussé à venir, cette lassitude, sont moins la conséquence que la cause de la *brutalité colossale des arguments adverses* qu'il croit percevoir. Elle a moins à voir avec les éventuelles critiques de la salle qu'avec un sentiment de vide et d'inutilité, sinon d'impuissance et de culpabilité : à quoi bon ? Au nom de quel compte à régler s'est-il enfermé dans cette discussion, dans cette soirée, dans cette vie qui ne lui ressemblent en rien ? *J'étais coincé.* Songea-t-il à ces phrases tirées du *Rapport pour une Académie*, l'un des contes les plus connus de Kafka, son auteur de prédilection dès cette époque ? *J'étais coincé. Et pourquoi ?* Celui qui, dans la nouvelle de Kafka, s'interroge ainsi est un singe lisant publiquement le rapport de sa capture puis de son réveil, enfermé dans une cage au fond de la cale d'un navire : *Gratte-toi jusqu'au sang entre les orteils tu n'en trouveras pas la raison. Pousse avec ton dos contre un barreau de la grille tu n'en trouveras pas la raison. Je n'avais aucune issue, mais il fallait que j'en trouve une car sans issue je ne pouvais pas vivre.*

5.

Il avait toujours voulu fuir. Fuir la démesure angoissée des louanges trop affectueuses, celles des exigences et du contrôle paternels – et sa propre prédisposition à vouloir s'y conformer. Fuir, ainsi qu'il le ferait faire au petit Philip Roth dans le *Complot*, aussi loin que possible des contradictions destructrices de la tribu assaillie par l'Histoire, jusque chez « les Chrétiens » – comme ma famille pendant la guerre.

Parcourons le tunnel du Temps jusqu'au printemps de l'année 1969. Roth a maintenant 36 ans. Margaret Martinson, celle par qui il a cru un temps pouvoir fuir, et dont il dira qu'elle a bien failli l'anéantir (non sans sa participation active, j'y reviendrai) est morte. Le miracle a pris la forme d'un accident de la route à Central Park en mai 1968, l'année de toutes les libérations. Neuf mois plus tard, en février 1969, le succès mondial de son livre encore aujourd'hui le plus célèbre, *La Complainte de Portnoy*, l'a propulsé au rang d'écrivain planétaire. A-t-il pour autant trouvé une issue ?

Deux mots sur ce roman si connu que son argument essentiel passe le plus souvent à la trappe : obsédé sexuel affligé d'une compulsion secrète de masturbateur frénétique l'obligeant à s'isoler plusieurs fois par jour, le héros du livre, Alexandre Portnoy, est un trentenaire célibataire, avenant avocat des droits civiques pour la ville de New York. C'est ce contraste entre la vertu politique et morale du personnage et ce qui brûle en lui sans contrôle qui fait tout le sel de l'histoire. C'est aussi le seul aspect de Portnoy qui résonne avec force dans cette partie de notre présent que l'on appelle *post-MeToo.* Il y a une raison au fait que les scandales de ces dernières années ont essentiellement touché la gauche – le milieu qui non seulement professe la morale mais la met en scène –, et l'intuition de Roth là-dessus conduit en vérité assez loin – *Je pourris chauffé par la vertu*, comme Shakespeare le fait déjà dire à Angelo, le bien nommé vertueux conseiller du prince, qui se met à rêver de viols sitôt qu'un poste à responsabilités lui est confié dans *Mesure pour mesure*. Au-delà de cet aspect des choses, cependant, en dépit de ses effets comiques certains, le roman qui a fait de Roth une star mondiale des lettres américaines souffre de défauts de construction, de longueurs, et d'une intrigue flottante. Philip lui-même l'admettait sans difficultés. Moi non plus, m'a-t-il répondu tout à trac le jour où je lui ai avoué n'avoir jamais réussi à finir le livre. Ce qui a tant choqué et excité les lecteurs à l'époque ne fait sens aujourd'hui que si on parvient à le lire comme une réponse aux dilemmes juifs entourant le débat à la Yeshivah University.

Avec sa mère qui l'a mis sur un piédestal, avec son père dont l'énergie brutale lui fait honte, et avec le psychanalyste Spielvogel sur le divan duquel il se flagelle en vain plusieurs fois par semaine pour tenter de contrôler la pulsion qui le domine, Alexandre Portnoy est apparu lors de sa sortie comme l'anti-Ari Ben Canaan, le héros d'*Exodus*. La révolution sexuelle aidant – l'histrionisme, la fureur, l'hystérie de la fin des années 1960 aussi –, les déboires de Portnoy se sont abattus telle la foudre sur la représentation bi-face du destin juif, jusque-là popularisée sur un mode honorable à Broadway. Le roman était une farce, et justement pour ça n'en était pas une – ainsi que le malheureux héros en prévenait d'ailleurs le docteur Spielvogel (et le lecteur) : *Docteur, c'est ma vie, ma seule vie et je la passe au milieu d'une blague juive. Je tiens le rôle du fils dans une blague juive. Seulement, ce n'est pas une blague !*

Dès le début des années 1970, Woody Allen offrirait une version socialement bien plus inoffensive et sans conséquence du cliché culturel aujourd'hui usé de l'intellectuel juif névrosé dont Portnoy fournissait le modèle. Mais, à sa sortie, l'éclat de rire libérateur du roman lui-même eut quelque chose de sardonique. Il montait des nerfs. Si la cible première en était Portnoy (*celui-là même qui se moque, tout entier prisonnier de cette vociférante satire de lui-même*, ainsi que l'écrirait Roth, revenant sur le roman à trente ans de distance), la moquerie, et ce qu'elle pouvait avoir d'insultant, n'en avait pas moins pour cible, aussi, les consciences morales juives telles que Rackman, son ennemi à la Yeshivah University, ou le rabbin progressiste alors très célèbre Theodore Lewis – qui, quelques semaines après le débat à la Yeshivah, l'avait accusé de se servir des Juifs pour écrire *sur la dépravation humaine* –, ou encore le romancier de gauche à succès Harry Golden, selon lequel, avec *Goodbye, Columbus*, Roth avait tenté de se remplir les poches en exploitant des stéréotypes antisémites dangereux. C'était à eux – et à ceux de leur acabit – qu'il répondait avec ce livre, en particulier dans ce passage resté fameux : *Dites-le-moi, qui nous a handicapés ainsi ? Qui nous a rendus si morbides, si hystériques et si faibles ? Et pourquoi, seul dans mon lit à New York, est-ce que je continue désespérément à m'astiquer le bâton ? Est-ce la souffrance juive dont j'ai tant entendu parler ? Est-ce pour moi l'héritage des pogroms et des persécutions ?*

L'écart entre le ridicule de cette démence intime et le trauma historique dont elle aurait été le symptôme – si, du moins, on acceptait de suivre Portnoy dans ce rapprochement osé – fournissait au roman l'un de ses ressorts les plus dérangeants. La souffrance des pogroms

– l'horreur de la Shoah ! – pouvait-elle avoir pour conséquence l'humiliation d'une *branlette* insatiable ? Quoi de plus gratuitement méchant, quoi de plus délibérément infantile ? Et inversement : Portnoy était-il incapable de justifier autrement que par ce prisme juif les aspects de sa personnalité les moins ragoûtants ? Il semblait obsédé par ses origines au moins autant que par ses érections ! Mais, d'un autre côté encore – du côté de Portnoy, en quelque sorte, ou du côté du docteur Spielvogel, son mutique interlocuteur dans le livre : s'il attribuait son handicap sexuel à sa condition d'héritier des victimes, était-il si aberrant d'analyser cette façon de voir comme le résultat d'un problème historique bien réel ? Pouvait-on complètement balayer l'hypothèse que sa compulsion masturbatoire fût le résultat d'un conflit entre un fils qui cherche à exister par lui-même, et le lien tribal et familial maintenu de force par une communauté surprotectrice hantée par l'inquiétude et l'angoisse historiques ? Un fils s'accrochant littéralement à pleines mains à la seule partie de son corps échappant au contrôle du groupe : si l'on acceptait une seconde d'envisager les choses sous cet angle, l'expérience de Portnoy n'était pas si différente de celle des Afro-Américains secouant des siècles d'esclavage, en cette fin des années 1960, dans le jazz, le rock et le sexe à l'Apollo Theater et ailleurs. Cela n'expliquait-il pas que Roth cite Jimi Hendrix comme l'une des sources de ce livre – en plus de Gogol, de Dostoïevski, et des anecdotes familiales que lui avaient confiées en riant certains de ses amis d'enfance ?

La vraie question était cette disproportion entre un trouble individuel et sa sur-signification collective, l'élan du narrateur pour s'arracher à la futilité de sa condition pathologique au profit d'un sens adulte, tragique, viril – sa quête du couteau personnelle, en somme –, une quête vouée à l'échec par sa nature même, et où se mêlait, au statut de victime, le désir d'héroïsme : *Docteur, je ne peux plus supporter de m'affoler comme ça pour un rien ! Faites de moi un homme ! Rendez-moi courageux ! Rendez-moi fort ! Rendez-moi complet ! J'en ai assez d'être un gentil petit garçon juif qui s'efforce en public de contenter ses parents tandis qu'en privé il se bricole le paf !* Prendre au sérieux ce qui lui arrivait était la seule manière de se conduire en homme, sauf que sa situation n'avait rien de sérieux. Admettre l'humiliation d'être soi était le dernier recours de sa dignité en déroute.

C'est cela, je crois, qui déclencha l'ire outragée de certaines des plus grandes sommités juives de l'époque entre Manhattan et Jérusalem à la sortie du roman. Amos Oz, Gershom Scholem, Irving Howe, pour ne citer que les principaux. Tous hurlèrent d'une même voix. Comment un jeune écrivain juif, intelligent, prometteur – le lauréat précoce d'un National Book Award, l'auteur d'un second livre de neuf cents pages publié en 1963, *Laisser courir*, tout entier placé sous l'égide de Henry James et strié de questions morales impeccables –, comment quelqu'un comme ça avait-il pu produire *le livre que tous les antisémites appelaient de leurs vœux* ? écrivit Gershom Scholem dans le quotidien israélien

Haaretz. Ce sera nous, les Juifs, qui en paieront le prix et non pas l'auteur qui se vautre dans ses obscénités. (...) Il y a lieu de penser qu'au prochain tournant de l'histoire, lequel ne saurait tarder, ce livre nous mettra tous au banc des accusés. Mais pas plus que les nombreux libraires refusant de vendre Portnoy aux États-Unis ou en Australie, où il fut carrément interdit, ces protestations ne parvinrent à freiner le succès des mésaventures de son héros, le *Raskolnikov de la branlette*, selon l'expression désopilante de Roth à son sujet.

6.

L'invention du masturbateur obsessionnel avait été sa façon de régler son compte (provisoirement) à la question de l'assimilation – une façon que Frantz Fanon n'a sans doute jamais imaginée.

Il était désormais riche et seul : libre. Mais dans cette Amérique où explosait ce que l'on commençait à appeler la contre-culture, tenue muselée toute la décennie précédente, et dont il contribuait à façonner le langage anti-autoritaire ; dans cette Amérique où, une fois de plus, l'anarchie et le chaos servaient d'instrument à l'introspection collective et d'outil au changement, avait-il pour autant trouvé une *issue* ?

Je me sentais rebelle, écrirait-il, revenant vingt ans plus tard sur cette période, *inexpugnable, libre comme l'air. Et j'étais bien décidé – de manière excessive, sans doute, par esprit de contradiction –, à fausser compagnie à ce vaste public qui m'était soudain acquis, et dont les fantasmes collectifs avaient leurs propres pouvoirs déformants.*

Il était désormais le type que des inconnus s'autorisaient à interpeller en pleine rue pour échanger des blagues salaces, celui dont on évitait de serrer la main dans les soirées parce qu'on ne savait trop ce qu'il venait d'en faire : en d'autres termes, il était passé d'une prison l'autre. *L'objet de la moquerie la plus risible, le fils prisonnier de cette vociférante satire de lui-même* : aux yeux de tous, c'était désormais lui.

Quelques semaines après la sortie du roman, il quitta New York pour Yaddo, une résidence d'écrivain où il passa une douzaine de jours, puis, au printemps, s'installa dans ce qu'il décrirait par la suite comme *une petite maison de location à l'abri des regards, sur un champ à mi-pente, à trois kilomètres de la rue principale* de la ville de Woodstock, au nord de l'État de New York. Il n'y connaissait personne, à l'exception de la jeune femme qu'il était venu rejoindre, une étudiante de 23 ans qui s'appelait Barbara Sproul, *terminait sa thèse, et depuis plusieurs années louait une cabane chauffée par un poêle à bois dans la colonie montagnarde de Byrdcliffe, quelques décennies plus tôt hameau primitif des artistes de Woodstock.*

Au début du siècle dernier, Byrdcliffe avait servi de refuge à un écrivain utopiste du nom de Hervey White. Installé en 1916 dans les bois alentour, White avait fondé là une petite communauté de musiciens regroupés autour d'un festival annuel de musique de chambre, le *Maverick Music Festival* – le festival de musique des anticonformistes –, fréquenté entre autres par John Cage et par l'acteur et musicien noir militant des droits civiques Paul Robeson, et qui existe toujours aujourd'hui. Au fil des ans, nombre d'artistes reconnus de la Côte Est, fatigués de la pression médiatique, s'étaient mis à suivre les pas de White, et à acheter ou louer quelque chose non dans les bois de Byrdcliffe proprement dits, où il n'y avait rien, mais dans la petite ville toute proche de Woodstock, pour s'y nettoyer l'âme quelques années dans le silence. Vers la fin des années 1960, la ville bénéficiait d'une solide réputation d'enclave hors-système pour artistes individualistes. La démographie du New York de cette époque étant ce qu'elle était, nombre d'entre eux se trouvaient être juifs. Peter Meyer – qui, vingt ans plus tard, à la tête de Penguin, publierait contre tous les conseils de prudence les *Versets sataniques* de Salman Rushdie – y avait une maison ; tout comme Milton Glaser – le futur designer du fameux logo *I love New York*, de plusieurs albums de Bob Dylan ainsi que des jaquettes des romans de Roth, de *Portnoy* à *Pastorale américaine*. Dylan lui-même vivait en reclus avec femme et enfants depuis 1966 dans une *mansion* de onze pièces qui surplombait le centre-ville, et où il avait enregistré les *Basement Tapes* ; Allen Ginsberg y faisait de fréquents séjours ; et quand Roth s'installa à son tour à Woodstock, au printemps 1969, deux jeunes Juifs de Brooklyn et un troisième de Long Island, vivant là eux aussi – Michael Lang, Artie Kornfeld et Joel Rosenman –, achevaient de négocier avec un agriculteur juif originaire de Biélorussie du nom de Max Yasgur la location de ses 240 hectares de terrain pour y monter, à la mi-août suivant les trois jours de concerts du fameux festival, à quelque 90 kilomètres de Woodstock proprement dit, aux abords de la petite ville de Bethel.

Une autre personnalité vivant par intermittence à Woodstock depuis les années 1940 était le peintre Philip Guston. *En 1969, l'année où nous nous sommes rencontrés,* écrirait Roth onze ans après sa mort en 1980, *il avait 56 ans, soit vingt ans de plus que moi. Il était envahi par le doute qui assaille parfois l'artiste arrivé au dernier stade de la maturité avec une certaine stature. (...) La peinture absorbait tout juste assez de son désespoir, de ses sautes d'humeur cataclysmiques, pour lui permettre de rire parfois de son mal-être, mais elle ne parvint jamais à neutraliser ses cauchemars.*

Guston est l'auteur des caricatures de Philip que je découvrirais sur les murs de son appartement de l'immeuble Austin en 2004. Il allait avoir une énorme influence sur lui, bien qu'il soit peu connu en France, et plus ou moins *cancellé* aujourd'hui dans le monde anglo-saxon ; en 2020 et 2021, quatre des plus grandes institutions artistiques mondiales (la National Gallery of Art à Washington, la Tate Modern de Londres, et les musées des Beaux-Arts de Boston et Houston) ont annulé les rétrospectives programmées de ses œuvres en raison de leur caractère *polémique* et du risque de *mésinterprétation* (pour citer le communiqué officiel) qu'elles étaient susceptibles de générer dans la communauté afro-américaine. Mais après-guerre, il s'était imposé avec Mark Rothko et

Jackson Pollock comme l'un des maîtres de la peinture américaine et quand Roth a fait sa connaissance, c'était l'un des artistes les plus influents d'Amérique.

Né en 1913, à Montréal, dans une fratrie de sept enfants, d'un père qui s'appelait Louis Goldstein et était ingénieur ferroviaire, et d'une mère au foyer du nom de Rachel Ehrenleib, tous deux immigrés d'Odessa, il avait 9 ans, en 1922, quand sa famille quitta le Canada pour Los Angeles, et 10 ans le jour où il découvrit le cadavre de son père pendu au fond du hangar.

Le Ku Klux Klan menait alors contre les Noirs et les Juifs une intense campagne de terreur, de harcèlement et de discrimination à travers toute la Californie. Dans l'impossibilité de retrouver un travail à la hauteur de ses qualifications, Louis Goldstein s'était résolu à survivre un an comme éboueur tandis que sa famille plongeait dans la misère, avant que la honte et la dépression ne le mènent au suicide.

Expulsé de la Manual Arts High School pour indiscipline cinq ans plus tard, son fils Philip avait pris le nom de Guston avant de partir se former sur le tas à l'art de la peinture en compagnie des muralistes révolutionnaires mexicains. De retour aux USA, dans les années 1930, il avait rejoint le John Reed Club, un groupe artistique marxisant néanmoins financé par le programme fédéral de soutien aux artistes mis en place par l'administration Roosevelt après la crise de 1929, où ses premières fresques portaient toutes témoignage de sa révolte et de sa fidélité au fantôme de son père. Citons-en trois : *Les Conspirateurs* (1930), portrait de groupe d'hommes revêtus de la cagoule et de la toge du Klan préparant un lynchage ; une haute peinture sans titre qui montrait une silhouette encagoulée fouettant un Noir enchaîné, qui fut saccagée par les sympathisants du KKK et dont il ne reste aujourd'hui rien sinon des photos ; et *La Lutte contre la terreur*, enfin, immense fresque au titre étrangement actuel, peinte en soutien aux Républicains espagnols en 1937... Après-guerre, le refus de la peinture figurative n'avait en rien marqué une rupture avec ses préoccupations. *Mes peintures ne peignent que la violence*, disait de son côté Mark Rothko, l'autre fondateur de ce que les médias avaient commencé à baptiser « expressionnisme abstrait », un terme qu'ils rejetaient tous deux. On venait d'entrer dans l'âge atomique et dans celui de la cybernétique ; la découverte des camps de la mort irradiait tout : comment capter l'énergie de ces séismes inédits ? Ces désastres nouveaux nécessitaient un nouvel art. L'intérêt de ce courant de peinture pour son époque est sous-estimé. Tout comme son impact sur l'œuvre de Roth – sur les romans du cycle Zuckerman, mais aussi sur des textes plus tardifs comme *Pastorale américaine*. Est-ce un hasard si les premières versions de ce livre datent précisément de l'époque où il fréquentait Guston, tout en réfléchissant en parallèle au cycle Zuckerman ? Rothko affirmait peindre des drames et des scènes mythologiques sur ses toiles vibrantes d'énergie contenue. Que sont les romans de Roth, au fond, sinon des rêveries incendiaires projetées sur la surface plane de l'existence? Il suffit de lire les cinq premiers points des notes intitulées *Recette du travail artistique* griffonnées par Rothko en 1958, dans une rare tentative de coucher sur le papier les principes de son processus créatif, pour réaliser ce qui a pu rapprocher sa démarche picturale des principes de l'art romanesque selon Philip Roth, même si les deux hommes ne se sont jamais rencontrés : *1. Préoccupation de mort évidente. L'art tragique, l'art romantique, traitent de la connaissance de la mort. 2. Sensualité. Notre fondement pour être concrets quant au monde. 3. Tension. Qu'il y ait un conflit ou un désir. 4. Ironie. L'effacement et l'examen de soi grâce auxquels un homme peut un instant poursuivre autre chose. 5. L'esprit et le jeu...*

Mais plutôt que d'impact, peut-être faut-il parler d'humeur commune. Il y a une phrase célèbre du même Rothko au sujet d'une commande de peinture murale que lui avait passée le restaurant de l'immeuble Seagream à New York en 1959 : *J'accepte cette tâche comme un défi, avec des intentions rigoureusement malveillantes, j'espère peindre quelque chose qui détruira l'appétit de ces fils de pute qui viennent manger dans cette salle.* Elle résonne tellement avec la lettre de Roth à Solotaroff sur sa propre invitation à la Yeshiva University trois ans plus tard qu'il est difficile de ne pas faire le lien. Dans le cas de Guston, en tout cas, cette humeur commune semble bien avoir viré à la symbiose. *La vie de Roth était ponctuée d'amitiés masculines assez fortes* : si cette remarque de Zipperstein a le moindre sens, c'est à son propos qu'elle s'applique.

Les deux hommes se trouvaient exactement au même point de leurs parcours respectifs lorsqu'ils se sont rencontrés. Roth fuyait les conséquences de sa célébrité à Woodstock où Guston, après avoir fait le va-et-vient entre les deux villes pendant vingt-cinq ans, vivait maintenant en reclus, isolé, plein de hargne, pas à sa place, et avec pour seule interlocutrice son épouse, la poétesse Musa McKim.

Guston : *Quand les années 1960 sont arrivées, je me suis senti divisé, schizophrène. La guerre, ce qui arrivait à l'Amérique, la brutalité du monde. Les Conspirateurs, 1930. Quel genre d'homme étais-je, assis à la maison, lisant des magazines, entrant dans une fureur frustrée à propos de tout, puis allant dans mon atelier pour ajuster un rouge à un bleu ? (...) J'en ai eu assez de toute cette pureté ! Introduire le crime, la guerre et le sexe, la distorsion et la vulgarité dans l'image a été une façon d'ôter au tableau toute dimension décorative – littéralement de le faire sortir de la salle à manger parce que personne ne voudrait boire un jus d'orange dans la même pièce.*

Au-delà de l'écho de cette dernière phrase avec celle de Rothko citée plus haut, le plus remarquable est qu'elle décrit presque littéralement ce que Roth accomplissait à la même époque avec *Portnoy*, puis avec *Ma vie d'homme*, jetant par la fenêtre l'académique pureté de la littérature telle qu'il l'avait apprise en lisant Henry James, au profit d'une œuvre distordue, que la critique académique ou morale jugeait vulgaire.

À s'enraciner dans la farce, la terreur gagne en impact. Cela nos rêves nous le disent, comme ceux qu'ont rêvés pour nous Beckett et Kafka. La découverte de Philip (Guston) *– proche de la leur, née de la délectation devant l'objet trivial, hardiment distendu et brutalement dépoétisé comme les leurs –, c'était cette terreur émanant des traits les plus banals du monde de l'imbécillité sans fond. (...) La vulgarité américaine pour laquelle il a toujours eu un faible d'intellectuel, jusqu'au plus fort de son lyrisme, il en était arrivé à la contempler (...) comme si sa vie d'artiste et sa vie d'homme en dépendaient. (...) Il a fini par inventer un nouveau paysage de terreur, spécifiquement américain.* On verra vers la fin de ce livre à quel point ces remarques de Roth sur l'œuvre de Guston, tirées du texte déjà cité écrit à la mort du peintre, s'appliquaient à ce que lui-même tentait de faire, montrant qu'il était parfaitement conscient de cette proximité.

7.

À Woodstock, Roth et son amie Sproul, Guston et Musa McKim passaient leurs soirées autour d'un plat de pâtes concoctées par Guston. Roth le décrit, en pantalon kaki informe, en chemise blanche aux manches retroussées ouverte sur sa vaste poitrine, avec, dans l'allure joviale, quelque chose du *politicien de la vieille garde israélienne chez qui la décontraction impérieuse vient d'un noyau de confiance en soi inaltérable* – à ceci près que cette confiance laissait place sans transition, chez Guston, à d'effroyables crises de désespoir suicidaire.

Dans la journée ils travaillaient, et, dans leurs moments de liberté, se repassaient pour les discuter les livres des trois écrivains dont Roth se nourrissait alors, Kafka et Beckett cités plus haut, et aussi Isaac Babel, l'écrivain juif auteur des *Récits d'Odessa,* assassiné par Staline en 1940, peu connu en France, mais dont l'écriture nerveuse et le point de vue sur le monde de terreurs qui l'entourait – un point de vue aussi vif que prudent, perçant et tout en retrait – allaient considérablement frapper et influencer Roth pour le cycle Zuckerman à la fin de la décennie. Dans leurs moments de liberté plus grande encore, ils parcouraient la région, Upstate New York, explorant avidement ce que Guston appelait le *crapola* et que la traduction française rend par *formicaca :* panneaux publicitaires décatis, décharges publiques, bouis-bouis infâmes, cimetières de voitures, *diners* graisseux, brocantes minables. Écœurés par leurs idéaux artistiques respectifs, ils cherchaient à se laisser subvertir par ce qu'ils haïssaient le plus. Quelque chose dans ce poison finirait par les inspirer, mais comment. *Je commençais à me demander pourquoi les mensonges de Nixon me réjouissaient à ce point*, écrirait-il plus tard. Tandis qu'il se posait la question, Guston revenait, lui, à la figuration, empruntait son nouveau style à la bande dessinée – aux *comics* du dessinateur Crumb notamment –, peignait sans raisons discernables des ampoules électriques au-dessus des figures encagoulées du Ku Klux

Klan qui, trente ans après les grandes fresques dénonciatrices de sa jeunesse, revenaient dans sa peinture, ressuscitées par les meurtres politiques des frères Kennedy, de Martin Luther King et de Malcolm X, et par les émeutes raciales ravageant le pays, à un détail près : les silhouettes encagoulées ne lynchaient plus personne, elles se contentaient de déambuler dans des couleurs rose plastique avec les gestes les plus quotidiens et les plus vides qui soient, comme fumer le cigare, conduire une voiture, voire peindre, puisque Guston se représentait lui-même une cagoule sur la tête, un pinceau à la main, comme si au venin de l'Histoire faisait écho une toxicité intérieure délibérément recherchée. Non, il n'y avait pas de pureté. Au milieu d'autres dessins au style tout aussi faussement naïf montrant, ici, une horloge fondue comme un pneu dégonflé, ou comme le Temps lui-même, là, une chaussure usée ou une simple assiette de pâtes, cette trivialisation de la terreur, cette esthétique de la compromission déclencha un scandale lorsqu'elle fut exposée, en 1970, à la Marlborough Gallery de New York. Le *Time* parla de *Ku Klux Comix*, le *NYT* traita Guston de *mandarin qui joue les abrutis.* Ce sont ces mêmes dessins, notons-le au passage, qui en 2020 et 2021 ont heurté les puristes illettrés de Black Lives Matter, provoquant le décrochage des rétrospectives Guston à la Tate, à Boston, Houston et ailleurs. En 1970 déjà, les seuls à saisir l'enjeu de ces peintures avaient été le peintre Willem de Kooning – *ton sujet c'est la liberté*, dit-il à Guston –, et bien sûr, Philip Roth, dans des lignes où, une fois encore, il parle autant de Guston que de ce qu'il découvrait en lui-même depuis *Portnoy* et n'allait plus cesser d'approfondir : *Peut-être n'était-ce qu'un jeu, mais l'objet de ce jeu, c'était le point de vue qu'il avait adopté quand il avait voulu renverser son histoire de peintre pour représenter, sans rempart rhétorique, son angoisse d'homme.*

Qu'est-ce qu'il voyait, en vous ?

1.

Son angoisse d'homme. Peut-être ces lignes aident-elles à saisir ce qui s'est joué en profondeur chez Roth, avec les trois romans picaresques plus un épilogue qu'il réunirait en un seul volume sous le titre *Zuckerman enchaîné* vers le milieu des années 1980, mais auxquels il avait commencé à travailler dès son séjour à Woodstock, avant de les publier séparément à partir de 1979 : *L'Écrivain fantôme, Zuckerman délivré, La Leçon d'anatomie* et *L'Orgie de Prague.*

Je l'ai dit tout à l'heure, en découvrant par hasard le premier d'entre eux, *L'Écrivain fantôme*, j'ai perçu quelque chose de ce qui me semble aujourd'hui l'essentiel au sujet de Roth, quelque chose que j'ai ensuite oublié sous la pression disons identitaire provoquée par les événements du début des années 2000, quelque chose qu'il n'avait cessé d'approfondir et qui trouve son apogée dans le roman *La Contrevie*, l'ultime conclusion du cycle Zuckerman, et son livre le plus profond selon moi.

Je sais qu'en écrivant cela je vais contre l'opinion commune, que cette série de romans est en général vue au mieux comme un entraînement nécessaire, les gammes d'un écrivain en devenir, au pire comme un immature exercice narcissique lorgnant vers l'autofiction. Les choses sérieuses, chez Roth, sont censées n'avoir commencé qu'avec les romans dits de la maturité évoqués au début de ce récit, *Pastorale américaine, La Tache*, sans oublier *J'ai épousé un communiste, Le Complot* – dans lesquels il est généralement admis qu'il a cessé de se regarder le nombril pour s'intéresser enfin aux autres, sonner la charge contre l'Amérique (si on le lit avec des lunettes « progressistes »), dénoncer la décadence du monde moderne (si l'on est « conservateur »). Je le sais, mais je pense que voir les choses ainsi revient à faire de son mieux pour se tromper complètement. À mon sens, ces romans historico-politiques des années 1997-2004 ne prennent toute leur signification qu'au regard de ce qui a précédé. Quant au cycle Zuckerman lui-même, il s'éclaire autrement si l'on veut bien le lire comme une reprise des questions morales soulevées par les réactions à *Goodbye, Columbus*, et auxquelles *Portnoy* n'avait guère fourni mieux qu'un exutoire. La conclusion, si l'on accepte cette cohérence, c'est qu'il n'aura pas fallu moins d'un quart de siècle à Roth pour épuiser cette question dont il pensait en 1962 qu'elle n'avait nul intérêt, qu'elle ne se posait pas – cette question, qui est aujourd'hui partout, de l'assimilation et de l'identité, de la liberté et de la responsabilité historique vis-à-vis des souffrances du passé. C'est elle qui, avec quelque quarante ans d'avance, nourrit les romans du cycle *Zuckerman* jusqu'à *La Contrevie.*

Comment les a-t-il écrits ? Comment est-il passé de *Goodbye, Columbus* et *Portnoy* à *L'Écrivain fantôme* dix ans plus tard ? À l'été 1972, un élément, en plus de l'influence de Guston, est venu dynamiter, complexifier et élargir considérablement ses perspectives. En vacances en Europe, Barbara Sproul et lui se sont arrêtés à Prague, la ville natale du *grand poète de l'oppression*, ainsi qu'il appelait Kafka. Occupée par les Soviétiques depuis 1968, Prague était alors sombre et sous haute surveillance et ne ressemblait en rien au Disneyland urbain qu'elle deviendrait après la chute du Mur. Les traces de l'Europe juive détruite par Hitler trente ans plus tôt, en particulier, y étaient encore extrêmement vivaces, et ce qu'il en vit au cours de ses longues promenades solitaires le fascina aussitôt.

Il se découvrit bouleversé par la ressemblance, à ses yeux évidente, entre cette ville tchèque sous domination russe communiste et la Kiev tsariste fuie par les deux branches de sa famille au tournant du siècle à mille cinq cents kilomètres de là. Dans les ruelles noires du ghetto désert et les synagogues vides ; dans la bringuebalante anarchie de pierres et d'herbes mauvaises du vieux cimetière juif abandonné ; entre les allées impeccables du second cimetière juif plus récent, où se trouve la tombe de Kafka, sur laquelle il alla déposer le caillou rituel ; dans la maison naine et biscornue du quartier des Alchimistes où l'auteur du *Procès* avait échappé à sa famille tout un hiver avec l'espoir d'écrire enfin librement – dans tout cela, lui qui, aux États-Unis, n'avait cessé de répudier le poids du passé européen pour mieux se définir, découvrait maintenant *une sorte de lien*, ainsi qu'il le formulerait par la suite, entre ce qu'il était et une mémoire ancestrale que sa part la plus rationnelle savait inaccessible.

C'est dans ce contexte semi-mythique qu'un matin, en visite aux Éditions Odéon qui avaient publié *Goodbye, Columbus* et *Laisser courir* en Tchécoslovaquie – mais pas *Portnoy*, dont la lecture était jugée peu recommandable par les autorités –, alors que les équipes et patrons de la maison levaient un verre de slivovitz en son honneur, une des éditrices du nom d'Eva Kondrysova, qui parlait parfaitement anglais, lui proposa de déjeuner et, sitôt assise, lui jeta, *tous ceux que vous venez de rencontrer dans cette maison sont des porcs. Formidable!* pensa-t-il aussitôt. Son tempérament le guidait. Il était venu au bon endroit. Il ne s'agissait plus de lui, il n'était plus question de sa célébrité scandaleuse post-*Portnoy*, mais de totalitarisme et de communisme, un sujet qui lui était parfaitement étranger. Kondrysova lui donna les premiers détails de la vie sous la répression consécutive à l'écrasement du Printemps de Prague par les Soviétiques quatre ans plus tôt. La censure, le triomphe des carriéristes et des apparatchiks minables – parmi lesquels se trouvaient les éditeurs avec lesquels il venait de trinquer –, tandis qu'écrivains et artistes qui n'en faisaient qu'à leur tête se voyaient marginalisés, condamnés à des travaux infamants et à la misère, quand ce n'était pas à la prison. Sous le socialisme, les premiers *étaient* les derniers, réalisa-t-il. La générosité même de l'idéologie légitimait passe-droits et corruption. Il suffisait de penser correctement, et ni la compétence ni le talent n'étaient plus nécessaires. *Un demi-million de personnes se sont fait virer*, ferait-il dire au personnage de Bolotka, le directeur de théâtre qui sert de guide à Zuckerman dans *L'Orgie de Prague, tout est dirigé par les ivrognes et les escrocs, ils s'entendent mieux avec les Russes.* C'est là qu'il découvrit le climat culturel dont il décrirait l'équivalent universitaire américain vingt ans plus tard dans *La Tache*. Les meilleurs trimaient, condamnés au silence et à la médiocrité sociale, tandis que les nuls pavoisaient, tout courage enfin inutile, toute angoisse, toute absence de repères – ces maux qu'affrontaient chaque jour les artistes individualistes tel Guston – exorcisés par la magie du civisme et le sens du collectif.

La réaction de Roth n'aurait pu être plus américaine. L'année précédente, en 1971, il avait publié aux USA *Tricard Dixon et ses copains*, un pamphlet contre Nixon élu deux ans plus tôt à la Maison-Blanche, pas son meilleur livre, il s'en fallait de beaucoup, mais dans l'atmosphère éruptive de ces années-là les exemplaires se vendaient comme des petits pains. La conscience qu'à taper ainsi sur le président de son pays il ne risquait rien, sinon de gagner plus d'argent qu'il n'en gagnait déjà, tandis que, à Prague, ceux qui faisaient de même étaient arrêtés et finissaient dans la rue, le taraudait. Non seulement les écrivains tchèques risquaient la prison, mais leurs livres n'étaient pas même publiés, sinon sous le manteau, en feuillets copiés au papier carbone ou dactylographiés que l'on appelait, en ces temps préhistoriques pré-Internet, des *samizdat* (pour auto-édition).

— *Ils ne gagnaient rien, n'avaient aucune reconnaissance mais ils s'obstinaient*, dirait-il plus tard. *J'ai voulu comprendre pourquoi.*

De retour à New York, il s'astreignit à faire le trajet hebdomadaire jusqu'à Staten Island pour y suivre les cours donnés par un réfugié tchèque et historien de cinéma du nom d'Antonin Liehm. C'est ainsi qu'il s'initia à la culture et à la mentalité de ces anticonformistes qui, contrairement à lui, payaient leur rébellion au prix fort. Il découvrit les premiers films de Milos Forman (le réalisateur de *Vol au-dessus d'un nid de coucou*, et son futur voisin à Warren), ceux d'Ivan Passer (le réalisateur du génial *Cutter's Way* en 1981, bientôt un ami), et les romans de Milan Kundera à l'époque encore méconnu. Pendant la majeure partie des années 1970, alors qu'il écrivait ce qui deviendrait *Zuckerman enchaîné* – et tandis que, en France, les jeunes intellectuels de gauche inspirés par Mao, et mus par la fièvre de la culpabilité, se jetaient dans les usines pour y subir de plein gré le déclassement imposé à Prague par le régime aux artistes réfractaires –, il voyagea une fois l'an dans la capitale tchèque, monta et dirigea, aux Éditions Penguin, une collection intitulée *Écrivains de l'Autre Europe*, destinée à faire découvrir au public anglo-saxon des auteurs non seulement tchèques mais est-européens dont nul n'avait alors entendu parler – Witold Gombrowicz, Danilo Kiš, Jiri Weil, Bruno

Schultz et Kundera déjà cité, notamment. Il mobilisa ses collègues anglo-saxons (Saul Bellow, Alison Lurie, Joyce Carol Oates, William Styron, Edward Albee) pour qu'ils l'aident à alimenter, depuis New York, un circuit clandestin de soutien financier à l'élite intellectuelle tchèque en détresse. Il avait déniché à Brooklyn un Hongrois qui tenait une obscure agence de voyages. Le fouillis de son bureau semblait droit sorti de Dickens, avec des papiers partout et des chats qui traînaient dans les coins. Comme ce type n'était littéralement personne, il parvenait à transférer l'argent collecté sans attirer l'attention. Des sommes fragmentées parvinrent ainsi bientôt à une petite banque tchèque qui les redirigeait discrètement vers les « dissidents » auprès desquels les traducteurs de Philip et ses contacts américains l'avaient introduit. La plupart étaient entre-temps devenus des amis : Ivan Klima (l'auteur, entre autres, du merveilleux roman *Amour et Ordure*, métamorphosé par le régime en balayeur des rues) ; Václav Havel (le dramaturge encensé par Beckett, qui deviendrait le premier dirigeant tchèque après la guerre froide, pour l'heure condamné à servir des bières au comptoir d'une brasserie, lorsqu'il n'était pas en prison) ; Milan et Vera Kundera bien sûr, qui vivaient encore à Prague.

Tous entre deux états, tous entre ce qu'ils étaient sur un plan et ce qu'ils étaient sur un autre plan, tous passant à chaque seconde d'une existence de rebut anti-social à leur contrevie artistique individuelle et souterraine.

Si j'insiste sur son expérience pragoise, c'est qu'elle me semble avoir constitué le contrepoint de ce qu'il avait découvert avec Guston et son *crapola*. D'un côté, l'Américain, juif, exubérant, solitaire, observateur d'un monde où tout pouvait se dire car rien ne comptait (sinon le succès) ; de l'autre, des écrivains piégés par une société politique où rien ne pouvait se dire car tout comptait ; une société aux principes si élevés que personne ne pouvait exprimer quoi que ce soit de personnel sans être accusé de trahison. Dans le contexte de la guerre froide, c'était la double exposition la plus parfaite qu'il pût trouver aux radiations de l'Histoire, une éducation aux paradoxes de la liberté. Une personne, en particulier, joua sans doute un rôle dans cette initiation à la dissidence, et dans le lien qu'il avait fini par établir entre la Prague sous domination communiste et le destin juif en Europe : Vérá Saudková, la fille de la plus jeune sœur de Kafka, Ottla, assassinée à Auschwitz en 1943. Éditrice mise au chômage par les autorités pro-soviétiques dans la foulée de la répression du Printemps de Prague, elle restait surveillée par la police politique en raison de ses contacts avec cette région haïe de tous que l'on appelait, en cette époque de guerre froide, « l'Ouest » et maintenant « l'Occident ». Morte en 2015, à 94 ans, c'était l'une des grandes figures de ce monde artistique souterrain dans lequel il avait pénétré. Après qu'il eut fait sa connaissance, elle lui montra des objets ayant appartenu à Kafka, c'est par elle que transitèrent aussi certains manuscrits restés inédits du fait de la censure, et qu'il publia chez Penguin, les sauvant de l'oubli – je pense au remarquable *Vivre avec une étoile* de Jiři Weil, notamment.

Vous connaissez ses livres, non ? Il vient pour les filles. Telle fut la réponse d'Ivan Klima interrogé par les agents de la sécurité que les allées et venues d'un écrivain américain à Prague avaient rendus nerveux. Il était suivi dans la rue, au restaurant, des flics en civil s'asseyaient aux tables voisines des siennes. Un jour de 1975, ils l'arrêtèrent et lui demandèrent de le suivre. Il leur échappa en sautant dans un tramway, prit le premier avion pour New York, où Klima le fit prévenir que son retour à Prague ferait courir de sérieux risques à tous ses contacts. La police avait perquisitionné plusieurs appartements, des manuscrits avaient été saisis, des écrivains mis en garde à vue. Il lui fut impossible de remettre les pieds dans le pays avant la fin de la guerre froide. Mais sa méditation sur les sujets à propos desquels il ne convenait *ni d'écrire ni d'attirer l'attention du public*, pour citer à nouveau sa phrase à Solotaroff en 1962, en ressortit profondément transformée.

2.

On ne cherche pas ses obsessions, ce sont elles qui vous cherchent, disait-il souvent. Et si vous avez de la chance, elles vous trouvent.

Elles l'avaient certainement trouvé dans ces années 1970, à en juger par l'intensité de son activité. En parallèle à l'écriture de la future trilogie Zuckerman, il publia plusieurs romans oubliables illustrant sa fascination pour le kitch et le chaos politique et culturel américains explorés avec Guston : *Tricard Dixon* déjà nommé, *Le Grand Roman américain* centré sur le base-ball ; *Le Sein, Professeur de désir*, deux livres remarquables dans lesquels il digérait, pour ainsi dire, son expérience et ses influences pragoises ; il vint à bout, après sept ans d'écriture, du roman inspiré de son mariage avec Martinson, *Ma Vie d'homme*, sur lequel je reviendrai ; tout cela en s'échinant sur les premières versions de ce qui deviendrait vingt ans plus tard *Pastorale américaine*. Le temps de la littérature n'est pas un temps « normal ». Il y avait des chapitres épars, des épisodes démultipliés, des personnages nés dans un livre et transhumant dans un autre. Dans cette œuvre qui cherchait encore sa forme, Anne Frank, cette figure-clé des Juifs américains de sa génération, comme on l'a vu, tenait une place à part. Il avait lu le *Journal* de nombreuses fois, fait à plusieurs reprises le voyage jusqu'à Amsterdam pour s'imprégner des lieux, voir le fameux grenier ayant servi d'abri clandestin à la famille Frank jusqu'à leur arrestation. À sa première visite, le choc sur place avait été si violent qu'après s'être excusé auprès du guide, il était rentré vomir dans sa chambre d'hôtel. Dans sa notice à *L'Écrivain fantôme* pour l'édition de La Pléiade, Paule Lévy mentionne une version de *Pastorale américaine* écrite durant cette période dans laquelle le héros, Seymour Levov, fuyant sa femme et sa belle-fille et débarquant à Londres, faisait la connaissance d'une inconnue lui affirmant être Anne Frank ; des notes critiques rédigées par Roth en marge de certaines pages dactylographiées de *Ma Vie d'homme – Très bien Mr. Roth mais vous pouvez encore faire des progrès. Travaillez l'ordonnance de vos paragraphes* – sont signées *Anne Frank ;* un chapitre retiré de la version publiée du même roman montrait le héros, Peter Tarnopol, passer une nuit avec une femme souffrant de vaginisme lui affirmant être Anne Frank. Paule Lévy se demande si Roth n'a pas vu en elle une sorte de conscience esthétique, à cette époque ; on pourrait dire aussi qu'il voyait en elle sa conscience juive, examinant l'hypothèse de ce qu'il serait lui aussi devenu si les circonstances avaient été différentes, ou qu'il apprenait à jouer, à travers Anne Frank, avec la mémoire historique, cherchant sa liberté.

Conscience esthétique, conscience juive, conscience historique : les trois points de repère, ou les trois obstacles, selon la façon dont on choisit de voir les choses, du labyrinthe où s'aventurait son imagination verbale. Et c'est dans *L'Écrivain fantôme*, à la toute fin de la décennie, que cette exploration trouve sa forme et Anne Frank sa place. Non plus comme sa création à lui, mais comme une rêverie imaginée par Zuckerman enchaîné, c'est-à-dire à bonne et prudente distance.

— C'est le ton de cette rêverie qui a été difficile à trouver, m'a-t-il dit en 2017 lors de notre dernier entretien, publié dans *Le Monde*. L'un des problèmes est qu'il fallait être ambigu et clair à la fois. L'autre était que j'écrivais de façon révérencieuse, sur un ton d'hagiographie, avec le sentiment de manier une bombe.

Passer au « je » l'histoire d'Anne Frank après l'avoir écrite d'abord au « elle », puis la repasser à la troisième personne furent nécessaires à l'opération de déminage.

L'action du roman se situe vers la fin des années 1950. Le jeune Zuckerman, 23 ans, vient de publier une nouvelle satirique inspirée d'une vieille anecdote familiale, qui lui a valu les fureurs de son père, en même temps que celles d'un certain juge Wapter, une sommité de la ville, ami de son paternel, et qui a fait parvenir à Zuckerman une longue lettre componctueuse l'accusant à mots couverts de complaisances pour l'antisémitisme. L'invention du juge Wapter permet à Roth de glisser *verbatim*, dès le début du roman, la question du modérateur à la Yeshivah University le soir du débat de 1962, telle du moins qu'il s'en souvient : *Si tu avais vécu en Allemagne nazie durant les années 1930, aurais-tu écrit ce récit ?* La mère de Zuckerman, pour sa part, désarçonnée par ce conflit entre père et fils, a vainement tenté de recoller les morceaux en suggérant au second d'aller *au moins* voir l'adaptation du *Journal* d'Anne Frank à Broadway, un geste qui prouverait que, en dépit de ses grandes études et de son esprit sarcastique et autocentré, le sort des Juifs ne lui est pas indifférent. *Maman je ne vais pas me répandre en platitudes pour faire plaisir aux adultes !* a répondu le fils avant de fuir la pression pour se réfugier, le temps d'un week-end, chez un écrivain de 56 ans, Emmanuel Isidore Lonoff (auquel Guston a partiellement servi de modèle).

Lorsque Zuckerman les a découverts, les livres de Lonoff lui ont fait comprendre, bien plus que *les leçons d'hébreu de* (s)*on enfance ou la cuisine de* (s)*a mère*, dit-il, *à quel point il appartenait à* (s)*a famille juive*. Ce père de rechange vit dans les montagnes du Berkshire une existence recluse exaltée par la création littéraire. Il a pour seule compagnie son épouse Hope, et son assistante, une jeune femme juive de l'âge de Zuckerman. Elle s'appelle Amy Bellette, c'est une réfugiée du continent dévasté par la guerre que Zuckerman ne fait d'abord qu'entrevoir de loin avant qu'elle ne lui soit présentée. Peu après son arrivée aux États-Unis, Bellette a été l'étudiante de Lonoff, qui l'a prise sous son aile en raison de l'intelligence exceptionnelle dont elle fait preuve dans ses textes.

Lorsque enfin elle lui est présentée, Zuckerman est moins fasciné par elle qu'intrigué : *Ce qui à distance s'était présenté comme un objet de beauté pure, sévère et simple*, écrit-il, *devenait de plus près une sorte d'énigme.* Jeune et vivace mais distante, son visage blanc aux grands yeux pâles et sa tête cerclée de boucles noires, disproportionnée par rapport à son corps comme resté dans l'enfance, lui font songer à *un poulet coincé, prisonnier de sa coquille, une pierre macrocéphale de l'île de Pâques.* À tout cela s'ajoute l'opacité des relations de la jeune femme avec Lonoff. Chaque mot qu'ils s'échangent semble à double sens.

Après dîner – un dîner passé à discuter littérature avec son nouveau mentor, ce qu'il fait en proie à des sentiments pas si éloignés des miens face à Roth au début (*Zuckerman avec Lonoff discutant de Kafka, cela me dépassait. Je n'arrivais pas à y croire*) –, une fois retiré dans le bureau aménagé pour l'occasion en chambre à coucher, tandis que les Lonoff sont montés à l'étage, Zuckerman, dans le noir, mais trop excité par ce qu'il vient de vivre pour dormir, tente de résoudre « le mystère Bellette » avec la seule arme à sa disposition : son imagination.

L'élément déclencheur : une succession de bruits perçus à travers le plafond, murmures d'abord indistincts et finalement éclats de voix. Bientôt dressé, pointe des pieds sur le divan, oreille tendue, les phrases qu'il finit par capter dans cette inconfortable position lui font comprendre ce qui était hélas ! prévisible : Lonoff le « pur » écrivain a trompé son épouse avec son assistante de vingt-trois ans de moins que lui. Il tente maintenant de lui expliquer que leur relation n'a pas d'avenir et qu'elle doit rentrer à New York. *Je ne peux vivre nulle part*, fait, en réponse, une Amy Belette désespérée, dans l'oreille, pour ainsi dire, de Zuckerman, qui prend des notes ; *je ne peux pas vivre (...) Tiens-moi un peu dans tes bras et je me sentirai bien. — Tu te sens déjà bien. Pour finir, tu te sens toujours bien. Tu es la grande survivante. — Non, simplement la plus forte des faibles.*

Aujourd'hui, quelqu'un de l'âge de Zuckerman et conscient de ses devoirs s'emploierait sans doute à dénoncer sans tarder sur les réseaux sociaux cette « relation d'emprise » entre un homme plus âgé et installé, et une réfugiée sans le sou, mais pas Zuckerman, et pas au milieu des années 1950. À la place, il fait ce qu'il pense que font les écrivains, et ce que lui dicte son tempérament : il passe le restant de la nuit à coucher sur le papier ce que ces bribes de dialogues volées à la chance lui suggèrent. Amy Bellette est en réalité Anne Frank. Est-ce si absurde ? Elle est juive, vient d'Europe, sa famille a été décimée, elle est dotée d'une grande intelligence et d'un talent hors du commun. Et, dans sa situation familiale, la conclusion tombe sous le sens : pourquoi ne pas l'épouser, plutôt que d'aller voir l'adaptation kitch de son *Journal* à Broadway ?

Toutes les histoires, si on les suit jusqu'au bout, sont des histoires de mort, a dit quelque part Hemingway. Le minutieux réalisme avec lequel Zuckerman suit jusqu'au bout ce qui, au départ, est avant tout une blague entre lui et lui-même, va changer son récit – et le livre – en tragédie ambiguë. Immédiatement après la guerre, sitôt qu'elle est sortie de Bergen-Belsen après avoir survécu au typhus, et avant même d'être adoptée par sa famille d'accueil à Londres, ou d'entendre parler du succès mondial de son *Journal* et de l'espèce de culte autour de sa personne qu'a organisé son père, le seul survivant des Frank, qui vit désormais en Amérique, Anne a troqué son patronyme pour celui d'Amy Bellette, se raconte – et nous raconte – Zuckerman. Elle l'a fait, *non pour cacher son identité, mais pour oublier sa vie.* Oublier l'Histoire européenne comme lui-même cherche à se libérer de la morale mémorielle de la famille et du clan pour devenir pleinement américain et se construire un avenir. Le jeune écrivain fugueur et la survivante clandestine de la Shoah partagent le même but : échapper à l'Histoire.

D'ailleurs, cette Amy Bellette a-t-elle jamais été vraiment juive ? Dès avant-guerre, Anne se passionnait pour les mythologies grecque et romaine avec la même ferveur que Zuckerman lisait Shakespeare et Henry James au lycée plutôt que le Talmud, nous dit-il. Dissimulés aux yeux des Allemands, cachés dans le grenier de la rue du Prinsengracht, ce ne sont pas les Psaumes que lui a lus son père pour la rassurer, mais Goethe en allemand et Dickens en anglais. D'où l'invraisemblable succès mondial du *Journal*, raisonne Zuckerman. Anne y montre non des barbus en caftan, non des orthodoxes étroits, mais des individus auxquels n'importe qui pouvait s'identifier. Si Anne Frank est un symbole, n'est-ce pas celui de l'assimilation réussie ? Dans sa famille, la fête juive de *Hanoukha* se limitait à deux, trois bougies brièvement allumées, à un rapide échange de cadeaux, à dix minutes à peine de cantiques – presque rien.

Oui, mais dans ce *presque rien* réside justement tout le problème. Ce *presque rien* est le détail sur lequel l'universalisme des Frank vient buter, et se retourne en inassimilable singularité : comment *même eux* ont-ils pu être assassinés ? *Telle était l'horreur ; et la vérité, telle était la portée de son livre*, écrit Roth, guidant la plume de Zuckerman qui s'introduit dans la tête de Anne Frank en train de réfléchir. *Les Frank pouvaient se réunir autour de la radio pour écouter Mozart, Brahms et Beethoven* et lire Schiller en plus de Goethe, et s'intéresser à la famille royale hollandaise, et aimer les Pays-Bas plus que tout, et y projeter leur avenir, *rien de tout cela n'y faisait, l'Europe ne leur appartenait pas et ils n'appartenaient pas à l'Europe.* (*Ils ne participaient pas directement à son expérience*, comme l'écrirait Renaud Camus à propos des Juifs et de la France en 2000). Et pourquoi ? *Parce que le problème juif à résoudre, les dégénérés dont les êtres civilisés ne pouvaient plus supporter la contamination, c'était eux-mêmes. Otto et Edith Frank et leurs filles Margot et Anne.* Eux qui étaient eux et nul autre qu'eux.

Mais Edith n'est plus, Margot n'est plus. Quant à Anne/AmyBellette, le succès universel de son *Journal* a fait d'elle, sans qu'elle le sache, la porte-voix des assassinés. La voilà donc placée devant un dilemme. N'était-ce pas là *le but de son Journal, le but de la mission qui lui a été assignée* – ainsi Zuckerman fait-il penser Anne Frank – *réintégrer* ses proches *par écrit dans leur condition de chair et de sang* ? Et quel est le prix pour cette réintégration, sinon sa mort ? Non seulement son succès mais sa crédibilité, son poids historique vengeur, sa légitimité posthume en dépendent. Oui, se dit-elle, assise dans l'obscurité du Cort Theater, les yeux sur la scène où se joue la pièce adaptée de son livre : si *Het Achterhuis, L'Annexe*, qui est le titre original du *Journal* en Hollande, s'impose au monde, son Annexe secrète à elle doit être l'ombre où elle va maintenant devoir survivre. Jamais elle ne reprendra contact avec son père.

Responsabilité devant les morts ? Rhétorique pour les dévots ! La prétendue importance de ce livre est une illusion morbide. Ainsi répond à Anne Frank, dans la tête d'Anne Frank imaginée par Zuckerman, la pragmatique Amy Bellette déjà américanisée, à qui Roth donne presque mot pour mot son laïus révolté prononcé contre Rackman à la Yeshiva University : *Jouer les morts est une attitude mélodramatique et odieuse. Et se cacher de Papa est encore pire.*

Aucune réparation n'est exigible. Va simplement décrocher le téléphone et dis-lui que tu es vivante. Il a soixante ans.

Comment trancher ? D'un côté, elle se voudrait *lavée, purifiée, avec une vie neuve, un corps neuf*, clame-t-elle, en écho à la quête de Portnoy si désireux d'être enfin *complet* ; d'un autre, sa part Antigone, sa part transcendante, narcissiquement fidèle à sa haine, à son inextinguible quête de justice et de destruction, et à la mémoire des morts, lui bloque le passage vers l'intégration et l'oubli : *Sur le palier, il y avait une grande hache avec un énorme manche rouge à utiliser en cas d'incendie. Mais en cas de haine – de rage meurtrière ? Elle la considérait assez souvent mais n'avait jamais pu se résoudre à la décrocher du mur. D'ailleurs, une fois dans ses mains, sur quel crâne s'abattrait-elle ? (…) Non, ce qu'elle devait utiliser, c'était* Het Achterhuis van Anne Frank. *Et pour en faire une arme destructrice, il lui faudrait disparaître dans un autre* achtertuis, *privée de mère et livrée à elle-même.* C'est sa conclusion finale. Et l'on retrouve, dans cette reprise réaliste et littérale de la célèbre métaphore de Kafka selon laquelle *un livre doit être une hache qui brise la mer gelée en nous*, toute la violence entr'aperçue chez d'autres artistes juifs de cette génération, tels Rothko et Guston.

Comment pourrait-elle décevoir les foules aiguillonnées par son livre, ces millions de lecteurs qui font maintenant le voyage à Amsterdam jusqu'au grenier changé en musée ? se demande Anne Frank en réponse à Bellette. Comment, en d'autres termes, dé-mythologiser l'écrivain qu'elle est devenue, et qu'elle contemple, non sans douleur, non sans orgueil et fierté juvénile, non sans démesure et folie ? Au bout du compte, voilà ce qu'elle est du fond de sa non-existence : seule, libre, à vingt ans, dans un pays nouveau, sans nulle responsabilité sinon celle de la fidélité qu'elle s'impose ; toute assimilation impossible et toute compensation obscène, sainte juive canonisée par l'Histoire changée en spectacle, errante, *exacerbée, pleine de ressentiment, de haine, de honte, à demi écorchée* ainsi qu'elle se définit dans les coulisses de cette Histoire ; vivante et morte, lucide et démente, juste et monstrueuse, victime et toute-puissante, sans autre option que de s'observer dans un présent éternel pour en souffrir et en jouir – rendue à la pathologie qui est le Temps gelé du survivant.

Et telle est l'histoire à multiples facettes, toutes assez dérangeantes, si l'on y réfléchit, que Bellette confie à Lonoff, une nuit, dans un hôtel de New York, selon ce qu'imagine Zuckerman par une autre nuit, au troisième chapitre de *L'Écrivain fantôme*, écrit par Philip Roth. *Et qu'en pensait Lonoff lorsqu'elle eut terminé ?* conclut Zuckerman. *Qu'elle croyait à chacun des mots qu'elle avait prononcés et qu'aucun n'était vrai.* Ce constat vient renforcer, à la lecture, le sentiment que tout est vrai, au contraire, dans ces récits nocturnes contés par des écrivains réels et imaginaires, et enchâssés les uns dans les autres. Le matin venu, Zuckerman retrouve Lonoff et Hope, assiste à leur scène de ménage, avant de s'isoler avec Bellette et de l'interroger, lors d'un dialogue ambigu qui ne lui permet pas de trancher sur son identité réelle.

Avec ce livre d'une lecture très fluide, mais d'une facture très complexe, et que je simplifie ici pour des raisons de place, Roth se réappropriait son malaise de 1962 tout en l'approfondissant considérablement. Le titre original – *The Ghostwriter* – désignait à la fois l'Anne Frank historique morte à Bergen-Belsen, dont l'œuvre hantait les Juifs américains d'après-guerre, l'Anne Frank spectrale du roman, et Zuckerman lui-même la *ghostwritant*, pour ainsi dire. Autant de facettes d'une méditation à portée universelle sur les incompatibles exigences de la liberté et de la fidélité, sur la tyrannie de l'idéal et la tyrannie de l'ordinaire, sur les paradoxes de l'assimilation et les ambiguïtés de la fiction littéraire.

Ces questions vont se déployer dans l'ensemble de la trilogie jusqu'à *L'Orgie de Prague*, l'épilogue du cycle, dans lequel un Zuckerman, maintenant romancier confirmé, accepte de rendre service à un écrivain tchèque exilé et à son épouse actrice qui a vu sa carrière brisée par le régime pour « sionisme » après avoir trop joué Anne Frank au théâtre et épousé un Juif. Zuckerman se rend donc dans la capitale tchèque récupérer le manuscrit inédit du père du dissident, un écrivain yiddish mort assassiné par les nazis, du moins le croit-il, avant de découvrir la réalité perverse de la société communiste où « raconter des histoires » – et mentir – est la seule façon de survivre. Lui-même risque l'arrestation avant de se faire expulser *manu militari* par la police politique. *Très honoré d'avoir pu vous recevoir ici, monsieur*, lui dit un fonctionnaire qui semble sorti d'un conte de Kafka à la dernière phrase du livre, qui est aussi la dernière phrase de la trilogie, *et maintenant, vous allez regagner le petit monde qui vous attend au coin de la rue.*

L'Histoire est un cauchemar dont j'essaie de m'éveiller. Citation pour citation, je ne résiste pas au désir de recopier ici cette phrase très célèbre de Joyce, je me demande si Roth l'avait en tête en écrivant la trilogie. Elle figure au début d'*Ulysse*, publié en 1920, au lendemain de la Première Guerre mondiale, dans les premières années du suicide européen. Pensa-t-il qu'elle trouvait sa conclusion ironique sous sa plume plus de soixante ans plus tard de l'autre côté de l'Atlantique, entre la mémoire du génocide et « l'équilibre de la terreur », comme on appelait alors le cadre géopolitique mondial grâce auquel régnait en Occident la prospérité ? Sauver les persécutés, ressusciter les assassinés par l'imagination verbale : cela voulait dire leur offrir un refuge dans les livres, oui, mais aussi dans la réalité puisque les livres, après tout, sont publiés quelque part dans le monde tel qu'il est. En l'occurrence aux États-Unis, ce pays où Zuckerman n'avait d'autre choix que de retourner, ce pays du *Crapola* où rien ne compte, et où, justement pour cela, tout peut arriver, même que les Juifs soient enfin libérés de leur destin, tel le vieillard mutique de la nouvelle « Eli le fanatique » qui jette ses frusques noires à la poubelle pour apprendre à vivre l'existence ordinaire et insatisfaisante de n'importe qui.

Notre histoire n'est pas une peau dont on peut se dépouiller comme d'une mue – on ne lui échappe pas, elle est notre chair et notre sang, prévenait pourtant Zuckerman à la fin de la trilogie, *on ne cesse de la faire circuler en soi jusqu'au jour de sa mort, cette histoire dont les veines sont les thèmes de notre vie, que nous inventons en même temps qu'elle nous invente.*

3.

À l'automne 2005, j'échangeai mon appartement place de la République contre celui de l'écrivain Bruce Benderson, qui traduisait à ses heures perdues des auteurs français et cherchait à passer du temps à Paris. Je m'installai pour plusieurs mois dans son deux pièces du Lower East Side, tout près de l'Avenue A, sur Tompkins Square, lequel n'avait plus rien de commun avec l'endroit chanté par Lou Reed vingt ans plus tôt, quand la poétesse Kathy Acker vivait dans le coin et que Benderson s'installait là. Il faisait de son mieux pour perpétuer le mode de vie de ce monde artistique déviant dans un New York qui en gommait toutes les traces. *I'm a faggot and a kike*, se définit-il tandis que nous échangions nos clés au coffee-shop du coin. *Je suis une pédale et un youpin.* Je n'avais pas de goût particulier pour son univers ou sa littérature, mais je sympathisais avec le désespoir qui sous-tendait ce folklore.

C'est durant ce long séjour, tandis que les choses prenaient un tour bien plus personnel entre Roth et moi, que j'ai commencé à ressaisir ce que j'avais su de lui avant de l'enfouir sous une fureur butée. Mon père était mort en septembre. Le message de ma mère annonçant le premier des deux AVC qui allaient le tuer m'avait cueilli sur mon répondeur sept mois plus tôt, au terme d'une journée passée à écrire les premières pages d'un texte sur elle et sur lui au ton peu charitable. Après *Une place dans le monde*, le long roman inspiré par ce que je pensais avoir compris de l'époque *via* Israël, je m'étais pris à rêvasser à un livre qui en serait formellement le contraire – court, compact et dur, un livre comme un poing fermé sinon comme une hache. L'idée, qui me déprimait à l'avance, mais justement pour cette raison avait fini par me convaincre, s'était infiltrée avec la migraine qui me tombait dessus invariablement à chacun des déjeuners auxquels il me fallait pourtant bien me rendre, avec mon frère, une fois toutes les six semaines environ, dans ce F3 de l'avenue Paul-Vaillant-Couturier de Bobigny où mes parents avaient emménagé au début des années 1980, et que j'avais haï aussitôt. La cuisine et la salle à manger frêles, le bois rongé des stores aux fenêtres, et, trois étages en dessous, le gazon jaunâtre et la rumeur des rats. J'avais beau savoir qu'une fois au chômage et très vite ensuite à la retraite, mon père n'avait pas eu les moyens de trouver mieux, je n'avais jamais réussi à me convaincre qu'échouer là ne résultait pas aussi d'un choix de sa part. Plus loin, vers la Préfecture, l'ancien Mammouth aux couleurs baveuses des premiers temps se réduisait maintenant à un sarcophage en béton abritant une galerie marchande pour fringues discount et fripes, aux allées perpétuellement vides, plus conformes au niveau de vie des habitants. On les voyait traîner leurs vies de papier mâché du métro au fast-food, du fast-food à Pôle Emploi, et de Pôle Emploi au palais de justice ou à l'hôpital. Ils venaient de soixante-douze pays différents, et il y avait là, autour d'eux, tout ce qu'ils avaient perdu. Le soir, à n'importe quelle heure, ils regagnaient leurs appartements arrachés aux services sociaux de la ville à force de patience et de servilité. Ceux qui n'étaient pas dans les petits papiers de la mairie avaient passé des années sur les listes d'attente avant de se voir attribuer n'importe quoi, un logement dont personne ne ferait jamais un foyer, trop petit ou surpeuplé, souvent infesté de cafards, et contaminé, parfois par l'amiante, et toujours par le vacarme extérieur – vrombissements électriques, cloches des tramways, cris incessants, moteurs de bécanes et de voitures – traversant les vitres friables des fenêtres, les cloisons frêles, empêchant de dormir parents et gosses entassés ensemble dans la pièce la plus éloignée des bruits de la rue, des gosses dont le pouvoir d'attention, rongé par l'acide dans l'air, par la pollution sonore et le manque d'intimité, s'érodait, si bien qu'ils prenaient du retard à l'école. Par comparaison, mes parents s'en tiraient plutôt bien. Ils vivaient dans la partie relativement fleurie, relativement petite-bourgeoise, relativement silencieuse de cet enchevêtrement de boulevards aux déviations aveugles, aux petits pavillons catastrophiques, aux tours noires et verdâtres où tout respirait la défaite et la honte d'exister, et où je voyais partout le reflet de mon père. Et tel était le sujet de ce que j'avais commencé à écrire quand la nouvelle de son AVC m'est parvenue, un livre sur lui et ma mère dans cet endroit-là, et sur le stupide mais incontrôlable sentiment d'humiliation qui me saisissait chaque fois que je devais m'y rendre. Le message de ma mère m'arrêta net, ou presque. Je passai les mois suivants avec elle et mon frère à veiller sur lui, mon père, d'abord à l'hôpital Avicennes de Bobigny puis, à mesure que son état semblait s'améliorer, dans des centres publics de rééducation spécialisée dont certains se trouvaient disséminés au fond des endroits les plus reculés, et socialement les moins vraisemblables, de la Seine-Saint-Denis ; des non-lieux urbains, plutôt, sans le moindre magasin, sans aucune espèce d'infrastructure, pas même une pharmacie, pas même un fast-food, des terrains vagues où trois rectangles bas, en béton jaunâtre et percés de fenêtres étouffées par les antennes paraboliques, étaient posés dans le rien, leurs habitants jetés là comme dans une gare de transit. Mais mes parents avaient si bien nié toute notion de hiérarchie sociale, l'idée leur en était devenue si étrangère – consciemment, du moins, parce que en sous-main les choses étaient fort différentes, la vue du pouvoir les clouait pour ainsi dire sur place –, ils s'étaient tant marginalisés, en bref, que la perspective même de leur déchéance leur échappait complètement et que tout leur paraissait normal. J'ai passé plus d'heures avec mon père dans ces lieux de néant au personnel surchargé que chez lui au cours des années précédentes. Sur sa chaise roulante, il avait retrouvé toute sa conscience mais s'exprimait difficilement. J'essuyai le filet de bave qui s'échappait de ses lèvres tandis qu'il évoquait avec difficulté ce à quoi il avait dédié sa vie dès sa jeunesse au lendemain de la guerre – pour oublier la guerre –, et sur quoi il ne cessait plus de revenir, maintenant que tout s'achevait en débâcle, sa mythologie personnelle, Jacques Prévert et le groupe Octobre, le théâtre « révolutionnaire », la camaraderie des « copains », la culture populaire telle qu'on se la représentait en France dans sa génération… Son époque, la mienne. Le temps où le langage était fiable, et celui où il ne l'était plus. Pour autant que le langage ait jamais été fiable. Pour autant que mensonges, pouvoir et fausseté n'aient pas toujours régné sous les rhétoriques normatives et les idéologies, si fraternelles qu'elles se veuillent. Je rentrai chez moi en proie à une déprime profonde. *Combien de temps est-ce que tu dois jouer au bon fils ?* me demanda Roth au téléphone un soir. J'avais dû reporter le voyage à New York initialement prévu en début d'année. Lui, de son côté, venait d'achever un manuscrit et se proposait de me le faire lire. J'ai répondu, quelques mois, le temps que mon père sorte de l'hôpital, le temps de trouver l'appartement équipé d'un ascenseur et de portes aux dimensions de sa chaise roulante. Jouer au bon fils. Je me suis posé la question, après être convenu qu'il m'enverrait le texte par FedEx, et après avoir raccroché. Est-ce vraiment ce que j'étais en train de faire ? Avais-je reporté ce voyage par devoir et amour filial ? Dans quelle mesure les pages écrites avant l'accident de mon père influaient-elles sur la manière dont je le voyais depuis ? Si une part de moi, en tout cas, veillait sur lui avec toute la sollicitude qu'il était en droit d'attendre, une autre guettait, dans la désolation qui l'entourait, les signes de son suicide, le jugement final de la vie – de la vie telle que je la concevais – sur son tempérament mortifère d'enfant vieilli, narcissique, à qui l'on avait dit « non » très tôt et qui s'en était accommodé. Au fond, il n'y a pas de père, il n'y a que des fils, ai-je conclu, des fils et des filles, *père* est le mot qu'ils s'inventent pour s'expliquer la malédiction d'avoir été engendrés. Ma malédiction à moi, ç'avait été cet homme absent et ma rage obstinée à le faire apparaître à grands coups de baffes verbales, pour ainsi dire, et sa malédiction à lui, ç'avait été de se voir, à l'âge mûr, pris en tenaille entre moi et le tyrannique patriarche bien trop présent lui ayant servi de père.

Henri, le rédacteur en chef du journal de Marthe Hanau. Celui qui, en 1927, à 26 ans, avait déboulé en hurlant dans les couloirs de l'hôpital où son épouse, ma grand-mère Nelly, était en train de mourir d'une septicémie généralisée. Il avait fallu le maîtriser physiquement pour l'empêcher de frapper le toubib. Ensuite, il avait tourné sa fureur vers le fils par qui l'humiliation, la défaite et la mort entachaient désormais sa réussite et son intégration jusque-là pourtant impeccables – lui qui avait conjuré sa malédiction filiale personnelle d'être né fils d'immigrés juifs illettrés dans la France post-Dreyfus en devenant journaliste et fréquentait le gratin politique et littéraire de son temps – « transfuge de classe », comme on dit aujourd'hui pour ne pas dire « parvenu », ce prototype sur lequel Balzac a tout écrit, et dont les spécimens tel mon grand-père se sont toujours recrutés par prédilection chez les déplacés, chez ceux qui exècrent l'origine. Quelqu'un devait payer un affront si personnel et ce fut mon père, né trois semaines plus tôt, mon père, que *son* père accusa d'avoir échangé sa vie contre la mort de sa mère, et abandonna sur place plusieurs semaines d'affilée avant de le rabaisser toute sa vie. Une sentence que mon père accepta pour ainsi dire en souriant et avec l'espoir de tirer de son juge les miettes d'amour et le droit de vivre qu'il n'avait pas le cran de lui arracher, un amour que je le verrais quémander avec ce même sourire auprès de nous jusqu'au premier AVC.

Le second est survenu début septembre, en pleine nuit, alors qu'il venait de fêter ses 80 ans et de signer le bail de l'appartement de Joinville-le-Pont que mon frère et ma belle-sœur avaient fini par dénicher pour eux après des mois d'efforts. Cette fois, il ne se réveilla pas. Il mit une semaine à mourir, on l'enterra, et c'est pendant que mon frère et sa compagne aidaient ma mère à déménager que j'ai pris l'avion pour m'installer chez Bruce Benderson, dans le Lower East Side, à New York, avec, pour vivre, une bourse du CNL, le reliquat de mes indemnités de départ des *Inrocks* et, dans mes bagages, les pages sur mon père commencées avant son accident, les notes prises sept mois durant dans les différents hôpitaux de Seine-Saint-Denis, et aussi une trentaine de récits de vies d'habitants des cités collectés grâce à la générosité du sociologue Didier Lapeyronie, qui avait accepté de m'intégrer à son équipe d'interviewers à l'automne 2004, quand l'idée du livre s'était imposée et que je l'avais appelé, parce que si je devais vraiment me résoudre à plonger chaque jour des deux années à venir dans ce monde qui me rebutait et m'humiliait mais où mon amour récalcitrant pour mes parents m'entraînait néanmoins, il allait me falloir comprendre aussi précisément que possible où je mettais les pieds, fût-ce en imagination.

4.

Les allées vides de Tompkins Square étaient bordées d'arbustes noirs et de bancs nus et longeaient la portion silencieuse de la 7e Rue. Chaque matin, vers sept heures, je le traversais comme on traverse un cimetière pour me rendre au coffee-shop presque désert à l'angle de l'Avenue A, où je prenais mes œufs et mon café noir en lisant le journal. Je rentrais par le même chemin, un gobelet de cappuccino à la main, gouttant le froid de New York tout en distribuant des miettes de muffins aux écureuils. Sur la table du salon de Benderson, je posais le gobelet près de l'ordinateur, face à la fenêtre, devant laquelle je m'installais pour entamer six heures de travail à peine interrompues d'un bagel au saumon ou d'un pot de houmous rapidement ingurgités avec la moitié d'une bière. Six heures à faire monter l'énergie de la colère et du deuil sur la page avec mes souvenirs réels et ma mémoire réinventée, et, avec ces voix enregistrées en compagnie de Lapeyronie l'hiver précédent.

Voix des prisonniers du vide, errant dans ces doublures de la globalisation qu'on appelle les cités, comme, par exemple, la voix de Mustapha (27 ans, marié, un enfant), *là je travaille pas. je tourne en rond. j'avance pas. déjà, j'avance pas. j'ai pas l'argent que je voudrais. je suis pas épuisé par un travail. je contrôle rien. je contrôle rien. j'ai même oublié pour qui j'ai voté…* Voix de Nadia (25 ans, un enfant), *en fait, j'étais chez moi je travaillais à gauche à droite et puis je me suis mariée et j'ai quitté chez moi pour aller chez moi, quoi, on peut dire, comme dans le proverbe : « la femme elle sort de sa maison pour deux destinations seulement, son mari et la tombe »…* Voix du chœur de la cité des morts où mon père avait vécu les vingt dernières années de sa vie avant de mourir pour de bon… Voix de Djamila (27 ans), *ma famille, ils ont volé une partie de moi, ils m'ont obligée à dormir avec un étranger, je n'étais plus moi mais eux, ils m'ont violée, je me suis endormie dans la peau d'une enfant, je me suis mariée dans un cauchemar, et je me suis réveillée mère avec deux enfants…* Voix de Slimane (18 ans), *des fois on reste immobile pendant que la terre tourne, par exemple, on est immobile elle tourne on fait rien, enfin, si, on parle, si les gens ils parleraient pas ils éclateraient, c'est pas vrai ? alors on parle, on va sous l'arrêt de bus on se parle, on se dit bonsoir normal avec les gens et tout, mais, il faut s'en méfier aussi, des gens, c'est ça le problème, il faut se méfier de tout le monde tout le temps…* Voix de Rachid (27 ans), *on parle toujours de la même chose et y a rien qui change. qu'on en parle ou qu'on en parle pas y a rien qui change…* et tant d'autres encore annonçant l'aujourd'hui qui brûlait déjà, brûlait sur l'écran de la télévision du salon de Bruce, où j'ai découvert, entre deux séances de travail, les images des émeutes ravageant, cet hiver-là, les banlieues sur lesquelles j'écrivais, Vaulx-en-Velin en flammes, Planoise en flammes, Clichy-sous-Bois en flammes – Clichy, à vingt minutes seulement du camp d'internement de Drancy où, en 1943, mon grand-père avait été envoyé après son arrestation tandis que ses enfants rejoignaient le maquis, Drancy où, quelques jours avant le premier AVC de mon père, en février 2005, à un quart d'heure en voiture de Bobigny, le wagon témoin commémoratif du camp avait été incendié au cocktail molotov, des croix gammées tracées sur les portes et des tracts à la gloire de Ben Laden répandus tout autour. Soit la géographie était la science des spectres, soit je redessinais la France selon mes obsessions. Mais mon père aussi avait dû faire le rapprochement, parce que sitôt appris la nouvelle il s'est mis en tête d'agir, ce qui dans son esprit ne pouvait rien signifier d'autre que monter un projet théâtral. Quatre-vingts-ans, et pour la première fois depuis sa retraite il allait lever une troupe d'amateurs parmi les citoyens de Bobigny et Drancy pour lutter avec eux par la culture contre ce qu'il appelait *le retour du fascisme*. Le dimanche où il nous annonça la grande nouvelle à mon frère et à moi – ma mère déjà au courant se tenait près de lui avec toute la solennité requise –, il avait déjà rempli le dossier et mobilisait ses forces en vue du rendez-vous téléphonique prévu pour le lendemain en fin de journée avec le service culturel de la mairie de Bobigny ayant la main sur les subventions nécessaires. Ce lundi-là, ma mère, de retour des permanences bénévoles qu'elle assurait, à soixante-dix-huit ans, au Secours Populaire ou dans un truc de ce genre, a trouvé la porte de leur appartement bloquée de l'intérieur par quelque chose de lourd. Après plusieurs minutes d'efforts elle est parvenue à l'entrouvrir juste assez pour se glisser dans l'entrebâillement, et c'est là qu'elle a aperçu son mari inerte étendu de tout son long en travers de l'entrée. Sa bouche s'est asséchée d'un coup, et elle a perdu le sens du goût pour toujours, ne cesserait-elle de répéter au cours des douze années où elle lui survécut. Mais dans l'urgence elle ne s'en était pas rendu compte, elle appela le Samu puis non moi mais mon frère, lequel l'accompagna dans l'ambulance jusqu'à l'hôpital Avicennes tout proche, où, au vu de la taille de la poche de sang noyant le cerveau de mon père sur l'IRM, l'urgentiste annonça qu'il ne reprendrait sans doute pas conscience et serait mort en deux jours. Au matin, cependant, contre toute attente il avait rouvert les yeux, bien qu'incapable de parler. Et ce n'est que plusieurs heures plus tard, son état à peu près stabilisé, que ma mère, de retour avenue Paul-Vaillant-Couturier, prit son téléphone pour me laisser le message m'annonçant la nouvelle. Car j'étais l'écrivain, n'est-ce pas. L'écrivain à ne pas déranger, selon l'image qu'ils s'étaient fabriquée de moi pour mieux s'illusionner sur les raisons de mon éloignement, une image qui m'arrangeait, moi aussi, et que j'avais reprise à mon compte sans même m'en apercevoir.

Et ainsi, dans le salon de l'appartement de Bruce Benderson, avec pour seul bruit les borborygmes des radiateurs, et pour seule distraction l'or bleu du ciel d'hiver, la pluie grise ou la neige derrière la fenêtre changeante, et parfois aussi Clichy-sous-Bois, les rues qui brûlent sur les chaînes d'informations de la télévision que j'allumais pour la pause déjeuner mais dont j'avais coupé le son – ainsi, entre cinq et six heures par jour, je songeais à la vie de mon père piégé par la malédiction d'être né et par celle d'être né juif, et par sa personnalité, qui avait fait le reste – piégé, en d'autres termes, par le fait d'être lui et nul autre que lui –, je songeais à cet urbanisme de fin du monde qu'il s'était choisi pour décor final de sa grande « détransfugeation de classe », si un tel barbarisme est permis ; à la rébellion roide de ses compagnons de déroute, les Nadia, les Djamila, les Slimane et les autres, errant dans ce non-espace de cauchemar, entre l'horreur des coutumes familiales et un sentiment d'oppression dopé par la mémoire historique, avec, pour toile de fond, cette croix gammée et ces tracts pro-Ben Laden découverts sur le wagon commémoratif du camp de Drancy en février 2005. Je songeais au sens, pour moi, de ces incidents, à ce que j'imaginais des motifs qui avaient fait réagir mon père, un sens de moins en moins clair, à mesure que j'y réfléchissais, je songeais au plaisir qu'il y avait à penser comme je pensais, aux tensions laissées de l'autre côté de l'Atlantique pour mieux les exploiter ici sur la page.

Puis, une fois achevée ma séance de travail quotidienne, je rédigeais des courriels en retard, passais des appels aux quelques personnes rencontrées à la McDowell

Colony avec qui j'étais resté en contact, je faisais un tour à la salle de sport toute proche, sur la 1re Avenue, et, si je n'avais pas de rendez-vous, j'allais m'asseoir au comptoir du Temple Bar sur Lafayette, disparu depuis. Le vent mauve du soir laissait tomber sur les rues de Manhattan des couleurs glacées, dans lesquelles je m'enforçais, traquant les ultimes librairies en voie de disparition du Lower East Side, les dernières salles de cinéma encore en activité, remontant jusqu'à Strand, le magasin géant de livres d'occasion sur la 13e Rue au sud de Union Square, à l'époque ouvert jusque très tard, où je passais facilement deux heures avant de ressortir dans la nuit les bras chargés de livres ; ou bien je traversais la ville d'est en ouest, longeais Houston, les échoppes à touristes, les boutiques de marque et les hôtels de luxe sur Prince Street, traversais Tribeca jusqu'à Washington Square puis 4th Street, flânant entre les bars tous semblables et les gargotes sans intérêt de West Village ; mais quel que soit le trajet, je finissais toujours par tomber sur la ligne 6 du métro (la rouge) qui m'amenait presque invariablement sur Times Square et de là au Russian Samovar où je me nettoyais les nerfs et, une à deux fois par semaine, retrouvais Philip Roth.

Un homme, le manuscrit qu'il m'avait envoyé par FedEx à Paris, s'était révélé un peu trop adapté à ma situation pour mon goût. Le roman faisait le portrait d'un type de son âge mais sans éclat, sans même un nom pour le distinguer de ses frères humains, comme dit Villon : *Everyman, Tout-homme*, selon le titre original, inspiré à

Roth par ces pièces traditionnelles du même nom, très populaires dans toute l'Europe vers la fin du Moyen Âge, et que l'on appelait des *Moralités*, dans lesquelles La Mort apparaissait sur scène pour exiger du personnage anonyme principal le bilan de son existence avant de l'emporter. (Le genre a inspiré Bergman pour *Le Septième Sceau*.) *Un homme*, donc, commençait par un enterrement. Celui d'un Américain juif issu du même milieu social que Roth, et ayant bénéficié du même contexte historique – la prospérité des années d'après-guerre –, mais dépourvu des qualités comme des défauts d'exception qui ont fait de Philip, Philip. En creux, ce bref roman sur un type ordinaire offrait une réflexion sur le non-ordinaire. C'était le premier des quatre livres tardifs très sombres qu'il a regroupés plus tard sous le titre générique *Némésis*, et si la version publiée est impitoyable, celle que j'avais reçue à Paris dans le traditionnel carton à chaussures était plus granitique encore, sculptée dans la pierre d'une prose crue, dépouillée de l'exubérance ironique qui m'avait fait aimer ses livres jusque-là, et si totalement habitée par la perspective de la mort, reflétant si bien l'atmosphère dans laquelle je baignais depuis l'AVC de mon père que je n'avais pas su quoi faire de ce manuscrit et le lui avais dit.

Mais soit l'écrire lui avait permis d'évacuer de son système une bonne part de noirceur, soit le monde mental des romanciers pendant qu'ils écrivent reste bien plus séparé de leur existence qu'on ne le croit généralement, de retour dans son appartement de l'immeuble Austin, en tout cas, il m'apparut en pleine forme. Il s'était mis à sortir tous les soirs. Entre nos dîners, ceux qu'organisait Judith Thurman chez elle où nous nous retrouvions, et les soirées où nous tombions par hasard l'un sur l'autre au Russian Samovar – moi, parce que j'en avais fait ma cantine, et lui, parce qu'il y donnait rendez-vous à des amis auxquels il m'invitait à me joindre –, nous avons vite fini par ne plus nous quitter. Si je restais trois jours d'affilée sans lui donner de nouvelles – trop de travail, d'autres gens à voir, un reste de réserve m'invitant à ne pas forcer les choses, après tout c'était Philip Roth, pas un copain de lycée retrouvé par hasard à New York ! –, le petit portable américain que j'avais fini par acheter sonnait le quatrième ou le cinquième jour : *So kiddo, what are you up to?*

Avec le recul, je crois que nous nous trouvions dans des dispositions similaires, à cet instant de nos existences respectives. Lui, fatigué de sa misanthrope cavale immobile et de ses méditations sinistres au fond du Connecticut, avait laissé à Warren sa discipline de moine-soldat de la littérature, laissant libre cours à ce qu'il avait de plus vital. Et moi, au terme de mes cinq heures quotidiennes à jouer sur l'écran de mon ordinateur avec ma hargne funèbre et mes souvenirs encore frais des mois passés à escorter mon père vers sa défaite finale au fond de la Seine-Saint-Denis, cherchant la vie, la vie et l'agitation, n'importe où je pourrais les trouver. En d'autres termes, si je dois céder à l'emphase, je dirais que c'est une révolte commune contre la mort qui nous a considérablement rapprochés. C'est aussi la période où mon admiration à son égard s'est muée en une affection que le temps n'a plus démentie. Ce qui n'eut pas que des avantages. Dans les années qui suivirent, l'interviewer cessa d'avoir le moindre sens. Les réponses aux questions que j'aurais pu poser m'apparaissaient trop évidentes, les questions elles-mêmes ennuyeuses. Il faudrait la publication de son premier volume en Pléiade, bien des années plus tard, en 2017 ; il faudrait, en plus de la distance géographique, la perspective très concrète de sa mort, même si je refusais d'y croire, pour que toutes nos conversations accumulées au fil des ans me reviennent, soudain fraîches, synthétisées, simplifiées et complexifiées, ouvrant la voie à cet ultime entretien cité plus haut publié par *Le Monde*.

À ce moment-là en tout cas, j'en étais loin, je me suis laissé emporter par son énergie, cette énergie du petit mec des rues de Newark qui nourrissait, et contredisait, sa maturité existentielle, sa distance et sa sophistication – tout ce qui faisait de lui « Philip Roth » – pour ne plus exprimer que la passion de la vie sans laquelle il n'aurait rien été du tout et qui le rendait irrésistible. Irrésistible et, me semblait-il, aussi invincible qu'un écrivain peut l'être. C'est comme cela que je me suis mis à le voir, cet hiver 2005 – l'hiver même où se nouait sa relation avec celle que Blake Bailey nomme « Brigit », un prénom que Zipperstein corrigera sans doute mais que je lui conserve ici par paresse, celle-là même qu'il avait retrouvée à la fête de fin d'année du *New Yorker* où il m'avait entraîné.

5.

Ils s'étaient rencontrés, un soir de mars 2005, chez l'écrivain-enseignant David Plante, sur Claremont Avenue, près de Columbia, fenêtres hautes sur les eaux de l'Hudson, crucifix aux murs, tableaux de martyrs chrétiens veillant sur les convives. Comme beaucoup de Canadiens d'ascendance amérindienne, Plante cultivait un imaginaire catholique un peu sadien. Il était aussi l'auteur du roman *Le Temps de la terreur*, un livre cruel d'une effrayante prescience sur le monde corrompu de la Russie post-soviétique, dans laquelle il a vécu au début des années 1990. C'était le seul livre de Plante publié en France (en 1999 aux éditions Actes Sud) mais, aux États-Unis, il était connu des milieux littéraires pour quelque vingt-deux ouvrages allant des portraits aux récits de voyages et aux recueils poétiques. Son principal titre de gloire, cependant, serait le journal de sa longue amitié avec Roth, un journal qu'il a tenu à partir des années 1970 avec l'assentiment de l'intéressé, et qu'il vendrait pour une somme conséquente, vers la fin des années 2010, aux archives de la New York Public Library où il fait depuis le bonheur des chercheurs.

Il avait 64 ans, cette année-là. Son grand amour de quarante ans, un poète grec, traducteur de Cavafy en anglais, du nom de Nikos Stangos, était mort l'année précédente d'un cancer, et depuis, dévasté, Plante oscillait lui aussi entre deuil inconsolable et sursaut vital. Ce soir de mars, le dîner organisé chez lui avait pour but d'évaluer celui de ses étudiants sur lequel il avait jeté son dévolu, il voulait que Philip l'aide à estimer si le gamin était potentiellement gay et s'il avait ses chances. Philip, bien sûr, s'était prêté au jeu, et comme la seule perspective de sa présence suffisait à rendre n'importe quelle soirée excitante, le jeune homme en question avait débarqué – en compagnie de Brigit.

C'est un bon endroit pour un suicide : tel fut le premier commentaire de Brigit en découvrant les lieux. *Chiche!* répondit aussitôt Philip, signe qu'il était déjà sous le charme.

Elle était née Upper West Side, à Manhattan, vingt-neuf ans auparavant, d'un père juif affairiste et d'une mère artiste-peintre morte quelques années plus tôt – un deuil dont elle se remettait mal. Elle voulait se lancer dans le théâtre, étudiait Shakespeare. J'entendis parler d'elle pour la première fois huit mois plus tard, en octobre, un ou deux jours après leur premier *date* organisé au Samovar par Plante. Philip avait passé l'intervalle à se remettre de deux opérations chirurgicales censées mettre un terme aux souffrances dorsales qui l'accablaient depuis son service militaire et empiraient avec l'âge, au point de l'obliger parfois à rester couché toute la journée, l'empêchant de travailler. Au Samovar, ce soir d'octobre, remis et en pleine forme, il fit parler Catherine près de trois heures après que Plante se fut éclipsé. Trois heures au terme desquelles il la raccompagna jusque dans West Village, où elle habitait. Il s'obligea à la laisser sortir du taxi sans tenter le moindre geste une fois devant son immeuble, un exploit en termes de self-control, à en croire son compte rendu dès le lendemain ou le surlendemain, à l'habituelle table n° 16. *Il va falloir faire très attention*, fit-il, une instruction pour lui-même prononcée dans un souffle, le regard concentré sur ses mains entourant comme pour le protéger le verre de JB *on the rocks* aux trois quarts plein qu'il s'était commandé, exceptionnellement, car il buvait peu, comme j'ai dit, et seulement sous le coup de l'émotion. Deux mois plus tard environ, il débarquait à la même table au terme d'une journée passée sur la banquette de la limousine avec chauffeur louée le matin même pour emmener Brigit faire du shopping à SoHo. Il avait payé pour tout, bien sûr – *Il faut que j'écrive un nouveau livre !* fit-il en rigolant, content de lui, certain de maîtriser la situation. Brigit ? Délicieuse, intelligente, profonde, un subtil et puissant mélange féminin d'audace, d'élégance et de réserve, expliqua-t-il en substance – si réservée, même, qu'elle avait d'abord reculé devant la robe noire Barbara Bui dont il était convaincu qu'elle lui irait à merveille mais qu'elle trouvait beaucoup trop chère, si bien qu'il avait fini par lui mettre sa carte de crédit entre les mains avant d'aller l'attendre dans la voiture, où elle le rejoignit au bout d'un moment, encombrée de plusieurs sacs.

Je ne l'ai rencontrée que quelques fois, la première chez Judith, une ou deux semaines après ces confidences, quoi que *rencontrer* ne soit sans doute pas le mot pour décrire un dîner passé à deux sièges de celle qui resta pour moi une silhouette discrètement chic et ostensiblement sage. Autour de la table se trouvaient, en plus d'elle et de Philip, l'éditeur Peter Meyer, alors compagnon de

Judith, le poète Mark Strand, que je ne connaissais pas, venu avec son épouse, et l'essayiste et journaliste Claudia Roth Pierpont – auteure de plusieurs essais remarquables sur la culture américaine et, plus tard, de l'un des meilleurs livres sur Roth et son œuvre, paru en français sous le titre *Roth délivré*. La conversation roula sur les relations amoureuses (beaucoup), sur la politique (un peu), à un moment, Philip me demanda amicalement d'expliquer pourquoi j'étais venu vivre à New York, je m'entendis répondre que je fuyais autant la montée du climat anti-juif en France que l'inévitable pression morale à y répliquer, ce qui me surprit comme la chose la moins stupide que j'étais parvenu à articuler sur ce sujet jusque-là, et, durant tout ce temps, Brigit, qui m'avait serré la main avec un sourire pâle et muet en arrivant au bras de Philip, ne dit presque rien, ou alors à voix si basse que je n'en perçus pas un mot. Je rentrai à Tompkins Square un peu après minuit.

Pas encore neuf heures trente, le lendemain matin : un gamin de 10 ans répondant au nom de Philip Roth explose dans le téléphone à peine ouvert : *BON! QU'EST-CE QUE TU EN PENSES?!*

Elle me coupe le souffle, ajouta-t-il trois tons plus bas comme pour s'excuser, ou, peut-être, se tempérer.

J'étais hilare, évidemment. Comment ne pas entrer dans son jeu quand il était comme ça. J'étais hilare, mais embarrassé. Tout en bafouillant je ne sais quoi pour lui faire plaisir, j'ai repensé à cette scène de *La Tache*, vers le milieu du livre, quand, lors d'un festival de musique, le narrateur – Zuckerman – tombe par hasard sur Coleman

Silk et sa maîtresse Faunia Farley, dont Silk est fou. Après en avoir tant entendu parler, c'est la première fois que Zuckerman se trouve en face d'elle – une femme mutique, pour ce qu'il peut en voir, sans rien de commun avec l'*Hélène de Troie* bête de sexe telle que Silk la lui a décrite jusqu'à le soûler, des heures durant, deux cents pages plus haut : *maigre et austère ; des yeux qui ne laissaient pas passer grand-chose, voire rien du tout, un visage décidément peu expressif. Sensualité, zéro ; impossible à repérer.* Zuckerman n'arrive pas du tout à saisir ce qui, chez Faunia, a bien pu déclencher la passion de Coleman, et j'étais un peu dans cette situation. Citadine jusqu'au bout des ongles, élégante avec une pointe de distinction, Brigit n'évoquait en rien le physique fruste et puritain que Roth prête à Faunia dans le roman, au contraire. Simplement, j'étais passé à côté ; je n'avais rien décelé chez elle durant ce dîner qui méritât l'asphyxie. Dire ça à Philip ? À quoi bon ? Mes impressions pouvaient fort bien ne traduire guère mieux qu'un réflexe anti-« bourgeois », un sentiment d'illégitimité hérité de mes parents, même si j'avais tout entrepris pour m'en débarrasser – comme si l'on se débarrassait jamais complètement de ce genre de chose ; ou bien peut-être Brigit réussissait-elle pour de bon *à se déguiser en passe-muraille – avec l'instinct de l'animal qu'il soit prédateur ou proie,* ainsi que Roth décrit Faunia dans le roman par le biais de Zuckerman. Donner le change. Sembler normal. Jouer mais à feu doux, imiter la non-intensité : et si c'était là la stratégie de la seule vraie marginalité, vraie car choisie, et non dictée par une révolte incontrôlable ? *On ne peut rien savoir*, conclut Zuckerman dans ce même passage. *Même les choses que l'on sait on ne les sait pas.* Mais Philip, de toute façon, n'avait pas besoin de mon imprimatur, il ne m'avait posé la question que pour le plaisir de discuter avec un ami de la femme dont il était raide dingue, rien de plus.

Car il en était raide dingue, aucun doute là-dessus. Et ce n'était pas – ou pas seulement – parce qu'elle avait trente ans et lui soixante-douze. Je sais que je touche ici à la part la moins admissible, voire la moins crédible de ce récit, et pourtant… Les quelques informations que fournit Bailey sur leurs week-ends à Warren, cet hiver-là – des informations manifestement données par le gamin de dix ans que j'ai eu au téléphone ce matin de 2005, un gamin encore assez bouleversé, plus de dix ans plus tard, pour se confier à son biographe sans retenue –, ces informations dessinent une relation plus complexe, plus littéraire, aussi, que celle du pygmalion et de l'apprentie actrice affligée d'un complexe paternel qu'elle était sans doute aussi en surface.

Un soir, dans leur chambre, Brigit exécute un strip-tease assez semblable à celui de Faunia dans la plus belle scène de *La Tache*, publié par Philip cinq ans plus tôt, une scène qui, rétrospectivement, sonne comme un conseil qu'il se serait adressé à lui-même. *Ne me regarde pas comme si j'étais bonne à quelque chose de plus, ne fais pas cette erreur*, dit Faunia dansant et se dénudant devant son amant Coleman Silk, de trente ans plus vieux qu'elle. *Pense à la danse et ne va pas chercher plus loin.*

Ne pense pas à demain. Ferme toutes les portes, avant et après. Toutes les préoccupations sociales, fais-les taire. Tout ce que la société, cette merveilleuse société, nous demande. Nos positions sociales ? Rien à foutre. Ce que tu es censé être, ce que tu es censé faire, tout ça tue la vie. Je peux continuer à danser, si c'est ça le contrat. Le petit moment secret, si c'est ça le contrat. Cette tranche de temps. Ça ne va pas plus loin et j'espère que tu le sais. Quelques semaines après cette soirée, dans la nuit du 31 décembre 2005, qu'ils fêtent en solitaires, toujours à Warren, au champagne et au caviar, tandis que la neige tombe et que le feu brûle dans la cheminée, Philip s'installe dans son fauteuil Eames, face à Brigit, et entreprend de faire l'une des choses qu'il faisait le mieux, en dehors d'inventer des histoires : en écouter. À sa demande, trois ou quatre heures durant, Brigit va lui raconter par le menu sa vie d'adulte depuis sa sortie de l'université jusqu'à l'instant qu'ils sont en train de vivre. Le lendemain, elle s'envole pour cinq mois monter Shakespeare dans l'université d'État du Colorado, les adieux sont déchirants, et, dans les lettres qu'elle lui envoie par la suite, *d'ordinaire très comme il faut elle devient on ne peut plus coquine et s'extasie sur leurs jeux sexuels* (pour le dire dans le style de Bailey). C'est-à-dire qu'elle se met à agir non plus comme Faunia mais comme Drenka, la licencieuse héroïne du *Théâtre de Sabbath.*

En d'autres termes, il lui posait des questions sur sa vie, elle répondait, certes avec franchise, mais en reproduisant le comportement des personnages féminins de ses livres. Ce qu'il voyait en elle ?

Qu'est-ce qu'il voyait en vous ? m'a tout de suite interrogé Zipperstein quand je l'ai rencontré à Berkeley en 2019. Judith s'était demandé la même chose en me voyant pour la première fois. C'était la question que nous nous posions tous les uns les autres, en fait. Philip faisait partie de cette poignée d'artistes aujourd'hui disparus dont la sensibilité s'est structurée en un temps où la télévision n'existait pas encore, les réseaux sociaux moins encore, et où le terme de « culture » n'avait pas le sens plastique, voire informe, qu'il a aujourd'hui. Bergman, Fellini, sont les autres noms qui me viennent spontanément à l'esprit. Truman Capote – un autre exemple – écrit dans sa préface à l'un de ses derniers livres, *Musique pour caméléons* : *J'ai fait une découverte alarmante : la différence entre ce qui est très bien écrit et l'art véritable : une nuance subtile mais impitoyable.* L'extraordinaire pouvoir de concentration de ces artistes, tous nés avant la Seconde Guerre mondiale et l'assomption de la technologie, n'est plus envisageable aujourd'hui. Pas plus que leur talent pour dénicher, dans les anecdotes en apparence les plus grises, le carburant de leurs obsessions, ces subjectives mythographies qui fondaient ensemble, parfois jusqu'à l'hallucination, leurs existences et leurs œuvres. *Ces gens-là ne fantasment pas, ils imaginent*, ainsi que Roth le fait dire à Maria Freshfield, le personnage féminin au cœur de *La Contrevie*. Leur magie fragile ressemblait à celle des tyrans. Ils convoquaient dans la vie réelle ceux dont ils avaient besoin pour écrire, et remodelaient à leur convenance les êtres qu'ils choisissaient de laisser entrer dans leur cercle intime.

Car c'était toujours un choix, bien sûr, Philip n'imaginait pas n'importe qui. Sans doute, jusqu'à un certain point, Brigit ressemblait-elle à ce qu'il voyait d'elle, tout comme Norman, Judith, Bernard Avishaï, moi, et tous les autres. Nous existions dans son monde – et, d'une certaine façon, nous continuons à le faire – tels que nous étions réellement, à ceci près que les tendances qu'il percevait en nous et l'avaient intéressé ou séduit se manifestaient, sous son regard, de façon plus intense. On devenait plus « vrais » à son contact, plus libres, nous nous détachions du bruit de nos existences respectives et vivions l'âme dilatée – une expression désuète que j'emploie à dessein. Et notre niveau d'exigence vis-à-vis de nous-mêmes s'en trouvait relevé. On jouait avec le feu de son imagination, pour le dire autrement – cette imagination qui était l'une des formes de sa générosité. Il passa sa vie à en payer le prix.

Cette imagination nourrissait en lui quelque chose que les mots « optimisme naïf » traduisent mal, un état d'esprit dont l'écrivain en lui était conscient et contre lequel Faunia tente en vain de le prévenir, dans *La Tache*, lorsqu'elle dit à Silk, *Regarde-toi, Coleman, tu es en train de me regarder avec les yeux d'un collégien. Tu n'as pas un frère aîné?*

Sa relation avec Brigit le projeta cet hiver-là dans un état d'élation qu'il ne servirait à rien d'essayer de décrire. La tempête vitale qui le secouait venait des confins de l'enfance la plus libre et n'avait pas plus de limites que la ville ou le pays lui-même. *C'est presque trop*, fit remarquer un jour Norman Manea et je compris tout de suite ce qu'il voulait dire. Comme toujours avec Philip, cela se traduisait par les mots. Il ne pouvait plus ne pas parler. Un soir, dans un restaurant italien chic de Midtown à peu près vide (photos dédicacées d'acteurs aux murs, serveurs aux petits soins), il passa la moitié du dîner à comploter la meilleure façon de garder Brigit auprès de lui jusqu'à la fin de ses jours, c'est-à-dire la mettre enceinte. Julia Golier, que j'avais aperçue à Aix, la femme sans doute la plus aimée de lui, celle dont il resterait proche jusqu'au bout, il l'avait quittée quelques années plus tôt parce qu'elle voulait un enfant et lui non, mais maintenant ? Maintenant oui, bien sûr, maintenant c'était la chose à faire, ça devenait un projet. Je le revois, enfoncé dans le fauteuil, les jambes croisées allongées devant lui, les yeux brillant de malice, le ton résolu, incapable de cesser de parler, m'expliquant – ou s'expliquant à lui-même – comment il allait passer les examens nécessaires, évaluer les risques liés à son âge, ainsi parviendrait-il à la convaincre, ainsi ne sortirait-elle plus de sa vie. Je dis *comploter* parce qu'il en parlait vraiment sur ce ton, j'avais devant moi non plus Philip Roth mais Philip-Prospero : l'artiste en sa candeur totalitaire fomentant l'avenir avec toute la puissance réaliste et le pouvoir de conviction que pouvait déployer un romancier tel que lui. Et tout en jouant à l'écouter et à rire, tout en me laissant, par amitié, manipuler, pour ainsi dire, je me suis demandé jusqu'où il était dupe de ses propres paroles, jusqu'où il jouait à croire, par mon intermédiaire, qu'il parviendrait à s'attacher une fille de quarante ans de moins que lui de cette façon tandis que sa part plus adulte savait fort bien que ça n'arriverait jamais. Et je n'ai pas réussi à répondre. Je n'en suis toujours pas capable aujourd'hui. Trancher entre ce que nos sentiments nous invitent à croire, et les faits, ça n'est facile pour personne, mais chez un écrivain de cette envergure, ça aurait relevé de la faute professionnelle. Son imagination n'inventait rien, elle jouait, sur la rivière de ce qui est, avec les reflets de ce qui pouvait advenir – elle *colorait le monde de sa propre lumière*, pour le dire avec les mots du poète anarchiste Percy Shelley, l'ami de Byron et l'auteur de l'un des plus grands poèmes dramatiques de la révolte contre l'état des choses jamais écrits en anglais, *Prométhée délivré*, dont Philip n'a pas pour rien emprunté et détourné le titre pour sa trilogie Zuckerman, *Zuckerman enchaîné* : dans ses livres, il savait mieux que personne jouer de la distance entre *la vie personnelle non soumise à des règles* vers laquelle tend Zuckerman, et ce qui l'enchaîne au monde malgré lui. Mais dans la réalité ?

Dans la réalité américaine, il vivait une vie américaine. Je me suis demandé si ce n'était pas là la réponse. Une phrase de *La Contrevie* m'est revenue en mémoire, une réplique du personnage de l'Européenne Maria à l'Américain Zuckerman : *Tu fais partie*, lui dit-elle, *de ces Américains qui se figurent qu'il suffit de modifier un seul élément pour en finir avec leur infortune*. N'était-ce pas ce qu'il était en train de faire ? Philip vivait dans la texture d'un pays qui *ne s'embarrasse pas des croyances mesurées des autres pays*, comme l'écrit Walt Whitman, le poète essentiel de l'Amérique. L'Amérique : lieu du changement permanent, où la frontière entre ce qui est et ce qui n'est pas recule à chaque avancée, et où Prométhée *est* pour de bon délivré. Le pays des fictions qui deviennent vraies.

Et j'ai pensé ainsi parce que je le croyais moi-même. Parce que ne pas le croire, lorsqu'on avait face à soi Philip Roth vous expliquant ce qu'est la liberté de choix, n'était tout simplement pas concevable. Et, rempli de cette certitude, et d'une foi renouvelée dans les utopiques pouvoirs intemporels de la littérature en général, et de la mienne en particulier, je suis rentré en France au printemps, et j'ai passé l'été à écrire.

Fin août, Norman et sa femme Celia sont venus à Paris, où Norman présentait son livre *Le Retour du hooligan*, et comme j'avais noué avec eux des relations amicales je suis passé voir Norman le jour de sa signature chez Colette, la grande librairie chic du Marais. Il était assis derrière deux piles de livres, son habituel sourire narquois aux lèvres. Comment va Philip, il va bien, ai-je dit presque tout de suite, moins une question que le rappel d'une évidence. Et Norman a lentement secoué la tête, comme on le fait devant les grands désastres. Qu'est-ce qui se passe ? ai-je demandé. — Rien qui ne soit prévisible, a répondu Norman en substance, Philip s'est complètement effondré depuis que Brigit l'a quitté. — Parce que Brigit l'a quitté ? — Depuis, a poursuivi Norman sans se fatiguer à répondre, ses amis se succèdent à son chevet la nuit pour l'empêcher de se tuer. Je n'ai rien trouvé à dire. *Après la victoire, quelque chose doit bien survenir.* Le temps ne s'était pas remis en marche, non, il avait juste continué sans moi.

6.

J'ai tenu compagnie à Norman encore une demi-heure tandis qu'il signait ses livres, puis nous sommes convenus de prendre un verre avant son retour à New York, et je suis rentré m'affaler sur le canapé de mon salon en essayant de réfléchir. De l'autre côté de la fenêtre, c'était le vacarme gris des dimanches place de la République, où j'habitais alors, des manifestants qui s'égosillent dans une langue incompréhensible en agitant des drapeaux inconnus, des posters de héros politiques morts ou enfermés quelque part à l'autre bout du monde. Je me suis levé, j'ai pris, sur l'étagère de ma bibliothèque, l'exemplaire de *La Contrevie* dans l'édition originale achetée avec Philip l'hiver précédent sur un trottoir à l'un des bouquinistes de rue que l'on croisait parfois Upper West Side.

De tous ses romans c'était mon préféré, formellement le plus abouti, et, sur le fond, le plus proche de lui ou de ce que je percevais de lui en le lisant, autant dire le plus proche de moi. L'arrogance du fils sur-aimé puisant dans l'amour de ses proches la force qui lui permettra de les rejeter – puisque, quinze ans avant Silk, c'est ainsi qu'apparaît Zuckerman dans la trilogie : voilà certainement quelque chose à quoi je pouvais m'identifier. Le cycle Zuckerman m'était apparu, en d'autres termes, comme une élégante légitimation littéraire à mon tempérament. Un tempérament qui m'avait désocialisé quand le contexte politique s'était mis à changer au tournant des années 2000 – bref : j'avais lu *La Contrevie* à plusieurs reprises et toujours dans cet état d'esprit mais, cette fois, j'ai commencé à le feuilleter autrement, ne me cherchant plus moi mais lui, guettant je ne sais quoi, une clé, un début d'explication pour faire coïncider ce que je venais d'apprendre et ce que je croyais savoir de lui. Un homme responsable, énergique, combatif, un homme des possibles obsédé par son indépendance, rien de pire à ses yeux que de se changer en *chiffe molle* et il fallait l'empêcher de se tuer. Pour une gosse de vingt-huit ans. Ça ne me convenait pas. Comme tout le monde j'avais eu vent de ses épisodes dépressifs dans le passé, bien sûr – sa désintégration intérieure attribuée à un médicament analgésique, l'halcion, en 1987, point de départ d'*Opération Shylock*; les deux séjours en hôpital psychiatrique après son second divorce, en 1993, dont il se sert dans *Le Théâtre de Sabbath* – pour ne citer que les principaux. Mais tout ça faisait partie de la légende, les circonstances biographiques exactes en restaient floues, et puis l'énergie littéraire avec laquelle il avait transmué ces crises dans ses romans les démentait tout en les mythifiant. Il ne s'agissait plus d'effondrements mais de signes de vigueur, au contraire. Cette vigueur dont les paradoxes sont justement la matière de *La Contrevie.*

J'ai donc rouvert le livre dans sa version anglo-américaine, comme si le changement de langue allait m'éclairer.

Bâle, la première partie du roman. La scène s'ouvre sur l'enterrement du frère de Zuckerman, Henry. Il est mort, bêtement, sur une table d'opération, pour s'être obstiné à retrouver sa puissance sexuelle entamée par les effets secondaires d'un bêtabloquant. Zuckerman assiste aux funérailles en silence. Dans sa poche dort l'éloge funèbre qu'il a rédigé la nuit précédente à la demande de sa belle-sœur Carol, un texte dans lequel il n'a pu se retenir de décrire la vraie vie de son frère, telle que celui-ci la lui a confiée dans ses aspects les plus problématiques, impossibles à dévoiler publiquement, moins encore dans ces circonstances, si bien qu'il a laissé Carol parler à sa place. Et tandis qu'elle dresse du disparu le portrait d'un mari exemplaire, Zuckerman fait défiler dans sa tête ce qu'il a écrit : une contre-vie de son frère.

Ce dernier a incarné dans la famille tout ce que lui, Zuckerman, n'est pas : bon fils – dans leur jeunesse, à l'époque où Nathan a écrit ses satires familiales, il a pris fait et cause pour les parents ; bon époux et bon père – il a rencontré Carol dès l'université, le couple a eu deux filles parfaitement éduquées – et professionnel respecté – il est dentiste, ce que l'Upper West Side a de plus chic se précipite à son cabinet. Six ans plus tôt, pourtant, Henry a failli bouleverser cette existence stable et rangée sous le coup d'une passion pour une Anglaise discrète du nom de Maria. Bien que mariés l'un et l'autre, Maria et lui se sont passionnément aimés. Henry a envisagé de quitter sa famille, de changer d'existence pour vivre avec elle, avant que le sens des responsabilités ne l'emporte. La mort dans l'âme, quand le mari de Maria, un diplomate suisse, s'est vu rapatrié à Bâle, sa ville d'origine, qui donne son titre au chapitre, Henry a laissé Maria le suivre sans chercher à la retenir. Ils ne se sont plus revus, et Bâle est resté pour lui comme le nom de ce qui aurait pu advenir, l'inaccessible utopie où se rejoignent ces antinomies que sont la passion et la vie conjugale, l'intensité et la banalité des devoirs quotidiens.

Six ans plus tard, peu de temps avant que le roman ne commence, Henry a entamé la seconde liaison adultère de son existence avec, cette fois, sa nouvelle assistante dentaire, Wendy, une incartade qui se révèle tout le contraire de sa passion passée pour Maria. Du moins est-ce ainsi que Zuckerman commente intérieurement toute l'histoire, à partir des confidences de son frère, durant ses funérailles. Si Maria a incarné pour Henry la perspective d'une révolution personnelle, Wendy n'a guère été plus qu'une *entorse au bon ordre, (sa) frasque, (son) risque, (sa) petite insurrection quotidienne contre (ses) vertus écrasantes, après quoi il rentrait au bercail retrouver les satisfactions temporelles d'une vie de famille ordinaire*, persifle Zuckerman. Ironiquement, pourtant, c'est cette petite insurrection ordinaire qui vient de lui coûter la vie. Un sondage coronarien prescrit par le médecin de famille lors d'un contrôle de routine lui a révélé l'état de dégradation de son cœur malade, deux options se sont offertes à lui, le pontage, jugé trop dangereux, ou la médication, à laquelle il s'est résolu avant de réaliser que le bêtabloquant le rendait impuissant, ce qu'il n'a pas supporté.

Ou plutôt, rectifie Zuckerman, il n'a pas supporté ce que disait de lui le fait d'avoir accepté sans révolte son impuissance : *Il n'en revenait pas de pouvoir vivre sans sexe. On pouvait* vivre sans, *il* vivait sans, *et ça le tuait – tout comme l'aurait tué, autrefois, le fait de ne pouvoir s'en passer.*

L'homme qui a su négocier au plus raisonnable chacune des frustrations de l'existence, cette fois renâcle ; c'est l'adaptation de trop. Pour continuer à faire l'amour avec une femme qu'il n'aime pas, il puise en lui l'audace et le courage qui lui ont manqué pour partir avec celle qu'il a passionnément aimée – et il en meurt. Henry s'est perdu dans le labyrinthe de l'intégration.

Telle est en tout cas la morale qu'en tire Zuckerman devant le cercueil, tandis que l'assaillent les souvenirs : Henry se précipitant chez lui un soir, la décision de se faire opérer à peine prise, exhibant dans une main une photo de Wendy *avec un petit air faraud* et, dans l'autre, le croquis du chirurgien montrant le circuit des greffes dans son cœur. Il était *comme un possédé, comme si l'ivresse de la conquête de l'Ouest coulait dans ses veines*, se remémore Zuckerman tout en se reprochant de ne pas l'avoir arrêté ; Henry, six ans plus tôt, évoquant au téléphone, au milieu de la nuit, avec le même enthousiasme de possédé, son amour tout neuf pour Maria : *Il faut que je parle à quelqu'un. Il faut que je dise à quelqu'un que j'aime cette femme. Ça t'ennuie pas, une heure pareille ? — Non, vas-y. — Heureusement que je t'ai pour te raconter. Elle, elle n'a personne. Je meurs d'envie de le dire à tout le monde. (...) Si tu la voyais, si tu voyais cette blonde superbe...*

BON QU'EST-CE QUE TU EN PENSES!?

J'ai refermé le livre, incapable de continuer.

Depuis un moment déjà, cette description de Henry par Zuckerman me frappait comme un peu trop familière, et pas parce que je connaissais déjà le texte. J'ai reposé le volume. J'ai revu Philip chez Wylie, lors de notre premier entretien, mains dans les poches, le regard dominant Times Square, cette impression de contempler un type dont je ne savais rien même si je connaissais par cœur tous ses romans, ou peut-être justement pour ça. Il faut se méfier des livres, il faut se méfier des mots, de leur sincérité trompeuse. Tout ce qu'il y avait à savoir sur la différence entre fiction et réalité, une bonne part, en tout cas, je l'avais appris en le lisant, et, pourtant, je n'avais pu m'empêcher de l'identifier au personnage de Zuckerman, surtout parce que je m'y projetais, moi. Philip était cet individualiste, écrivain et juif, intelligent et lucide, se moquant de lui-même, et sachant toujours doser ses provocations et gérer leurs conséquences – un type que rien ne peut atteindre. N'être atteint par rien : quel Juif ne cherche pas cette position ? Mais Philip n'était pas Zuckerman, il ne l'avait jamais été. Philip était Henry. C'est ce que je comprenais maintenant.

Il ne s'était pas contenté de nous imaginer tous autant que nous étions, autour de lui, il s'était imaginé, lui, en premier lieu. Ou plutôt, il avait imaginé « Philip Roth », la création sans laquelle aucune des autres n'aurait été concevable, nous inclus. « En vrai » ? Il n'existait pas.

Homo Ludens : le jeu d'être libre

Et comme il parlait, je songeais : le genre d'histoires en quoi les gens transforment la vie, le genre de vies en quoi les gens transforment les histoires.

Philip Roth, *La Contrevie*

1.

J'ai repris ma lecture dans l'avion vers New York, une poignée de semaines plus tard.

Au second chapitre de *La Contrevie, Judée*, Henry n'est plus mort. Il a survécu au pontage. Les médecins ont attribué à un choc post-opératoire l'épisode dépressif étrange qu'il a connu une fois de retour dans le foyer familial, et qui a effrayé Carol. Puis il a repris le cours de son existence. Mais quelques semaines plus tard, sur un coup de tête, il est sorti de son cabinet, a hélé un taxi, et s'est fait conduire à l'aéroport JFK d'où il s'est envolé sans autre bagage que sa carte de crédit, non pour Bâle, mais pour Tel-Aviv. De Tel-Aviv, il a gagné Agor, une implantation juive construite sur les collines de Hébron, au cœur de la Cisjordanie palestinienne, et dirigée par un militant religieux charismatique du nom de Mordechaï Lippman. Quand *Judée* commence, c'est là qu'il mène, sous le nom hébraïsé de Hanoch, la vie neuve, héroïque et dangereuse, d'un Juif « authentique » : désassimilé, revirilisé, revenu d'entre les morts, tous ses vendredis à la synagogue. Et c'est là que Zuckerman, mandaté par Carol, vient le trouver pour tenter de le ramener à New York auprès de sa famille, et à la raison.

Mais les deux frères ont échangé leurs places. Le fils *anticonformiste et déterminé*, maintenant, ce n'est plus Zuckerman – l'écrivain qui dévoile les faux-semblants de l'existence dans des romans conçus comme des armes –, mais son frère, Henry, qui gère désormais sa vie « réelle » un pistolet à la ceinture. Henry moque, Henry juge et condamne ses insatisfactions petites-bourgeoises d'autrefois et ses amours passées, avec la même absence de pitié que son frère dans la première partie, quoique de façon plus agressive : *Tout n'était qu'une maladie, à force de me dénaturer, de me contorsionner, de me masquer,* constate-t-il d'une phrase que n'aurait pas reniée Portnoy. *J'en ai froid dans le dos quand je me rappelle ce que j'ai été. (…) Cette gamine maigrichonne, à mon cabinet, voilà pourquoi j'étais prêt à mourir. Voilà pourquoi je vivais. (…) Avant ça, c'était encore mieux : Bâle! Classique. (…) Le rêve du Juif originel, le rêve d'évasion. (…) Ce que je te dis, c'est à quel point j'étais minable ; je te parle des dérisoires fiertés de ma vie.*

Tu vivais comme tous les gens de ta connaissance, rétorque avec douceur Zuckerman, *tu acceptais la donne sociale telle qu'elle était.* Déconcerté, fasciné, le romancier se surprend maintenant à défendre tout qu'il a toujours attaqué dans ses livres. Car lui aussi a muté. Fatigué de son rôle d'écrivain monacal et acide, il voudrait rejoindre une vie qui ne passe pas à côté de la vie, il souhaite devenir ordinaire, *troquer la fiction artificielle d'être* (lui-même) *contre le mensonge authentique et satisfaisant d'être quelqu'un d'autre*, écrit-il. Pour y parvenir, nous apprend-il au début du chapitre, il a épousé, après son divorce, une Anglaise raffinée de 27 ans du nom de Maria dont il est profondément amoureux – lui et non plus Henry. Et c'est vers leur maison paisible du Gloucestershire, au cœur le plus civilisé de l'Angleterre, qu'il s'en retourne à la fin de *Judée*, après une ultime confrontation avec Henry durant laquelle les deux frères en sont presque venus aux mains – et après avoir rendu compte de l'échec de sa mission par téléphone à une Carol enragée.

Quand on lit en plein ciel comme ça, surtout durant un trajet aussi long, on se met vite à somnoler, et c'est dans cet état, coincé dans mon siège éco et le moteur dans les oreilles, que j'ai poursuivi ma lecture du chapitre suivant, *Dans les airs*, où Zuckerman, lui-même installé – plus confortablement que moi – sur le vol El-Al qui le ramène à Heathrow, récapitule les engueulades sur l'identité et sur l'assimilation dont il a été la cible. Mon esprit dérivait et les phrases se sont mises à flotter dans ma tête comme des souvenirs presque réels des discussions quasi quotidiennes que j'avais eues depuis le tournant des années 2000, à Paris comme en Israël. — *Apparemment, il se sent plus lui-même du fait de vivre parmi les racines de sa religion. — Mais* quelles *racines ? Il les a laissées derrière lui il y a deux mille ans ! … — Les Juifs qui en rajoutent sur leurs personnages, les Juifs sans retenue… Toute circonspection inhérente à ta nature juive typiquement ironique et maîtrisée est séduite par le spectacle de ce qui te dégoûte moralement… — Ne me traite pas de Juif normal. Cet animal n'existe pas, on voit mal comment il existerait. Comment notre histoire aurait-elle abouti à la normalité… ? Est-ce que tout le monde n'est pas plus heureux enragé ? En tout cas plus intéressant. On ne rend pas justice à la colère… Dans les Airs*, oui, ou bien dans mes souvenirs des cinq années écoulées depuis que le monde explosait.

Mais les chapitres de *La Contrevie* portent tous un nom de lieu à double sens : *Bâle*, pour Henry l'inatteignable lieu de l'amour où Maria s'est évaporée, est aussi, pour le lecteur familier de l'histoire juive, la ville où s'est tenu le Premier Congrès sioniste en 1897, même si le roman ne le mentionne pas. *Judée*, c'est bien sûr le cœur des anciens royaumes d'Israël, cette Cisjordanie palestinienne que les religieux juifs nomment Judée-Samarie, avec, en son centre, Hébron, dans le souk de laquelle, trois ans plus tôt, j'avais tourné toute une nuit avec une patrouille de Tsahal, et où, dans le roman, Henry vient chercher une virilité qui le transcende.

Mais au chapitre *Gloucestershire*, qui, dans *La Contrevie*, succède à *Dans les airs*, nouveau retournement : ce n'est plus Henry qui a subi le sondage coronarien diagnostiquant une maladie potentiellement mortelle, mais Zuckerman lui-même, et c'est lui que le bêtabloquant a rendu impuissant. Tout ce qu'on a lu jusque-là est le résultat de ses inventions destinées à tromper la mort, et l'inaction de sa vie de malade. Son frère n'est jamais allé en Israël, et lui non plus. Quant à Maria, dans cette version de l'histoire, elle n'est plus ni l'amante secrète de Henry, ni la femme que lui, Zuckerman, a épousée après qu'elle a divorcé, mais la voisine du dessus : une jeune aristocrate anglaise mal mariée et mère d'une petite fille, croisée dans l'ascenseur de l'immeuble de New York où il a installé son studio d'écrivain. Elle l'y retrouve, chaque après-midi, en cachette d'un époux qui la rend « ordinairement » malheureuse, puisque tout en elle est ordinaire, selon, du moins, le portrait peu flatteur qu'elle dresse d'elle au fil de ses conversations avec Zuckerman pour décourager les sentiments qu'il lui porte.

La condition de Zuckerman n'autorisant nul rapprochement physique sérieux, parler est d'ailleurs à peu près tout ce à quoi se résume leur liaison. Pourquoi descend-elle quotidiennement l'escalier qui les sépare, dans ce cas ? *Parce que je n'ai pas envie d'être ailleurs*, lui répond-elle, pragmatique. *Parce que quand je ne te vois pas, tu me manques.* Avec mon mari, ajoute-t-elle, *on se porte sur les nerfs. Alors que quand je descends chez toi j'arrive dans une pièce merveilleuse, avec des livres, une cheminée, de la musique, du café et ton affection. (…) Que tu puisses baiser ou non, pour l'instant là n'est pas la question, la virilité ne tient pas qu'à ça.*

Zuckerman n'est pas de cet avis. Il aime Maria de toute son âme, il veut l'épouser et lui faire un enfant (oui : les échos avec la situation de Philip quinze ans après avoir écrit le livre me frappaient moi aussi). Devenir père, enfin. En finir avec l'intenable position du fils rebelle. Mais entre ce rêve et la réalité se dresse le défi dangereux d'un quintuple pontage. *Tu n'es pas amoureux*, réfute Maria, *tu es seul et tu es malheureux. Tu attends désespérément le miracle. Tu as l'esprit de contradiction. Tu n'aurais sans doute pas écrit ces livres sur les Juifs s'ils n'avaient pas tenté de t'en dissuader. Ta seule raison de vouloir un enfant aujourd'hui, c'est que tu ne peux pas en avoir.* Mais derrière cette pseudo-rationalité de Maria, Zuckerman perçoit des désirs bridés, une tendance à l'autodépréciation, une blessure. En secret, elle voudrait qu'il l'aide à fuir le mariage où elle s'est enfermée, comme lui espère qu'elle le sauvera de son existence d'écrivain coupé du monde et impuissant pour peu qu'elle trouve le courage de quitter son mari – un courage qui lui donnera, en retour, la force de (s')*engager dans l'acte concret de la chirurgie.* Et à la fin du chapitre, c'est ce qu'il se passe. Elle cède à l'utopie. Il s'agit de dépasser *le stade des mots*, de changer le rêve en réalité au moyen de ce qu'il nomme – avec un vocabulaire qui n'est pas pour rien emprunté au sionisme – *l'acte auto-libérateur.* Mais, hélas, les mots sont justement ce dont aucun écrivain ne peut jamais s'affranchir.

Et lorsque Zuckerman s'allonge sur la table d'opération, il meurt. L'utopie d'un monde transformé par les mots n'existe que dans les mots.

La puissance de *La Contrevie* vient du minutieux réalisme et de la cohérence psychologique grâce auxquels chacune des parties donne au lecteur le sentiment de raconter la « véritable » et poignante histoire du livre – et non le énième coup d'une partie de ping-pong cérébrale. Mais ce que raconte « vraiment » le roman c'est cela : un homme fatigué de sa condition de romancier se voit contraint de choisir entre le traitement qui lui permettra de vivre impuissant et l'opération qui peut le tuer, il choisit la seconde option parce qu'il est amoureux et parce que la passivité l'insupporte, et, dans les mois précédant l'opération, il se crée une liberté nouvelle en jouant avec la perspective de sa mort, réinventant à chaque coup sa vie par une fiction différente, chaque version de sa situation restant conforme aux termes et aux enjeux de départ, comme aux déterminismes de personnages dont il se contente de modifier les places.

Assis dans mon avion je n'en savais rien encore, mais cette situation correspondait presque exactement à celle de Roth dans les années précédant l'écriture du livre. *Travaille comme si la mort était imminente*, avait-il ainsi noté dans son Journal dès 1982. *Essoufflé en montant un talus, est-ce que je vais mourir ?* Tout comme Henry dans *Bâle*, son cardiologue lui avait diagnostiqué deux occlusions, dont au moins une mortelle ; tout comme Henry dans *Bâle* également, le pontage jugé trop dangereux avait été écarté au profit de deux bêtabloquants successifs qui l'avaient rendu l'un après l'autre impuissant ; et, tout comme Henry dans *Judée*, enfin, il était à demi-convaincu de devoir son état au stress de sa vie de couple d'alors – en l'occurrence avec l'actrice anglaise Claire Bloom, rencontrée vers le milieu de la décennie précédente, et avec qui il passait, depuis la fin des années soixante-dix, la moitié de l'année à Londres, où Bloom avait son appartement, et où ce qui avait commencé comme une idylle destinée à durer jusqu'au restant de leurs jours s'était peu à peu changé en champ de mines conjugal.

C'est à Londres, aussi, qu'il avait rencontré le modèle de Maria en la personne d'une journaliste de la BBC, Emma Smallwood, venue l'interviewer sur les Juifs américains, et avec qui il avait entamé *une histoire d'amour ravageuse* (son expression). La diminution risquée des prises de bêtabloquant, l'adoption d'un régime alimentaire strict et le sport lui avaient permis de recouvrer une érection qui restait fragile et plus ou moins satisfaisante selon les situations, mais il vivait bel et bien sous la menace de la mort, et dans un climat de détresse affective. Aucun régime, aucun médicament ne pouvait modifier le sentiment d'impuissance qui en résultait pour l'un comme pour l'autre. C'était l'une des sources de *La Contrevie*.

Mais à quoi bon ces données biographiques ? Si je les avais eues en ma possession dans l'avion qui me ramenait à New York, aurais-je mieux compris qui, dissimulé sous le nom de « Philip Roth », je m'apprêtais à retrouver ?

Dans le livre, après la mort de Zuckerman, son frère Henry – lequel n'a jamais été malade et n'a donc jamais quitté New York pour la Cisjordanie –, Henry, donc, s'introduit dans le studio de Zuckerman pour arracher de ses carnets de notes les pages dans lesquelles, il en est sûr, celui-ci a consigné des détails sur sa vie. Le ressentiment adolescent du fils obéissant, et négligé, vis-à-vis du fils sur-aimé, doué et déviant, s'est changé, chez Henry, à l'âge adulte, en haine morale. En farfouillant dans les papiers de son frère, il tombe sur *Bâle* et *Judée* – les chapitres que le lecteur a déjà lus, où Zuckerman a imaginé pour lui des vies alternatives. Et voici ce qu'il en dit : *C'est Nathan qui se sert de mes traits pour masquer son visage tout en se déguisant en lui-même, homme tout à coup responsable, sain d'esprit ; il devient son double raisonnable et m'attribue le rôle du parfait crétin. Il fait semblant d'abandonner tout déguisement au moment précis où il ment le plus, ce fils de pute.*

J'ai refermé le livre sur cette phrase.

2.

De la soirée chez Judith où je l'ai retrouvé une dizaine de jours après mon arrivée, il ne me reste curieusement rien.

Quittant l'aéroport, le taxi m'avait d'abord déposé devant l'immeuble de David Rieff, l'éditeur de *La Contrevie* chez Farrar Strauss & Giroux à l'époque où le livre a été initialement publié. Une nuit de l'année 1985,

Philip lui avait lu à voix haute tout son manuscrit phrase à phrase et David l'avait interrompu chaque fois qu'il percevait une incohérence, une maladresse ou simplement quelque chose d'imprécis, ce que sa culture littéraire et le véritable génie éditorial dont il est doué l'autorisaient à faire avec une clarté d'esprit aussi exigeante que celle de Roth.

David et moi sommes devenus amis en disséquant l'état du monde pour en tirer des conclusions le plus souvent opposées dans les restaurants du sud de Manhattan quand j'étais à New York, et ceux de Paris quand il venait en France. En ce mitan des années 2000, il avait depuis longtemps abandonné l'édition pour l'analyse géopolitique, l'enseignement, le journalisme au long cours, et, durant ses voyages entre l'Argentine, l'Afrique du Sud, l'Irlande et l'Europe, il me laissait profiter du cabinet de curiosité-musée-dressing et bibliothèque géant qui lui sert d'appartement au cœur de SoHo. Dans le clair-obscur au chaos savamment ordonné de ce loft couvert de tapis épais, affalé sur un divan ou un autre, dans un silence épaissi par le jet-lag, j'ai repris *La Contrevie* en essayant de réfléchir à ce que cette nouvelle lecture me disait de Philip, et aussi de moi, d'une certaine façon.

J'ai quitté SoHo quatre ou cinq jours plus tard pour emménager Upper East, à l'autre bout de la ville, dans le sombre petit deux pièces fonctionnel mentionné au début de ce récit. C'était au troisième d'un immeuble en brique de cinq étages, et à deux pas de chez Judith par qui je l'avais déniché. Le soir où j'ai retrouvé Philip chez elle, je m'y suis sûrement rendu à pied, en voisin, mais je ne me revois pas du tout faire le trajet. Les noms et visages des six ou sept convives autour de la table ce soir-là m'échappent aussi, comme ce que nous avons mangé ou le contenu des conversations. Mon seul souvenir, en fait, qui semble avoir effacé tout le reste, c'est l'instant du départ : le sourire d'affection humide dans le regard poignant de Philip qui me saluait, frêle, tremblant, vieilli de dix ans, appuyé sans rien dire contre le mur de la cuisine, son imperméable sur le dos. Ben Taylor, l'enseignant et essayiste qui serait, avec Judith, son ami le plus proche au cours des années suivantes, et qui a écrit après sa mort un petit livre sur leur amitié, s'apprêtait à le ramener chez lui. Pour répondre à son sourire, et me donner une contenance, j'ai lancé *Merci pour les chaussures !* tout en me dirigeant vers la porte et en désignant, au bout de mon bras, le carton à chaussures avec dedans le nouveau manuscrit qu'il m'avait apporté.

Exit Ghost, ai-je découvert un peu plus tard, *Exit le Fantôme* : l'ultime aventure de Zuckerman, un contrepoint au premier volume de la série, un livre désespéré, hanté par la décrépitude, la mort et les spectres de l'Histoire.

Le lendemain, en milieu de journée, après en avoir lu environ la moitié, j'ai appelé Philip et nous sommes convenus de nous retrouver chez lui pour en parler. Le soir venu, un taxi m'a déposé dans le crépuscule gris de l'Upper West Side, entre les vitrines illuminées des boutiques artisanales et des bars où j'ai flâné quelque temps parce que j'étais en avance. À dix-neuf heures, je me suis présenté dans le hall de l'immeuble Austin, où le *doorman* qui m'annonçait normalement par l'interphone m'a fait savoir que Philip venait de sortir, je l'avais raté de quelques minutes. La pluie commençait à tomber quand je me suis retrouvé sur le trottoir sans trop savoir quoi faire.

Par acquit de conscience, j'ai marché jusque sur Amsterdam Avenue et pris à droite en direction de l'un des deux bouis-bouis italiens dont je savais qu'ils lui servaient de cantine lorsqu'il restait dîner dans le quartier. Je l'ai aperçu dès l'entrée. Il était assis, son manteau encore sur les épaules, à une table du fond de la seconde salle qui était déserte, et mal éclairée, et, la tête tournée vers la fenêtre froide et noire tout près de lui, il ne me voyait pas. Le dos voûté, les mains posées sur ses genoux cachés sous la nappe, il laissait traîner son regard sur le vent pluvieux derrière la vitre et les lumières détrempées des voitures qui s'éloignaient dans la nuit. C'était un autre Philip, Henry oui, d'une certaine manière, un homme oublieux du rire sauvage, toute imagination éteinte, impuissant à réarranger les données de sa vie. Et il émanait de lui quelque chose de si semblable au climat de ruine dans lequel baigne *Exit le Fantôme*, dont je venais de tourner les dernières pages, que j'ai hésité avant de faire les quelques pas qui nous séparaient. Mais il avait dû me sentir approcher parce que, avant même que je n'arrive à sa hauteur, il a levé les yeux vers moi – des yeux de granit, des yeux nuls, impitoyables – et, d'une voix qui venait de très loin, il a dit, *Oh !.. on avait rendez-vous ?*

Fais l'erreur de t'asseoir à cette table et il t'embarque avec lui dans le cauchemar : voilà ce que je n'ai pu me retenir de penser, très vite, trop pour me demander ce que ça signifiait. Mais une fois assis il ne s'est rien produit, bien sûr. Le restant de la soirée s'est déroulé tout à fait normalement. Je lui ai parlé de son livre au-dessus d'un plat de pâtes, il m'a écouté en me posant les questions usuelles lorsqu'il me trouvait imprécis – maintenant que j'en suis à l'écrire, maintenant que je revois les marques progressives d'attention sur son visage pendant qu'on se parlait, et qu'il redevenait Philip, je me dis que j'ai dû l'aider à émerger de ce rien nocturne où il avait disparu au point d'oublier notre rendez-vous –, et puis un peu avant vingt-deux heures, je l'ai raccompagné jusque dans le hall de l'immeuble Austin où je l'ai regardé disparaître dans l'ascenseur qui le ramenait à son studio. Un studio qui n'en était plus un depuis qu'il avait acheté l'appartement voisin du sien et transformé le tout en un trois pièces, l'hiver précédent, Brigit encore dans le Colorado à monter Shakespeare et lui s'imaginant qu'elle viendrait, à son retour à New York, sinon y vivre, en tout cas y passer du temps.

3.

À la sortie de *La Contrevie*, en 1986, des intellectuels telle Susan Sontag, bluffés par la performance littéraire, s'étaient félicités de le voir rejoindre enfin les rangs de cette pratique d'avant-garde que les universitaires nomment

« métafiction » : la technique froide et maîtrisée consistant à écrire des romans en en dévoilant les ressorts, afin de bien montrer combien on est au-dessus de ça, au-dessus de cette infantile convention pour bourgeois désœuvré consistant à raconter des histoires. Rien n'aurait pu être plus à côté de la plaque que ce type de compliment. Perdu dans sa vie personnelle, talonné par la mort, il avait écrit *La Contrevie* sans la moindre idée de ce qu'il était en train de faire, commençant un chapitre avec l'espoir de mettre en mots ce qui ressemblait dans sa vie à une impasse totale avant de se dire *et si c'était le contraire?* et d'entamer, avec le même minutieux réalisme, un nouveau chapitre où tout ce qu'il avait écrit se trouvait renversé. Il écrivait, en d'autres termes, comme on secoue les barreaux de sa cage. Depuis les turbulences d'un Henry capable de jouer à être Zuckerman, se mettant à l'abri sous le masque de Zuckerman, non libre mais jouant la liberté, et transmettant à ses personnages sa malédiction d'être et son désir de fuite. Et il avait gagné. Ainsi qu'il ne cesserait plus de le répéter à longueur d'interviews : l'écriture de *La Contrevie* avait libéré ses moyens romanesques, lui ouvrant la voie des livres qu'il publierait au tournant des années quatre-vingt-dix à un rythme effréné – *Patrimoine, Opération Shylock, Le Théâtre de Sabbath, Pastorale américaine* –, des romans à hauteur d'incendie, à hauteur de son insatiable et tyrannique appétit pour la vie, dont l'intensité dépassait de loin ce que la vie peut généralement offrir. Et vingt ans plus tard, le problème restait le même, cette vie, ce monde si inexorablement décevants, si inexorablement dérisoires – ce monde et cette vie sur lesquels il finissait toujours par retomber.

Ça ne dura pas, bien sûr. Il s'arrima, pour sortir de l'ornière, à toute l'exigence dont il était capable, une exigence qu'il exerçait avant tout vis-à-vis de lui-même, et comme tous ceux qui l'entouraient je l'ai regardé faire, l'aidant du mieux que je pouvais. Je l'ai regardé retourner en analyse pour des séances qui donnaient parfois, ensuite, matière à réflexion avec ses amis de confiance ; je l'ai vu noter, à son bureau, la moindre des tâches à accomplir dans la journée sur le cahier qu'il gardait ouvert en permanence afin de combler les trous laissés dans sa mémoire par la dépression ; je l'ai régulièrement retrouvé pour dîner dans un restaurant de l'Upper East Side très calme, dont le nom m'échappe maintenant, où il se vidait la tête en parlant de tout et de rien et d'où nous sortions, ensuite, pour déambuler entre les clubs vidéos que l'on trouvait encore partout dans Manhattan à l'époque tout en discutant de films à louer – les Chaplin, les frères Coen, l'adaptation par Schlöndorff du roman de Robert Musil *Les Désarrois de l'élève Törless*. Il y eut aussi, une ou deux fois par semaine, entre sa cession d'écriture du matin et celle de l'après-midi, les déjeuners rapides au Paris-Nice sur Amsterdam Avenue tout près de chez lui, et les numéros des serveuses de ce bistrot sans charme qu'il s'était mis à collectionner – des numéros qu'il obtenait avec une facilité déconcertante. La seconde ou troisième fois que c'est arrivé, je me suis contenté de le regarder en secouant la tête avec une commisération atterrée. *What else is there?*

a-t-il fait en guise de réponse tout en haussant une épaule et en fourrant dans sa poche le papier déjà froissé que lui avait donné la fille *Qu'est-ce qu'il y a d'autre, dans la vie ?* Et à la vitesse négligente de son geste, j'ai su qu'à peine de retour chez lui il cesserait d'y penser, que la fille devait le savoir et que c'était la raison pour laquelle elle ne s'était pas même fatiguée à l'envoyer paître, et j'ai pensé, c'est ça, la solitude : ces bouts de papier, ces potentialités d'avenir arrachés au vide et aussitôt oubliés puis redécouverts chiffonnés au fond d'une veste au hasard d'un pressing.

Quelque chose était en train de changer. Est-ce un hasard si les livres qu'il écrit durant cette période – *Indignation* en 2008, *Le Rabaissement* en 2009 – sont les plus courts, les plus sombres, et les plus secs qu'il écrivit jamais – les moins convaincants, aussi, en particulier *Le Rabaissement*, qu'il regretta par la suite d'avoir publié ? Bailey, dans sa biographie, donne le nom de Kaysie Wimberly à la femme que Roth a bel et bien fini par appeler vers la fin de ce combat contre l'effondrement. C'était une Texane blonde et menue d'environ trente-cinq ans, très chic, qui tenait une boutique de lingerie féminine *downtown* et, une fois par semaine, suivait des cours de Bible. Il l'avait rencontrée en se documentant pour construire le personnage féminin d'*Exit le Fantôme* (qui fait sa scolarité au Texas), et l'avait tout de suite perçue tandis qu'il l'interviewait : sexy, énergique, pleine de vie – dotée d'*une âme adorable, généreuse et bonne* ainsi qu'il le lui écrirait dans la lettre entérinant leur séparation un an plus tard. Elle, pour savoir qui était « Philip Roth », et estimer si répondre à ses questions valait le temps, avait tapé son nom sur Google.

Avant que quoi que ce soit ne survienne entre eux, il passa trois mois à lui faire découvrir un Manhattan dont la plupart des New-Yorkais ordinaires comme elle ignoraient jusqu'à l'existence : concerts au Carnegie Hall, expositions au MoMA et au Met, remises de prix littéraires prestigieux, restaurants *fancy* – autant de choses qu'il avait lui-même négligées depuis le départ de Brigit. En retour, elle l'écoutait avec sérieux et générosité. La candeur, l'enfantine naïveté avec laquelle il corrigeait son vocabulaire ou lui enseignait des points d'Histoire l'attendrissait. Elle pensait que la Providence l'avait placé sur son chemin, que Philip lui donnait une nouvelle opportunité de se perfectionner ainsi que l'exigeait sa foi. Lorsque les choses entre eux devinrent plus intimes et qu'elle se mit à le voir comme un ami et un camarade sexuel, tout en se laissant courtiser par des hommes plus jeunes dans l'espoir de trouver un mari, elle acheta et lut certains de ses livres, et sa réputation d'écrivain « épouvantable » la fit rire.

Lui, de son côté, riait des expressions texanes dont elle parsemait sa conversation et qu'il imitait ensuite (*Hi y'all! He's uglier than sin, I'm fixin'to make some dough*), s'enthousiasmait pour la manière distante et audacieuse en même temps avec laquelle elle approchait le sexe (*she's unsulliable*, résuma-t-il une fois devant moi), et qu'elle soit née à l'autre bout du pays et ait tout entrepris pour se libérer d'une vie difficile réveillait chez lui un profond sentiment de solidarité pour les *underdogs*, les déclassés. *She's an American woman*, c'est une femme américaine – et cela voulait dire : individualiste, généreuse, combative, jamais une victime.

Elle l'emmena voir son tout premier – et dernier – James Bond, *Casino Royal*. *Daniel Craig est très bon*, me dit-il le lendemain, *mais de quoi parle le film, je n'en ai pas la moindre foutue idée !*

Elle ne sait rien sur rien, disait-il aussi, sincèrement interloqué.

Elle n'avait jamais vu un film en noir et blanc. Elle avait écrit *BELIEVE – CROIS* – en grosses lettres rouges sur le miroir de sa salle de bains. Elle n'avait jamais lu, ni entendu personne prononcer le mot « fascisme ».

Un soir, il entreprit de lui raconter l'histoire européenne depuis la prise du pouvoir par les nazis à Berlin en 1933, l'année de sa naissance, jusqu'à la libération des camps de la mort en 1945, une période pour lui fondatrice, dans laquelle s'ancraient tous ses livres, et dont elle ignorait tout. Sa solitude, pendant qu'il parlait, lui sauta au visage comme une gifle. Son Amérique à elle lui était aussi étrangère que, pour elle, le Manhattan artistique et littéraire qu'il lui faisait découvrir.

Quelque chose était en train de changer. Bailey passe très au large du problème lorsqu'il attribue à l'âge de Philip le reflux de sa sexualité à dater de cette période – un reflux qui précède de peu sa décision d'arrêter d'écrire. Leur relation, écrit-il en substance, se limita vite aux sorties dans le Manhattan culturel, à quelques caresses esquissées agrémentées des lectures qu'il lui faisait à voix haute, allongé près d'elle, lorsqu'ils se retrouvaient dans une chambre.

En 1989, une aggravation brutale de ses problèmes cardiaques avait rendu le pontage coronarien tant redouté finalement nécessaire, urgent même, et le succès de l'opération l'avait libéré des effets secondaires des bêtabloquants ; plus tard, l'âge venant, il avait eu recours à un équivalent du Viagra sans incidence sur son cœur dont le nom m'échappe ici ; ce que j'essaie de dire, c'est qu'il n'y avait pas de raison particulière à une disparition totale de sa sexualité, et ses confidences occasionnelles à ce sujet ne vont pas non plus dans ce sens-là. Quelque chose de moins trivial était en train de lui arriver.

Je suis terrifié à l'idée de retomber amoureux, fit-il un soir de confidences au Samovar. Il pensait que le départ catastrophique de Brigit avait failli le tuer. Aimer une femme, prendre soin d'elle comme un homme de sa génération pensait devoir le faire, et comme il aurait voulu que l'on prenne soin de lui ; projeter sur elle cet espoir insensé des grands solitaires qui se persuadent au moindre frémissement d'avoir trouvé l'âme sœur, ainsi que cela s'était si souvent produit dans sa vie, et pas seulement avec Brigit, car Philip était un sentimental, à sa manière, et pouvait très vite passer de la distance lucide la plus ironique, la plus Zuckerman, au romantique enthousiasme le plus Henry. Cette tension entre espoir et incrédulité, expérience et déception, jeu et trahison ; cette façon de transcender l'identité et la réalité si décevantes par les spéculations, puis les spéculations par l'amour et le sexe, et l'amour et le sexe par l'imagination verbale – tout le processus érotique, en d'autres termes, qui faisait la texture de ses livres –, maintenant, ça devenait dangereux.

C'est là, selon moi, la vraie raison pour laquelle sa relation avec Kaysie a évolué de cette façon. Je suis convaincu qu'il s'est plus d'une fois retenu de faire l'amour avec elle par peur de ce qui pouvait se passer en lui. Le sexe, le sexe sérieux, n'existait qu'avec l'imagination – cette imagination qui unit *toutes les choses irréconciliables*, comme dit Shelley –, c'était le lieu de la complicité ultime et le plus cruel des instruments de la connaissance, celui de la nudité la plus totale et franche, et celui de tous les déguisements. Son erreur, c'était d'avoir fait raconter toute une nuit sa véritable histoire à Brigit. Se libérer de l'idée qu'il se faisait d'elle n'avait plus été possible après ça. Il ne voulait pas trop connaître Kaysie, par crainte de trop l'imaginer. La solitude brûlante qu'il éprouvait parfois en face d'elle lui servait de garde-fou.

4.

I lost my girl, m'annonça-t-il finalement, mélancolique mais pas plus effondré que ça, en s'asseyant un soir à la table n° 16.

Ce qu'il s'était passé : en la raccompagnant chez elle après un dîner en tête-à-tête, un des soupirants les plus sérieux de Kaysie avait découvert un nombre bien trop grand des livres de Roth dans sa bibliothèque. Il l'avait pressée de questions jusqu'à ce qu'elle admette qu'elle le connaissait et avait une aventure avec lui. La suite ressemblait moins à une crise de jalousie qu'à une leçon de morale. Roth, lui avait dit le type, traînait une réputation de dépravé misogyne, il était connu pour la vulgarité de ses romans violemment obscènes et, pour ce qu'il en savait, son comportement dans la vie n'était pas moins cynique. Une femme sincère, indépendante, et engagée dans le chemin de la foi ne pouvait pas tolérer dans son entourage un homme aussi méphitique. Le lendemain, poussée par ce même désir de bien faire qui lui avait fait lire les livres de Roth maintenant incriminés, et écouter scrupuleusement leur auteur lui enseigner l'histoire du nazisme, elle avait écrit à Philip pour l'assurer de son amour et de son admiration et lui annoncer qu'ils resteraient en contact téléphonique de loin en loin mais ne pourraient plus se voir, pas même en amis car elle n'avait plus de place pour lui dans sa vie. C'est à cette lettre qu'il répondit qu'elle avait *une âme bonne généreuse et aussi adorable* qu'il l'avait imaginée.

L'attaque contre le World Trade Center avait sept ans. Internet commençait à remodeler le monde, les contours de la guerre d'Irak se dissolvaient dans la boue des vérités alternatives, un siècle informe rampait vers sa naissance. *Dorénavant, tout doit être littéral*, prophétise l'un des personnages de *Fonds perdus*, le roman de Thomas Pynchon, publié cinq ans plus tard mais écrit durant cette période, dans ce New York post-attentats où Kaysie écrit sa lettre de rupture. *Une professeur d'anglais a annoncé qu'il n'y aurait plus de lecture d'œuvre de fiction. Tu remarques qu'il y a soudainement des programmes « réalité » partout sur le câble? (...) Comme si s'intéresser à des vies inventées était une forme de consommation de drogues diaboliques.* Quelque chose était en train de changer, oui. Pynchon émet dans ce roman l'idée que l'ironie spécifique aux années quatre-vingt et quatre-vingt-dix – les dernières grandes décennies littéraires, lorsqu'on les considère depuis aujourd'hui, celles qui voient, outre Roth, des écrivains tels Naipaul, Amis, Rushdie, DeLillo, O'Brien, Coetzee, Oz, Sontag, Kundera, sans compter ceux que j'oublie, publier leurs livres les plus ambitieux –, cette ironie, donc, est jugée en bonne partie responsable de ce qui vient de se produire. En d'autres termes, l'Occident en quête de sens s'est mis à penser comme les terroristes. Tandis que les Français installaient Jean-Marie Le Pen au second tour de la présidentielle – et que je poussais, depuis Tel-Aviv, un soupir de soulagement au vu de ce résultat –, les États-Unis commençaient à voir dans la fiction quelque chose de dangereux privant les démocraties *du sérieux nécessaire et affaiblissant (leur) rapport à la réalité*, comme l'écrit Pynchon. Je crois que Philip l'a senti. Senti et accepté. Je crois qu'il a perçu le bannissement que lui signifiait Kaysie comme l'expression d'une volonté de survie nouvelle, urgente et angoissée face à une réalité inédite, d'autant plus incontestable qu'elle se disloquait dans la violence et dans l'écroulement des critères du vrai et du faux. Non, ce n'est pas son âge qui, diminuant le désir, assécha aussi son écriture, mais le contraire, l'intuition qu'une certaine idée de la littérature et de l'art quittait la scène au profit d'un désir de morale dicté par la peur et la quête d'innocence.

Et c'est en cherchant à y répondre qu'il est tombé dans le piège que l'époque lui tendait. Telle est du moins l'explication que je défends dans ce récit, celle qui me semble le plus conforme à ce qu'il était et ce qui lui importait. Mais avant d'en dire plus sur ce piège auquel je fais allusion depuis le début de ce récit, pour bien le comprendre, il faut d'abord revenir une dernière fois sur ce que le jeu de la fiction avait eu de si vital, si longtemps, pour lui.

Madame Borderline

Oh, mon Dieu ai-je pensé, et toi, maintenant. Toi qui es toi ! Et moi ! Ce moi qui est moi en train d'être moi et personne d'autre !

Philip Roth, *Ma Vie d'homme*

La seule chose que je puisse avancer sans hésiter, c'est que moi, je n'ai pas de « moi » et que je refuse et suis incapable de faire les frais de cette farce. M'en tient lieu tout un éventail de rôles (...). Je suis un théâtre, rien d'autre qu'un théâtre.

Philip Roth, *La Contrevie*

1.

1966-1973 : ces années de mutation qui l'ont fait devenir « Philip Roth » – celles durant lesquelles, publiant *Portnoy*, envisageant Zuckerman, méditant sur Anne Frank et Kafka, rédigeant une première mouture de ce qui deviendrait trente ans plus tard *Pastorale américaine*, il s'efforçait aussi d'achever *Ma Vie d'homme*, le premier grand acte de ce théâtre expérimental fait de mots où chacune des multiples facettes de sa personnalité turbulente se confronte aux autres et au monde tandis que lui-même s'échappe et disparaît.

Jetons un œil sur les coulisses, observons-le tel qu'il se donne lui-même à entrevoir dans ce livre, en train d'échouer à l'écrire, accumulant pas moins de quatorze versions différentes, en cette époque où les ordinateurs n'existent pas : *Les divers brouillons abandonnés avaient fini par être si entremêlés et si fréquemment interpolés, les pages si défigurées par des X et des flèches tracés à la plume ou au crayon avec une centaine d'intensités différentes, les marges si fréquemment bigarrées de commentaires, de mémentos, de systèmes de pagination (chiffres romains, chiffres arabes, lettres de l'alphabet, le tout formant des combinaisons si complexes que même moi, le cryptographe, je n'arrivais plus à les décoder), que le plus impressionnant, quand on tentait de pénétrer cette prose, ce n'était pas le monde imaginaire qu'elle dépeignait mais l'état psychologique de la personne qui l'avait imaginée : le manuscrit était le message et le message était Tumulte.* Ceci n'est pas le portrait d'un intellectuel en pleine maîtrise cérébrale de son écriture, mais celui d'un type plongé dans une implacable navigation intérieure pour tenter de ressaisir ce qu'il a fait de sa vie.

Et quel est le sujet de cette lutte, qu'est-ce qui a provoqué ce « tumulte » ? Sa rencontre en 1956, puis son mariage en 1959, l'année de la publication de *Goodbye,*

Columbus, avec Margaret « Maggie » Martinson – la mère célibataire du Midwest, de cinq ans son aînée, entrevue voici deux chapitres dans le public lors du débat à la Yeshivah University sur le *conflit de loyauté chez les écrivains issus des minorités* durant l'hiver 1962. Ils divorceraient l'année suivante, pleins de haine, et – en fait de *loyauté* – s'accusant mutuellement de trahison. Elle mourrait en 1968 dans un accident de voiture à Central Park comme déjà signalé.

Lors de notre dernier entretien « professionnel », publié par *Le Monde* en 2017, six mois avant sa mort, il en parlait encore avec une émotion incrédule :

– Mon premier mariage s'est révélé une expérience choquante, épouvantable, sordide. Je n'ai pris toute la mesure du piège dans lequel j'étais tombé que très tard, la dernière année, lorsque, après avoir essayé de se tuer, mon épouse m'a raconté comment, trois ans plus tôt, alors que nous habitions dans le Lower East Side, elle s'était rendue clandestinement sur Tompkins Square pour acheter à une femme noire enceinte le flacon d'urine qu'elle avait ensuite fait analyser comme étant le sien, dans le but de me persuader qu'elle attendait un enfant de moi et me convaincre de l'épouser. À l'époque, l'aveu de cette trahison m'a laissé stupéfait, sans voix, et je crois qu'après notre séparation, ce mutisme est l'état dans lequel je suis resté au cours des cinq années suivantes. J'avais publié jusque-là deux livres en trois ans (*Laisser courir*, un roman en deux volumes, avait succédé à *Goodbye, Columbus* en 1962) et je n'ai plus rien fait paraître d'autre pendant cinq ans. Je suis venu à New York, je me suis installé dans je ne sais quel appartement sous-loué... Et je n'arrivais plus à écrire. Je n'arrivais pas à comprendre comment une telle chose avait pu m'arriver.

Ma Vie d'homme est le compte rendu fictionnel de cette « relation toxique », comme on dit aujourd'hui, et, dans son esprit, le choix de recourir au roman plutôt qu'à « l'autofiction », comme on dit aussi, n'est pas allé de soi. À la mort de Martinson, il multipliait depuis déjà deux ans faux départs et impasses narratives, et cinq années de plus lui seraient nécessaires pour venir à bout du manuscrit. Cinq années au cours desquelles il allait prendre conscience que cette difficulté à choisir entre vérité factuelle et fiction pour décrire quelque chose qui l'avait laissé *sans voix* signalait, en fait, le vrai thème sous-jacent de ce livre, comme du restant de son œuvre – non pas, ou pas seulement, la chronique réaliste d'un mariage d'enfer, mais la confrontation d'un écrivain avec l'indicible.

Des amis à qui j'ai fait lire *Ma Vie d'homme* ont été rebutés par ce récit-labyrinthe qu'ils jugent inutilement compliqué. Mais c'est son intérêt, pour moi, c'est là où il sonne le plus vrai, quand je le lis. L'histoire, pourtant, ne saurait être plus simple : c'est celle du traquenard que se tend à lui-même, dans l'Amérique des années cinquante, un jeune homme juif de vingt-six ans issu d'un milieu petit-bourgeois, élevé dans le goût de la décence et de l'éthique et dans le culte de l'excellence intellectuelle, lorsqu'il décide de laisser derrière lui un mode d'existence qu'il estime trop protégé pour « vivre », devenir

« un homme » et se construire un destin. La femme qu'il rencontre et par laquelle il pense s'accomplir ainsi désire elle aussi échapper à ce dont elle vient. Elle voudrait être artiste, il veut être écrivain, tous deux cherchent la liberté, ils se croient faits pour vivre ensemble et, en un sens, pour leur malheur, c'est le cas. Ils plongent en enfer jusqu'à ce que mort s'ensuive. Comment se libérer des origines sans s'enfermer dans une prison pire encore, telle est l'une des grandes questions que pose ce livre – et, dans l'œuvre de Roth, pas seulement celui-ci.

L'originalité de *Ma Vie d'homme* tient au fait que Roth a découvert, en l'écrivant, l'étendue et les ramifications des obsessions qui allaient être les siennes pour le restant de ses jours. D'où cette construction compliquée, une première partie intitulée « Fictions utiles », elle-même divisée en deux chapitres, dont on découvre, dans la seconde partie du livre, « Ma Véritable Histoire », qu'ils sont en fait écrits par un narrateur qui échoue à raconter ce qui lui est réellement arrivé. Ce narrateur, Peter Tarnopol, a 34 ans. Au début de la seconde partie, dans une note d'introduction écrite à la troisième personne, il précise que ses efforts pour rendre compte par le roman de ce qui l'a castré littérairement dans la vraie vie n'ont rien donné. Isolé dans le Vermont, *il passe ses jours et ses nuits à réfléchir, désorienté, incrédule, et continue à se comporter comme un possédé* sitôt que revient le hanter le souvenir de la *serveuse de bar, peintre abstrait, sculpteur, fille de salle, actrice (et quelle actrice !), nouvelliste, menteuse et psychopathe* qu'il a épousée, dont il a divorcé, et qui est morte voici une poignée d'années mais dont il ne parvient pas à se libérer. Son imagination, explique-t-il, voilà tout le problème. Il y a trop à raconter. Son mariage s'est révélé trop complexe, son épouse trop furieuse, trop perverse et démesurée pour finir dans les pages d'un roman ; ou alors, ses pouvoirs créatifs à lui sont trop faibles. Quelle que soit l'explication, en tout cas, le voilà défait par la sauvagerie d'un excès de réel. Incapable de donner forme artistique à son expérience pour en tirer une vérité quelconque, il place ses derniers espoirs dans l'exercice autobiographique toujours un peu plat que l'on s'apprête à lire. Mais, s'interroge-t-il en conclusion, toujours à la troisième personne, *sa sincérité, telle qu'il la conçoit,* (sera-t-elle) *plus efficace que son art (...) pour rendre le passé compréhensible* ? Ce sera au lecteur d'en juger.

Qu'est-ce qui rendait nécessaire une construction si complexe ?

2.

Insérées par Bailey dans la biographie, les photos de Martinson, que Philip montrait à la fin de sa vie lorsqu'il l'évoquait, sur un ton encore presque aussi bouleversé que le narrateur de *Ma Vie d'homme* un demi-siècle plus tôt, dévoilent une blonde courtaude d'une trentaine d'années sans rien de particulier.

Rien, en tout cas, qui explique son choix de l'aborder, un jour de septembre 1956, alors qu'elle finissait son service au Gordon's, le bar à sandwiches mitoyen du campus de Chicago où il retrouvait ses collègues enseignants après les cours et où elle arrondissait ses fins de mois comme serveuse. Il l'avait observée de loin à de multiples reprises en buvant son café, la savait mère, la devinait divorcée. Et lorsque, très vite, elle lui raconta tout le reste – sa naissance vingt-sept ans plus tôt dans une bourgade du lac Michigan, non loin de Chicago ; sa famille d'ascendance norvégienne, avec mère au foyer, père alcoolique mort une poignée d'années plus tôt renversé par une voiture, menuisier de son état, incarcéré plusieurs fois pour délinquance, et qui l'avait agressée sexuellement ou avait tenté de le faire (ce n'était pas toujours clair dans la manière dont elle le rapportait) ; son mariage, à dix-sept ans, avec un magasinier accordeur de pianos, et puis la vie conjugale prévisible entre ennui et violence, la séparation au bout de dix ans, la garde de ses deux enfants retirée par les juges pour négligence parce que, disait-elle, son ex-mari avait des cousins nantis capables d'influencer le tribunal –, lorsqu'elle lui raconta tout cela, il comprit d'emblée qu'un Juif de vingt-trois ans frais sorti du monde stable, protecteur et vertueux de Newark où il avait grandi, pénétrait là en territoire inconnu – inconnu et inspirant.

Martinson apparaît une première fois dans les romans de Roth avec *Laisser courir* (1962), qui lui est dédié. Dans ce livre, elle s'appelle Martha Reganhart et prend l'apparence d'une mère courage insolente qui travaille comme barmaid tout en poursuivant des études. Il ne fait pas de doute qu'à cette époque il l'admire de s'être hissée seule et sans aide jusqu'à l'université de Chicago, alors l'une des plus réputées du pays. Bien plus tard, dans des circonstances très différentes, il admirera sa seconde épouse, Claire Bloom, puis plus tard encore Kaysie, pour des raisons similaires. En réalité, le parcours universitaire de Martinson n'a rien de glorieux – elle n'a passé qu'un semestre sur les bancs de la fac, n'a achevé que deux cursus (anglais et maths), avec des résultats passables voire médiocres, avant que sa première grossesse ne vienne tout interrompre – mais, d'un autre côté, combien de femmes du Midwest issues des basses classes se compliquent-elles une vie déjà difficile avec des études ? Combien, en ces années cinquante, entament, comme elle, une analyse ? Combien sont-elles à manifester une réelle appétence pour la littérature, à s'acharner, comme Martinson, à écrire un roman basé sur leur vie, pour tenter de se comprendre, même si elles ne parviennent pas à l'achever ? Pour le jeune Philip encore à demi ghettoïsé, c'est une Américaine, une vraie, elle se bat pour changer la donne, repartir à zéro, donner à sa vie une nouvelle direction.

Un ami de Roth qui l'a rencontrée à cette époque la trouvait *impressionnante, brillante, très drôle*, dotée d'un grand sens de l'humour. *Philip se disait fier de sa sagacité.* Un jour, c'était au début de leur relation, elle l'invita, sans façon, à prendre un verre avec Max Horkeimer, le philosophe de l'École de Francfort cofondateur de la Théorie critique alors en poste à Chicago, auprès de qui elle avait déniché un job de secrétaire et qui, visiblement, était tombé sous son charme.

En fin de compte, la personne la moins enthousiaste – ou la plus lucide – vis-à-vis de Martinson à cette époque semble bien avoir été Martinson elle-même. *J'ai toujours été capable d'exprimer mes idées, ce qui fait que je parais plus intelligente que je ne suis*, écrit-elle dans son Journal récupéré par Philip chez elle après sa mort. *Je me situe dans la moyenne. Je suis raisonnablement attirante et j'ai une personnalité modérément intéressante.* Et aussi, sinon surtout : *J'ai vraiment le sentiment d'être née avec un sens en moins, mais en fait, c'est que je n'ai pas de conscience. Mon intelligence me permet de faire la différence entre le bien et le mal, mais il me manque la répugnance morale qui me retiendrait, alors que je peux m'apitoyer copieusement sur moi quand mes mauvaises actions m'empêchent d'obtenir les bonnes choses que la vie donne aux gentilles filles.*

3.

Le contexte : une vague féministe des années 1910-1930 tombée dans l'oubli. Ces femmes jeunes, indépendantes et casse-cou de l'âge de Jazz, qu'on avait appelées les *flappers*, qui avaient envahi le cinéma naissant devant comme derrière la caméra et les bars des grandes villes, imposant un temps leur modèle à toute la société ; qui, en short, en jupe courte, les cheveux courts, une cigarette entre les doigts, un verre d'alcool à la main, l'ironie aux lèvres, et une agressive ambiguïté sexuelle à fleur de peau *s'auto-mythologisèrent, se camouflèrent en elles-mêmes* – pour citer leur chroniqueur essentiel, Scott

Fitzgerald, dans des termes que n'aurait pas reniés Roth pour lui-même (*Je suis un livre. Une pure fiction*, écrit par exemple en 1932 Zelda Fitzgerald, archétype de la *flapper* s'il en est) ; ces femmes qui, vingt ans durant, rivalisèrent avec les hommes dans le sport, le sexe, la technique, le travail et le vacarme – créant la première *Vamp* à l'écran, comme Theda Bara dès 1915 ; adaptant Shakespeare et Colette au cinéma, comme Anita Loos, créatrice, aussi, du personnage de Loreleï Lee, la mythique séductrice Walkyrie du roman *Les hommes préfèrent les blondes* en 1925 (trente ans avant l'adaptation insipide qu'en ferait Howard Hawks) ; inventant, cinquante ans avant Madonna, le mythe de la *It Girl*, comme la cinéaste productrice et romancière Elinor Glyn en 1927 ; puis l'incarnant au cinéma comme Clara Bow en 1932 ; ou encore, la même année, traversant l'Atlantique en solitaire, telle Amelia Earhart. Les Jean Harlow, Mae West, Katharine Hepburn, Dorothy Parker et toutes les autres qui montèrent à l'assaut de l'Amérique, et dans une moindre mesure de l'Europe, imposant en réaction au carnage de la Première Guerre mondiale l'un des premiers grands mouvements de masse anti-autoritaires – un mouvement dont Henry Miller et D.H. Lawrence analyseraient les conséquences pour les hommes. Ces femmes avaient été effacées de la mémoire collective, balayées par l'esprit de sérieux né de la crise économique mondiale, de la montée des fascismes en Europe, puis de l'effort de guerre américain, tandis que les œuvres de Miller et Lawrence étaient interdites. À l'époque où Martinson et

Roth se rencontrèrent, il n'en restait presque rien. Les circuits indépendants de distribution de films n'existaient pas, les réseaux sociaux bien sûr, non plus, leurs films et leurs livres avaient été rayés de la culture *mainstream*.

Quant au modèle d'éducation qui les avait remplacées, voici ce qu'on dit la féministe Camille Paglia dans son recueil de souvenirs *Femmes libres, hommes libres* : *Dans les classes de musique, on partait du principe que les filles n'avaient pas la force de se servir des baguettes ni de porter la caisse à travers le terrain de football et on les décourageait d'apprendre le tambour. Dans les cours de gym, on les estimait trop faibles pour les exercices prétendument extrêmes. Au basket-ball par exemple, on n'était pas autorisées à jouer sur tout le terrain, on devait s'arrêter (non sans de grandes difficultés) sur la ligne centrale, et passer le ballon à un joueur qui se trouvait de l'autre côté. Donc si j'avais saisi le ballon à un bout du court, je n'avais pas le droit de le traverser pour marquer le but. Ça nous rendait folles.* Le but de ces restrictions, explique-t-elle, était d'éviter que les jeunes filles *n'abîment leurs organes reproducteurs*, les empêchant ainsi de devenir mères. Née en 1928, Martinson dut connaître les débuts de ce régime éducatif – en plus des violences familiales.

Des *flappers* à l'ultra-conformisme : qu'est-ce qui explique une si rapide mutation ? Avec l'effort de guerre, l'énergie de l'inédite prospérité de cette surpuissance qu'était devenue le pays presque du jour au lendemain, cette *crise d'identité nationale* diagnostiquée plus haut par Norman Mailer qui favorisa un début d'intégration des minorités, avait aussi créé partout un profond besoin de repères et de stabilité. Au début des années cinquante, ce besoin rencontrait l'intérêt des grandes entreprises nées de l'effort de guerre et qui prenaient le contrôle du pays, imposant un mode de vie profitable à leurs intérêts, un peu à la façon des GAFAM actuels, mais non disruptif, contrairement à aujourd'hui, standardisant, au contraire. La fabrique de la nouvelle classe moyenne nécessaire à la planification de la consommation de masse impliquait une règle simple : tout le monde vivrait comme tout le monde. On ne parlait pas encore d'algorithmes mais, déjà, les prévisions statistiques guidaient les comportements. Le fond anglo-saxon puritain propre à l'Amérique de cette période aidant, les femmes furent l'élément central de cette stratégie de domestication et de gestion des désirs. Le modèle qui s'impose alors est celui de l'épouse comblée par l'électroménager dernier cri que lui achète son mari responsable et travailleur. Sur fond de guerre froide et de menace atomique, le sourire féminin signale l'assomption de la « famille nucléaire ». L'homme, quant à lui, est souvent un vétéran de la Seconde Guerre mondiale ou de la guerre de Corée. Il doit, tout à la fois, se taire sur la réalité trop crue des violences dont il a été le témoin et l'acteur, se couler dans le moule du héros idéaliste et fort aux ambitions intactes devenu père de famille, et subir l'existence humiliante de l'employé de bureau dont le salaire est censé combler les besoins de son épouse tels qu'ils sont édictés par la technocratie publicitaire. Quant à l'épouse, dressée dès l'école aux fonctions de mère et de femme au foyer, son rôle consiste à donner la mesure publique de sa satisfaction, validant ainsi du même coup et le système, et la virilité asservie du mari.

Le roman de Richard Yates *La Fenêtre panoramique*, écrit à ce moment-là (et devenu *Les Noces rebelles* au cinéma un demi-siècle plus tard), décrit parfaitement le désastre psychique et existentiel auquel s'exposaient les couples qui faisaient de leur mieux pour s'acclimater à cet enfer – un enfer muet et souriant d'ambitions éteintes, ponctué de cachets et d'alcool, personne n'exprimant le malaise. Mais quel destin, pire encore, attendait ceux que ce conformisme rejetait ? Femme des basses classes du Midwest, divorcée et mère de deux enfants, errant de job en job à vingt-sept ans, c'était certainement le cas de Martinson quand Roth l'a rencontrée. Incapable d'intégrer le modèle normatif, et dépourvue des moyens nécessaires pour vivre en dehors de lui, *a priori* elle était sans avenir. Coincée entre intégration impossible et révolte introuvable dans une époque qui se cherchait, bien que blanche, et anglo-saxonne, sa situation était semblable à celle de n'importe quelle femme issue des minorités – catholique irlandaise ou italienne, juive, voire noire. L'ironie est qu'il vit en elle une Américaine *mainstream*.

Marilyn Monroe, le modèle des femmes sans modèles de ce temps-là, est le nom qui vient en tête ici. Issue d'une famille *wasp*, pauvre et dysfonctionnelle du Midwest elle aussi, elle aussi en thérapie, elle était elle aussi encline à se tourner vers des hommes issus de minorités dont le destin sociologique lui semblait proche du sien. Quelques mois avant que Roth n'aborde Martinson à la sortie du Gordon's, Marilyn avait quitté le champion de base-ball Joe DiMaggio, un enfant d'immigrés siciliens, pour le dramaturge Arthur Miller, un écrivain juif aux lunettes carrées et aux costumes impeccables semblables à ceux de Roth à l'époque. Les photos du couple s'étalaient dans la presse.

En ces années 1950, « le Juif » commençait à représenter, dans l'imaginaire collectif, une forme ultra-civilisée et rassurante de la virilité, ses caractéristiques marquantes étant la réussite intellectuelle, la recherche constante du dialogue, l'introspection morale, une répugnance viscérale vis-à-vis de toute violence physique – voire de tout excès physique : l'anti-John Wayne. Quoi de plus rassurant, pour quelqu'un comme Martinson ?

Mais Miller n'était pas le seul artiste intronisé par le système. Tennessee Williams travaillait à Hollywood, Baldwin, Capote, Bellow, et même quelqu'un d'aussi marginal que Burroughs, tous écrivaient pour des magazines féminins grand public. Par la grâce des médias de masse, les écrivains et artistes de ce pays qui ne lisait pas et méprisait l'art se voyaient soudain parés d'un glamour inimaginable aujourd'hui. Comment se représenter ce que cela signifia pour ceux qui avaient entre quinze et trente ans dans les années cinquante ? Le portrait par Jack Kerouac, dans ces années-là, de Neal Cassady – délinquant autodidacte né dans une voiture, élevé par un grand-père alcoolique, mais féru de Shakespeare, de Proust et de Whitman, qui prit un ticket de bus depuis

Denver pour New York dans le seul but de s'inscrire à Columbia et d'accéder à la bibliothèque du campus – dit quelque chose de l'énergie désespérée de ces générations, qui crurent trouver dans l'obsession pour l'art et le désir d'excellence un contrepoison au conformisme social et fonderaient ce que l'on a appelé la contre-culture quelques années plus tard.

À mon avis, c'est sur ce fond de mutation-là qu'il faut comprendre l'inscription de Martinson à la prestigieuse Université de Chicago, sa fréquentation de Max Horkeimer, son acceptation, d'abord incrédule et réticente, puis farouche et déterminée, de la relation que lui offrait Roth non sans naïveté. Pour la plupart des citoyens de la démocratie de masse qui n'avaient ni le talent ni la détermination nécessaires, « la culture » commençait à jouer un rôle central dans la valorisation de leur image sociale. Elle aussi était à part, elle aussi avait quelque chose de spécial. *C'est un être exceptionnel*, abonde d'ailleurs Roth dans une lettre de 1958 à son ami Solotaroff, – ajoutant, en allusion aux crises qui ponctuent déjà leur relation depuis deux ans : *et si j'étais un peu plus exceptionnel moi-même, je n'aurais pas foutu notre histoire en l'air si souvent.* Le malentendu n'aurait pu être plus grand.

Intégrer le monde sophistiqué d'un écrivain juif prometteur revenait pour Martinson à légitimer socialement et psychologiquement ses propres ambitions, à se normaliser enfin en donnant sens aux épreuves bien réelles qu'elle avait traversées. Mais ce qui l'attirait, lui, au premier chef, chez elle, c'était tout autre chose. *(Son) passé chaotique risque-tout avait pour moi un attrait exotique et romanesque*, écrirait-il plus tard, sous le masque du narrateur de *Ma Vie d'homme. Elle avait en plus quelque chose de pas commode, et cela aussi était nouveau pour moi. (...) Je me demandais si j'étais « à la hauteur » avec quelqu'un qui avait son passé et sa détermination.*

4.

Bien plus tard, en 2015, dans un texte rétrospectif qui fait pendant aux lignes de Paglia ci-dessus, Roth résumerait ainsi l'impératif de maturité que l'époque exigeait alors des hommes selon lui : *Pour nous, un considérable prestige moral s'attachait au fait de prendre femme. Une femme libre de toute attache était censée ne pouvoir aller seule au cinéma ou au restaurant, encore moins réaliser une appendicectomie ou conduire un camion. Il nous appartenait de leur donner, en les épousant, la valeur et l'utilité sociales que la société, dans son ensemble, leur déniait.* Ce qu'il racontait de ses premières années avec Martinson – et que confirment les témoignages des deux enfants de cette dernière recueillis par Bailey – montre qu'il se coula dans le rôle avec sérieux et détermination. Selon l'aîné, Ronald, Roth n'eût eu de cesse de leur prodiguer le soutien scolaire à domicile que leurs deux parents avaient toujours complètement négligé. *Avec lui, j'ai commencé à découvrir ce que c'était qu'un bon père*, dit la cadette, Helen. Ronald confirme aussi ce que Philip racontait souvent : qu'il le libéra des tentations de la rue, le débarrassant, au passage, de la croix gammée qu'il s'était mis à arborer (moyennant une leçon détaillée sur l'histoire encore toute fraîche du nazisme), et qu'il lui donna quelques rudiments d'éducation sexuelle (Ronald : *Il a été le premier à me dire que les gens avaient des rapports pour le plaisir, pas seulement pour faire des enfants*). Incidemment, il empêcha au moins une fois sa mère de lui cogner dessus à coups de pompe à vélo.

Bailey reproduisant plusieurs lettres de Roth datant de cette période montre également qu'il se démena avec succès pour trouver à *notre Maggie* – comme il l'appelle alors dans sa correspondance, non sans un brin de préciosité – les emplois d'éditrice qu'elle espérait décrocher dans divers journaux et maisons d'édition de Manhattan. Il l'encourageait tout aussi ardemment dans ses ambitions littéraires. Elle le note d'ailleurs elle-même, non sans une lucidité perplexe, à l'automne 1959, l'année de leur mariage : *Curieusement, Philip me pousse tout le temps à lire, à écrire, à étudier. À vrai dire, je vois que j'ai surtout envie de tenir la maison, faire la cuisine, le jardin, adopter la vie proverbiale dont nous nous moquons tant.*

Notation révélatrice. Elle ne gardait jamais plus de quelques mois les jobs qu'il lui dénichait. *Parmi nos amis*, poursuit-elle, désignant par là le milieu dans lequel Roth l'a fait pénétrer, *sur le plan de la réussite, je me sens sur la défensive. Il est certain que je suis pleine d'une colère aggravée par les exigences qu'on fait peser sur moi...*

Il faut s'arrêter une seconde sur ce mot déjà vu tout à l'heure, « exigences », qui semble désigner ici bien plus que la seule épreuve sociale consistant à intégrer un monde plus sophistiqué que celui dont elle venait (l'environnement d'origine de Roth, après tout, en était tout aussi éloigné). Dans son roman autobiographique inachevé, elle fait d'elle-même le portrait valorisant d'une marginale anticonformiste et sarcastique dotée d'un esprit lucide, une artiste en devenir dans un environnement étriqué, promise à un destin. Sous le regard bienveillant mais brutalement exigeant de Philip, commença-t-elle à mesurer ce que cette image qu'elle s'était forgée avait de friable, voire d'illusoire ? Se découvrit-elle une appétence inattendue pour l'existence normée qu'elle avait cru mépriser – surtout, peut-être, parce qu'elle n'y avait pas eu accès jusque-là ? L'année de leur rencontre, Roth avait 23 ans, il sortait à peine du cocon de Newark, le dominer par l'intensité de son histoire ne lui avait pas été bien difficile. En retour, ce qu'il était, lui, l'avait confortée. Un prof, un futur écrivain, un Juif, un partenaire capable de voir ce qu'elle avait de distinctif, un homme *différent des autres*, autrement dit, de ceux qu'elle avait connus tout du moins. Le seul type d'homme avec lequel elle se découvrait enfin pouvoir devenir une femme *comme les autres*, et c'était le cœur du problème. Plus ses ambitions à lui se concrétiseraient, plus il deviendrait l'artiste qu'il se sentait pouvoir être, plus se révélerait ce qu'elle était en réalité. Plus il correspondait vraiment à ce qui l'avait rassurée, moins elle serait en sécurité.

Philip est un visionnaire, il réussit tout ce qu'il entreprend, on gagne de plus en plus d'argent et j'en arrive à penser qu'on est plus heureux, écrit-elle en 1961, deux ans après le fameux mariage obtenu grâce au flacon d'urine acheté clandestinement sur Tompkins Square à une *négresse*, son vocabulaire à elle, pour valider le mensonge de sa grossesse. Une validation qu'elle avait appuyée d'un chantage au suicide, pour faire bonne mesure, si Philip refusait d'assumer « ses responsabilités ». *Je me sens plus heureuse auprès de lui et son comportement me donne à croire qu'il est heureux aussi*, poursuit-elle avant d'ajouter : *Je suis mélancolique quand même, j'ai ça dans le sang.* Mélancolique ou angoissée ? Un jour romancière, un jour apprentie sculptrice, un jour future actrice, un jour éditrice autoproclamée des manuscrits de son mari : tel Macbeth courant de meurtre en meurtre pour faire coïncider ses rêves et le monde réel, elle passait frénétiquement d'une définition d'elle-même à une autre. Ses efforts pour être achoppaient face aux difficultés à devenir. Juste après la cérémonie civile du mariage – qui s'était déroulée le lendemain même de son mensonge sur sa grossesse, un dimanche, dans le salon d'un vieux juge de paix de Yonkers déniché en urgence tandis qu'une radio diffusait des scores de base-ball – elle s'était mise à suivre des cours de judaïsme à la synagogue libérale de Manhattan et, devenue juive, avait exigé une nouvelle cérémonie nuptiale, religieuse, cette fois. *Ridicule et grotesque*, dit Roth qui s'y soumit néanmoins. *Quelque chose qui ressemblait fort à cette fameuse « haine de soi » dont on m'avait taxé semblait la pousser à camoufler toute trace de son passé dans le Midwest en falsifiant ses liens d'adoption avec moi et mes origines,* écrira-t-il vingt ans plus tard dans *Les Faits*. Justement parce qu'il tenait la religion en horreur et méprisait le monde des rabbins il n'avait rien d'un libéral, sur ce plan : *Pour moi, être juif était lié à une situation historique dans laquelle on naissait et non à une identité qu'on aurait choisie après avoir lu une douzaine de livres.* On était ce que l'on était à une époque donnée, et tout le travail acharné, dans la vie comme dans l'art – la seule liberté, si l'on y réfléchissait un peu –, consistait à le devenir mieux : on jouait avec ses déterminismes, on jouait avec ses limites de façon toujours plus précise, toujours plus complexe, toujours plus profonde. Décider de son identité ou de sa condition d'artiste – les « performer », comme on dirait aujourd'hui, et comme Martinson s'escrimait à le faire en avance sur son temps –, c'était un mensonge à soi-même ou un signe de folie ou les deux.

Pour l'artiste, le moi est le plus souvent un problème dont il lui faut se débarrasser, écrira-t-il dans *La Contrevie*. Elle, au contraire, cherchait des moyens d'expression pour ce qu'elle se croyait être « vraiment ». Entre eux, c'était le désaccord de fond.

Conflit de loyauté chez les écrivains issus des minorités, le fameux débat de 1962, s'éclaire encore d'une autre lumière si l'on songe qu'il avait devant lui, ce soir-là, au premier rang, en plus d'un public qu'il jugeait hostile, *un simulacre de Juive*, selon son expression dans le même livre. À cette période, les cris, les injures, la vaisselle parfois jetée au visage de l'un ou de l'autre ponctuent depuis un moment déjà son désespoir à lui, ses velléités de se tuer à elle. *Je pense de plus en plus souvent au suicide*, écrit-elle, *j'y vois mon destin*. La vérité, c'est qu'elle s'était piégée avec son mensonge initial. Car au fond pourquoi restait-il ? Pourquoi, même, l'avait-il épousée ? La rareté de leurs rapports rendait depuis longtemps déjà presque nulle la probabilité qu'elle fût enceinte. Pourtant, il avait docilement porté l'urine à la pharmacie et sitôt connu le résultat – non : indépendamment du résultat (*je veux t'épouser. Peu importe ce que dira le test demain*, dit Tarnopol dans l'une des scènes du roman calquée sur la réalité) –, plutôt que de lui dire, *tu ne veux pas d'un avortement ça te regarde, tu veux te tuer c'est ton problème, mais t'épouser reviendrait à nous condamner tous les deux*, plutôt que de dire, en d'autres termes, ce qu'aurait dit n'importe qui de censé vu la dégradation de leur relation, il lui avait passé la bague au doigt dès le lendemain. Pourquoi ? La question la rendait folle. Parce qu'il n'était pas *comme les autres* ? C'était ce qu'elle avait voulu et c'était une malédiction.

Écrivain, Juif, mari gagnant de l'argent : cela même qui l'avait rassurée en lui n'était plus que le signe de ses « privilèges ».

Ce qu'il était faisait de lui le coupable de ce qu'elle n'était pas.

Maintenant, elle vivait sous la menace qu'il la quitte, s'il découvrait qu'elle ne l'avait « eu » que par subterfuge, mais aussi sous la menace qu'il reste, pour des motifs qu'elle ne percevait pas. Même les rares gestes d'affection qu'il lui témoignait parfois éveillaient sa suspicion. Elle était convaincue, pour peu qu'il tente de l'embrasser, qu'il s'agissait d'une ruse, il tentait de l'endormir, il craignait la pension que les juges l'obligeraient à lâcher si jamais il osait l'abandonner ou si elle demandait le divorce.

Tu as tout et je n'ai rien! lui criait-elle chaque jour ou presque. *Fils de pute! Tu es comme les autres!* Une insulte ou un souhait? S'il est comme les autres, elle devient son égale. Mieux : elle lui est supérieure, plus morale, elle retrouve ce qu'elle s'est sentie être avec son père et son premier mari : une femme outragée, différente, en furie.

5.

Oui, pourquoi l'avait-il épousée? La question se pose, bien sûr, et Martinson n'était pas la seule à s'interroger. Elle est au cœur de *Ma Vie d'homme.*

Roth en 2017, lors de ce dernier entretien déjà cité :

— Si ce que vous écrivez est basé sur l'expérience, alors, d'une façon ou d'une autre, vous devez vous pencher sur vous-même. Le problème, lorsqu'on fait cela, c'est que la tentation est très forte de se décrire comme la victime naïve d'une catastrophe extérieure. C'était un de mes obstacles en écrivant ce roman. Dans les premières versions, le narrateur ne cessait de s'apitoyer sur son sort. Mais si vous vous contentez de faire de vous, dans un livre, l'innocent indigné que vous êtes dans la réalité, eh bien, vous n'avez pas d'histoire. Et vous ne pouvez pas l'écrire. Pour que les choses deviennent intéressantes, vous devez vous compromettre. C'est un jeu, c'est du théâtre. Ainsi, d'une certaine façon, vous vous rapprochez de votre complicité : quelque chose vous a fait le complice de ce qui vous est arrivé et, par la fiction, vous essayez de savoir quoi.

En dehors de la fiction, Philip se faisait de cette complicité une vision surtout passive. Épouser l'amorale Martinson avait été sa façon à lui d'être moral. Aliéné par ce que l'époque demandait aux hommes et par son éducation, influencé par ses goûts littéraires et impressionné par l'aura romanesque de Martinson, il avait été cette *victime naïve*, prétendant numéro Un au titre de Meilleur Petit Juif du siècle ou parfait Américain idéaliste. — Dès que je voulais partir, disait-il, sardonique, elle m'accusait de ne pas être un type bien, ça marchait à chaque fois.

Dans *Ma Vie d'homme*, le Roth romancier ne contredit pas cette explication mais il y ajoute un principe plus actif, plus littéraire, une forme de complicité plus nocive. Il faut citer dans son entièreté la scène cruciale qui résume tout à ce sujet selon moi :

(La première nuit), *tandis que je caressais son corps, je m'étais senti mal à l'aise à cause de la texture de ses organes sexuels. Au toucher, le pli de la peau entre ses jambes semblait anormalement épais et, quand je regardai, affectant de prendre plaisir à la vue de sa nudité, ses lèvres vaginales me semblèrent flétries et décolorées à un point qui me parut inquiétant. (...) Je fus tenté d'établir un rapport avec les mauvais traitements que lui avait fait subir son père dans son enfance, mais, bien sûr, c'était trop littéraire, trop poétique pour être vraisemblable – il ne s'agissait pas d'un stigmate, malgré l'appréhension que cela fit naître en moi. Le lecteur est peut-être maintenant capable de deviner comment réagit à cette crainte le jeune homme de vingt-quatre ans que j'étais : le lendemain matin, sans cérémonie, je lui fis le cunnilingus.*

— Ne fais pas ça, dit-elle, ne fais pas ça.

— Pourquoi pas ? (…)

— Je te l'ai dit je n'arriverai pas à jouir. Quoi que tu fasses.

Comme un sage qui a tout vu, qui est allé partout, je dis :

— Tu donnes trop d'importance à ça.

Là où elle était sèche, brunâtre, usée, je pressai ma bouche ouverte. Je ne pris aucun plaisir à cet acte et, apparemment, elle non plus ; mais au moins avais-je fait ce que j'avais eu peur de faire, posé ma langue là où elle avait été tellement maltraitée, comme si (et il était tentant de voir les choses de cette manière), comme si cela allait nous racheter tous les deux. (…) J'aurais pu faire un bon travail là-dessus et le présenter comme thèse dans ma spécialité : « Tentations chrétiennes dans la vie d'un Juif : étude de l'ironie dans « La recherche du désastre ».

L'intelligence d'un écrivain véritable ne se déploie pleinement que dans la logique narrative de ses fictions romanesques, telle est la première leçon de ce passage. Loin de « l'innocent indigné », de l'univoque « victime naïve », Roth nous fait entrer ici dans cette fameuse « zone grise » dénoncée aujourd'hui par les féministes, mais où les hommes errent, en réalité, parfois, tout autant que les femmes. Eux aussi peuvent simuler le plaisir. Pourquoi ? Parce que se tromper sur son désir, se fourvoyer sur ce qu'est l'autre et sur ce que l'on croit être soi-même est le prix à payer, de temps à autre, pour exister en tant qu'individu sexué libre. L'histoire du couple Roth/Martinson est aussi celle-là.

Un homme et une femme se retrouvent au lit sans plaisir, mais sans qu'aucun des deux partenaires ait le pouvoir de s'arracher à la situation. Un obscur sens du défi mêlé de fascination pousse même l'homme à coller ses yeux et sa bouche au sexe dont il sent que l'apparence selon lui « anormale » devrait le faire fuir. Est-il pour autant sous l'« emprise » de sa partenaire plus âgée ? Est-elle sous son « emprise » à lui ? S'il est prisonnier de quelque chose, c'est d'une forme de naïveté bien particulière, capable de se muer en curiosité active, en pulsion de savoir, en volonté de dévoilement. Se connaître, et connaître l'autre, implique de faire au préalable *ce qu'il a peur de faire*. Et quel rôle la judéité du narrateur joue-t-elle, tandis qu'il plonge son visage entre les cuisses de la femme chrétienne dont le sexe l'angoisse ? S'agit-il de ne plus être – seulement – un gentil garçon juif ? S'agit-il, pour s'assimiler, de devenir pleinement homme ? Rejoindre le monde réel, découvrir la radicale altérité d'un sexe de femme sans séduction, déféminisé, décivilisé ! *Mon modèle de la réalité, tel que je l'avais induit de ma lecture des chefs-d'œuvre*, médite le narrateur, *se définissait par son caractère insoluble, or, elle était là, cette réalité obstinée et récalcitrante et (de surcroît) aussi effroyable que tout ce que je pouvais souhaiter dans mes rêves les plus livresques.*

6.

Aussi effroyable que tout ce que je pouvais souhaiter… Il est tentant de rapprocher ces mots de la conférence donnée par Roth l'année même où Martinson se dit *plus heureuse auprès de lui* alors qu'ils vivent l'enfer depuis cinq ans déjà l'un et l'autre.

En mars 1961, il donne à Berkeley *Figures du romancier américain*, une intervention à plus d'un titre prémonitoire, dont le titre français rend moins compte de ce qu'annonce l'original, *Writing American Fiction* – écrire de la fiction américaine. Le thème : les difficultés croissantes qu'éprouvent les romanciers du pays pour rendre compte d'une scène sociale et culturelle en métamorphose monstrueuse.

Roth commence par résumer un fait divers invraisemblable survenu quelque temps plus tôt dans les environs de Chicago – les cadavres dénudés de deux sœurs retrouvés dans une forêt, leur tueur présumé relâché, faute de preuves, qui devient chanteur de country grâce à sa notoriété soudaine, un journal qui propose à ses lecteurs de faire eux-mêmes l'enquête et de rémunérer le gagnant, la mère des victimes qui reçoit une petite fortune en dons du public, et en profite pour refaire à neuf son appartement, et pour s'acheter deux perruches qu'elle baptise des noms de ses filles assassinées, etc.

La morale de cette histoire ? s'interroge Roth. *Tout simplement que, pour comprendre, décrire et rendre* crédible *la réalité américaine, la surabondance de la matière défie les pauvres ressources de l'imagination. La réalité dépasse sans cesse notre talent et la société produit tous les jours des personnages à rendre jaloux n'importe quel romancier.*

Qui, par exemple, poursuit-il, élargissant sa réflexion au champ politique, *qui aurait pu inventer Charles Van Doren, Roy Cohn (...) Dwight Eisenhower* ? Fils d'une grande famille patricienne et intellectuelle, Charles Van Doren vient de devenir l'une des toutes premières stars de ce nouveau média qu'est la télévision grâce à un quizz show national dont il a été le champion durant des semaines, avant que des révélations ne prouvent que les résultats ont tous été truqués, les réponses aux questions posées ayant été systématiquement fournies à l'avance, et Van Doren casté par les producteurs du show pour son physique de mannequin, ses origines sociales et son aura intellectuelle ; Eisenhower est le premier Président américain à devoir son élection à des spots publicitaires télévisés ; et ses deux mandats entre 1953 et 1961 ont encadré tout le conformisme de la décennie ; quant à Roy Cohn, le Juif antisémite homosexuel anti-gay, et avocat véreux de la Mafia, célèbre à l'époque pour avoir servi avec zèle le sénateur paranoïaque Joseph McCarthy dans sa croisade anti-communiste, il reste aujourd'hui pour nous le mentor du jeune Donald Trump. En d'autres termes, Roth fait ici le portrait de l'Amérique dysfonctionnelle qui nous saute aujourd'hui au visage, mais qui est en train de naître sous ses yeux.

Un autre personnage a retenu son attention : Richard Nixon. Ce dernier vient tout juste d'affronter, en campagne électorale, le sémillant sénateur John F. Kennedy. À la télévision, Kennedy est apparu un peu comme Van Doren, en fils de bonne famille marié à une femme distinguée, cultivée. Kennedy connaît des stars, sa femme fréquente des écrivains, les origines mafieuses du clan Kennedy ont été opportunément passées à la trappe par les médias : c'est déjà l'Amérique rassurante de Clinton et d'Obama – l'équivalent de notre gauche caviar. En face, le vocabulaire limité de Nixon, son allure dissonante et ses origines sociales (il est né dans une famille Quaker et pauvre de l'Ouest américain) ont mis tout le monde mal à l'aise. Il a perdu l'élection, bien sûr, mais c'est pourtant ce perdant qui a fait l'événement. Jusque-là instrument de la consommation de masse et de la culture la plus soporifique, la télévision vient de donner le micro, pour la toute première fois, et en direct, à une figure que l'on n'appelle pas encore « populiste », surgie des marges les moins compréhensibles de la société américaine. Roth : *Sur l'écran, mon esprit refusait de croire à la réalité de cet homme public, de ce fait politique. Quelles qu'aient pu être mes autres réactions, cette série de débats a fait pâlir d'envie l'écrivain que je suis.*

Nous sommes seize mois avant la mort de Marilyn. Trente avant l'assassinat du même Kennedy par une autre figure montée des couches souterraines méconnues de la vie américaine, Lee Harvey Oswald. Ce meurtre, comme on sait, donnera le coup d'envoi des assassinats politiques et des grandes émeutes raciales et contestataires qui, vingt années durant, ravageront le pays, tandis qu'émerge un univers de pathologies sociales et politiques (Charles Manson, Nation of Islam, Nixon lui-même cette fois à la Maison-Blanche, etc.) : tout ce qui, en un mot, fera le *Crapola* de Guston dans les années soixante-dix puis, bien plus tard encore, la matière de *Pastorale américaine.* Pour l'heure, Roth n'en est encore qu'à l'écœurement et aux interrogations effarées. *La lecture de nos journaux quotidiens nous remplit de stupeur (est-ce possible ? est-ce bien vrai ?), mais aussi d'un dégoût accablé*, dit-il, dans des phrases que chacun de nous pourrait prononcer aujourd'hui et pas seulement à propos des USA. *Toutes ces crises, ces scandales, cette bêtise, cette folie, cette dévotion, ces mensonges, cet incessant tumulte.*

Et voici ce qui, dans ce contexte, constitue pour lui la grande énigme, le sujet de fond de sa conférence ce soir-là : *Si le monde devient comme je le crois chaque jour plus irréel ; si l'on se sent de plus en plus impuissant devant cette irréalité ; s'il n'y a rien à faire pour empêcher la destruction, sinon de toute vie, du moins des valeurs de la civilisation, comment se fait-il que nos écrivains éprouvent du plaisir ? Pourquoi nos héros de romans ne finissent-ils pas tous dans une maison de santé à défaut de se suicider ?*

Je ne crois pas possible qu'il ait écrit ces lignes sans songer à sa situation personnelle. Dans la seule allusion à

Martinson de cette conférence, il l'appelle « mon épouse » et la décrit, à son image, comme une personne raisonnable accablée elle aussi par les informations. C'est un masque. Chez eux, au quotidien, il lui suffisait de lever la tête de la télévision pour découvrir une femme hurlant sa colère et ses envies de suicide ; il lui suffisait de se regarder dans la glace le matin pour contempler un homme envisageant sérieusement de se jeter en voiture du haut d'une falaise de Montauk, comme ç'avait été le cas, un soir, quelques mois avant cette conférence, lorsqu'il était sorti de chez eux exaspéré et avait pris le volant vers n'importe où.

Mais d'autres romanciers que lui, *issus des minorités*, éprouvaient ce même écœurement exalté pour ce en quoi le pays se transformait, et pour ce que chacun découvrait de lui-même dans son combat pour s'y intégrer.

Fin 1959, l'année même du mariage de Roth avec Martinson, l'écrivain homosexuel marginal et mondain Truman Capote quitte New York pour Hotcomb, une petite ville du Midwest, où il assiste à l'arrestation de Richard Hickock et Perry Smith, les auteurs d'un quadruple meurtre sans motif clair. Une famille entière a été massacrée. *De sang-froid*, le récit que tirera Capote de ce fait divers en 1966, sera son chef-d'œuvre. Pour l'écrire, il noue des liens fameusement troubles, sans doute amoureux, avec le principal auteur de la tuerie, le sociopathe Perry Smith, auquel il rend régulièrement visite en prison six années durant, et grâce auquel il obtient tous les détails du carnage.

Capote était-il doté d'une sensibilité particulière pour les tendances souterraines les plus sinistres de la société américaine, ou bien, quatre ans avant l'assassinat de Kennedy, la menace était-elle déjà perceptible ? *En présence de l'extrême beauté, comme en présence de l'extrême intelligence, la terreur fait partie de notre réaction globale*, note-t-il quelques mois seulement avant son départ pour Hotcomb, à propos, cette fois, de ses amies, les demi-mondaines raffinées, arrivistes et glaciales de l'Upper East Side qu'il surnomme « les cygnes » et dont il est devenu le confident. *C'est autant l'effroi que l'admiration qui, fugacement, nous assassine d'un coup de poignard glacé quand un cygne s'offre à notre vue.*

Et James Baldwin, dans le texte dont j'ai tiré l'exergue du présent livre, écrit en 1963 (l'année du divorce de Roth et de l'assassinat de Kennedy) : *La question d'être un artiste américain, et par-dessus le marché un artiste noir américain, dans ce pays si singulier, commence à devenir une tâche terrifiante. On est constamment amenés à traiter avec les gens les plus incultes qui soient (...) incultes et analphabètes, extrêmement étranges et difficiles à décrire.*

Extrêmement étrange, difficile à décrire, terrifiant, terrorisant, effrayant, irréel : le regard que posent les écrivains américains sur leur pays, en ce tournant des années soixante, est unanime.

Le dress-code du *Black and white masquerade*, le bal masqué organisé par Capote en juin 1966 au Plazza Hôtel de New York pour le lancement de *De sang-froid*, parut illustrer sur un mode ironique cette désorientation générale. Chacun des invités – et la liste va de Ronald Reagan à la féministe Gloria Steinem, de Philip Roth à Andy Warhol, et des écrivains « sociaux » John Steinbeck et Lilian Herman à Guy de Rothschild et Lee Radziwill, la sœur de Jackie Kennedy (l'une des principales figures des « cygnes » entourant Capote) – portait un masque et s'habillait en noir et blanc. Chacun, en d'autres termes, s'était repeint aux couleurs des images des journaux télé de l'époque, et personne n'était plus identifiable.

De sang-froid ouvrit une voie neuve où s'engouffrèrent vite d'autres écrivains majeurs de ce temps – Mailer avec *Les Armées de la nuit* en 1967, Joan Didion et Tom Wolfe avec *Ramper vers Bethléem* et *Acid Test* respectivement, tous deux en 1968, pour ne citer que les plus connus. Tom Wolfe a donné le nom de *Nouveau Journalisme* à ce courant littéraire du *non-fiction novel*, le roman non fictionnel inventé par Capote, et qui n'eut à vrai dire rien de journalistique. La fiction traditionnelle semblait ne plus suffire à rendre compte des métamorphoses du pays ni du rôle que jouaient, dans cette métamorphose, des médias ayant désormais le contrôle du débat public et oscillant entre révélations et perceptions distordues. Le *Nouveau journalisme* ou *non-fiction novel* tentait de répondre aux ambiguïtés de cette crise narrative par l'exacerbation d'une subjectivité plus ou moins discrète. Ce que l'un des meilleurs critiques littéraires de ces années-là, Alfred Kazin, appela *l'imagination des faits*. C'était une formule bien plus juste que celle de Wolfe, une formule que Roth aurait pu retenir pour les livres qu'il écrirait à partir de *Ma Vie d'homme*.

En ce soir de 1961, pourtant, il réfuta par avance cette tendance. *Writing American Fiction* s'achève même par un encouragement à délaisser le tumulte social, politique et médiatique qu'il vient d'analyser, au profit de thèmes personnels et privés. Plutôt que d'affronter le présent turbulent, conclut-il, le romancier devrait faire comme Kafka : *descendre sous terre, vivre là et attendre.* Une position conservatrice, à contre-courant.

Mon explication ? Il sait, en prononçant ces mots, qu'il a « sous terre », c'est-à-dire à domicile, tout ce qu'il lui faut de chaos pour saisir son temps et son pays. C'est là la raison pour laquelle il reste avec Martinson – celle, peut-être, qu'il se cache encore à lui-même. Sociologiquement, historiquement, psychologiquement, elle est, pour lui, l'incarnation de ce monde des marges où chacun voit, pour paradoxal que ça semble, mais pas forcément à tort, la *vraie* Amérique en phase de pré-implosion. La femme qu'il a épousée, et dont le fils dira bien des années plus tard qu'elle *s'efforçait de détruire tous ceux qui l'approchaient*, est devenue sa source d'inspiration la plus vive. Et l'horreur qu'il éprouve à vivre en sa compagnie, la tentation du suicide qui le caresse parfois lui aussi, voisinent avec le plaisir de cette subjugation terrifiée.

Elle a le visage de toutes les ambivalences sur le chemin de l'assimilation. Sa négativité, sa violence, sa fureur, son sens très sûr de l'échec : ce qu'elle a de plus irréel fait d'elle son professeur de réalité. *J'aurais pu être sa muse s'il l'avait voulu* : cette citation n'est pas placée par hasard en exergue de *Ma Vie d'homme.* La muse, depuis Homère, la grande inspiratrice des arts, dissimulait une figure de cauchemar pour les romantiques anglo-saxons. Shelley – encore lui – disait trouver sa véritable inspiration, non dans l'harmonie et la douceur mais dans *la tumultueuse beauté de la terreur* – ainsi qu'il l'écrit dans les derniers vers de son poème *Médusa* consacré au tableau célèbre de Léonard de Vinci montrant la tête coupée de la Gorgone, la femme-furie aux cheveux de serpents, créature des puissances infernales dans la mythologie grecque, et symbole de la révolte, belle jusqu'à l'horreur, victime jusqu'à la tyrannie.

Femme en quête de libération perdue dans le labyrinthe de ses rébellions, archétype de la femme *goy* déréglée, allégorie monstrueuse de l'Amérique et baleine blanche personnelle de Philip, destinée à réapparaître dans des livres aussi tardifs que *Les Faits* (1989) ou *Opération Shylock* (1993) : Martinson a-t-elle pu ne pas percevoir ce que l'instinct du romancier en lui était en train de faire d'elle ? Dans quelle mesure cela contribua-t-il à son angoisse et à son insécurité ? Elle qui croyait avoir réussi son coup, elle qui se croyait à l'abri. Il était en train de la changer en ce qu'elle avait toujours été : ce à quoi elle avait cru échapper en lui mentant et en le manipulant pour qu'il l'épouse, s'enferrant ainsi un peu plus en elle-même.

D'un certain point de vue, ce mariage fut une lutte à mort entre l'écrivain et son personnage pour le contrôle du récit – et tel est le sujet de fond de *Ma Vie d'homme*, cette traduction, sur le plan intime, du combat non moins mortel qui se jouait alors entre les écrivains du pays et le pays lui-même pour la narration de l'Amérique. Capote avait payé de sa poche l'avocat de Perry Smith tout en souhaitant qu'il meure pendu afin de pouvoir achever *De sang-froid*. L'expérience, et le succès foudroyant du livre écrit dans le sang, le détruisirent comme écrivain et finirent par avoir sa peau. Roth, lui, n'avait pas eu besoin de payer qui que ce soit. En se rendant à la pharmacie chercher le résultat du test de grossesse, ce soir de 1961, puis en épousant Martinson dès le lendemain, il était devenu son meilleur avocat.

Cinq ans après sa mort à elle, en 1973, la sortie de *Ma Vie d'homme* eut sur lui l'effet inverse de celui produit par *De sang-froid* sur Capote. Le relatif insuccès commercial du livre contribua-t-il à le sauver ? Peut-être. Les six années passées à l'écrire, en tout cas, lui donnèrent les armes nécessaires à l'exploration de ce *paysage de terreur spécifiquement américain* qu'il arpenterait avec Guston par la suite, dans les années soixante-dix, une exploration qui déboucherait, à la fin de cette décennie, sur le premier de ses plus grands livres, *L'Écrivain fantôme*. Le reste suivrait.

Il avait appris à jouer à être lui-même, intégré dans les États-Unis de ses espoirs et de ses rêves – ces États-Unis généreux, libérateurs, solidaires et domestiqués, tels que les avait définis Roosevelt à l'époque du New Deal, dans les années 1930, et auxquels tant de Juifs de la génération de ses parents avaient cru –, tandis que sa part la moins assimilée, la moins obéissante, sa part la plus sauvage dissimulée dans les replis de l'Amérique réelle et non moins sauvage, restait le moteur secret de son écriture. C'est cela, je crois, c'est cette tension instable et dangereuse, à laquelle son art romanesque donnait seul sa cohérence, qui prit fin au début des années 2000 – quand la sauvagerie américaine bien réelle a commencé de se réveiller.

« Dans ce monde-ci, c'est moi le terroriste »

1.

Dans cette période post-11 Septembre, post-guerre d'Irak, où balbutient les premiers réseaux sociaux, Thomas Pynchon n'est pas le seul à constater le croissant désintérêt du public pour la fiction.

Le critique culturel Lee Siegel, dans son essai de 2006 *Falling Upward*, inédit en français : *Les œuvres d'art sont en train de devenir suspectes. Il y a l'intense popularité des reality-shows. Il y a les films et séries exposant la vie réelle des acteurs célèbres ou non derrière leurs faux-semblants artistiques. (...) Cette suspicion à l'égard de l'art est aussi la raison pour laquelle tant de films et de livres se disent désormais basés sur des faits réels. Pour laquelle des fictions best-sellers telles que le* Da Vinci Code *se lisent comme des histoires vraies.* Publié en 2003, *Da Vinci Code*, le premier des romans de Dan Brown, préfigure, pour une part, le genre fantasy néo-gothique, et, pour une autre, la montée du catholisisme réactionnaire paranoïaque et messianique qui s'affirme aujourd'hui dans le mouvement trumpiste. Et l'on pourrait ajouter qu'après cinquante ans d'une explosion romanesque, picaresque et lyrique sans précédent, la littérature américaine dite « sérieuse » aborde le nouveau siècle avec, en tout et pour tout, les romans célébrés par l'Université d'un côté, et l'autofiction pamphlétaire de l'autre.

Ce changement très rapide, Pynchon le met, on l'a vu, sur le compte de l'angoisse née du fracas des attaques et de la désorientation générale qui a suivi – les fictions opaques d'un « réel » qui déborde obligent chacun à une vigilance politique et morale accrue face à laquelle l'imagination artistique apparaît au mieux inadéquate, au pire futile, obsolète, éthiquement douteuse, à surveiller.

Mais, dans cette délégitimation de l'art par la terreur, pour ainsi dire, Siegel voit, lui, le symptôme d'un mouvement historique plus profond. *On parle beaucoup, et depuis longtemps, du « triomphe de la contre-culture »*, écrit-il. *On dit que cette évolution a entraîné un relativisme moral, une sexualité ouverte et permissive, le déclin de la civilité et le non-respect de l'autorité et de l'État de droit. Le fait que ces éléments soient en hausse dans la société américaine n'est guère contestable. Savoir s'il s'agit là de développements dangereux ou bénins, ou même de contrepoids nécessaires à des conditions moins perceptibles mais plus contraignantes, est un débat permanent. Ces éléments eux-mêmes, cependant, sont rarement définis. En fait, il ne s'agit pas seulement de forces antisociales libérées dans la vie américaine par les dramatiques années soixante. Il s'agit avant tout de traits esthétiques, lesquels, à partir du domaine de l'art, se sont lentement frayé un chemin dans la conduite publique courante.*

Siegel suggère ici que le progressif *triomphe de la contre-culture* a fait passer dans le réel des comportements aberrants jusque-là réservés aux expériences romanesques. *Autrefois*, dit-il encore, *la frontière entre l'art et la vie était claire :* ce n'est plus le cas. Ce qui rend impossible, en ce début de siècle, tout accord sur une réalité commune, ou même sur la nature des faits les plus simples, ce ne sont donc, à l'en croire, ni les attentats eux-mêmes, ni les manipulations politiques et la propagande qui leur ont succédé, ni les technologies naissantes, mais le fond culturel de la société dans lequel tous ces bouleversements s'inscrivent.

Les forces anti-sociales libérées dans la vie américaine par les dramatiques années 1960 sont bien sûr celles-là mêmes repérées à l'époque par Baldwin, Capote, Mailer, Didion et Roth. Au croisement de la pathologie meurtrière, de la performance médiatico-artistique, du mysticisme et du nihilisme intellectuel, elles se sont développées en parasites des progrès de la société américaine, dans les marges du combat pour les droits civiques, à l'ombre des luttes féministes, dans les failles du *power flower* et de l'opposition à la guerre du Vietnam ; elles ont prospéré dans la déroute des *white trash*, dans les mosquées identitaires de *Nation of Islam*, dans les paranoïaques rêveries libertariennes de William Burroughs et le rock de Marilyn Manson, dans les forêts des vétérans survivalistes, dans les églises mormones et les prêches évangélistes, et au sein des utopies des *tycoons* post-hippies de la Silicon Valley.

Lorsque Siegel publie son texte, en 2006, une conjonction de facteurs catastrophiques jusque-là impensables est en passe de placer ces forces antisystèmes au cœur de la vie sociale et politique américaine. Et vingt ans plus tard, tandis que j'écris à mon tour, le processus est achevé, ce qui était « irréel » et « terrifiant » à Berkeley lorsque Roth y donnait *Writing American Fiction* en 1961 constitue la texture même de l'identité du pays.

Comment caractériser ces tendances ? Dans les années 1950, on l'a vu, « la culture » avait commencé à jouer un rôle central dans la façon dont les individus se valorisaient et se projetaient dans la société. Jusque-là, l'imagination artistique était restée globalement fidèle à une tradition de l'imitation fixée depuis l'Antiquité opposant d'un côté la vie, de l'autre sa représentation, une tradition à laquelle Roth ne dérogeait nullement. Bourgeois et ordonné dans son existence, anarchiste et sauvage dans ses livres : il avait fait sien ce motto de Flaubert. Mais quel sens ces mots pouvaient-ils bien avoir dans une société américaine où régnait moins l'ordre que le conformisme, moins l'éthos bourgeois, au sens européen du terme, que l'orageuse énergie d'une middle-class nouvelle aussi insatiable qu'insatisfaite ? À mesure que les artistes d'après-guerre examinèrent et exprimèrent les frustrations nées des antinomies insolubles inhérentes à la démocratie de masse, la mise en scène sociale des colères et frustrations qui en résultaient devint plus qu'une simple mode. Après tout, qui, à un degré ou un autre, ne se sentait pas intérieurement supérieur au traitement que lui infligeait la société ? Se révolter devint une façon de retrouver sa dignité en s'affirmant différent, non-dupe du conformisme ambiant. On était un artiste parce que l'on avait quelque chose à dire, et ce que l'on avait à dire, c'est qu'on était opprimé.

Aux États-Unis, ce phénomène trouva sa traduction dans la figure du *hipster* – le « branché » de l'époque. Le *hipster* mettait un point d'honneur à cultiver ses tendances les moins sociales, sa valeur se mesurait à sa *désassimilation* ironique et sophistiquée. *L'ennui avait fait d'elle une jeune personne cynique, caustique*, écrit ainsi Martinson dans son roman autofictionnel inachevé. Ce principe de citoyenneté négative, pour ainsi dire, n'était pas sans conséquence à une époque où la ségrégation raciale brûlait ses derniers feux. Dans son livre séminal sur le sujet, *Le Nègre Blanc*, qui fit scandale à sa publication en 1956, Norman Mailer écrit : *Le hipster a adopté l'éthos existentiel du Nègre et peut être à bon droit considéré comme un nègre blanc.* Cela signifiait écouter du jazz dans les clubs de Harlem – à une époque où le jazz allait de pair avec la drogue, l'illicite, et la « permissivité sexuelle » – et, plus généralement, faire éclore en soi, sciemment, ses tendances pathogènes, délinquantes, voire franchement criminelles. La vision des Afro-Américains qui sous-tendait cette définition provoqua la colère de Baldwin. Il n'y vit qu'une succession de clichés. À quelques années de là, le mouvement des droits civiques confronterait cet anticonformisme de principe à une contradiction qui est encore celle des militants de gauche aujourd'hui, aux USA comme en France : soutenir un mouvement prônant l'égalité et, donc, l'intégration dans le système, ou, au contraire, prêcher la rupture. Mais Mailer avait moins en tête la question raciale que celle de l'individu. L'individu domestiqué des sociétés de masse post-atomiques *forcé de vivre avec la conscience étouffée que les plus petites facettes de* (sa) *personnalité* le condamnent à vivre et mourir *comme simple unité d'une vaste opération statistique*, ainsi qu'il l'écrivit. Dans *Le Nègre Blanc*, qui se penche, dix ans avant *De sang-froid*, sur le phénomène de la violence meurtrière sans motif clair, il envisage l'expression des tendances homicides d'un individu comme une réponse inévitable à la déshumanisation technologico-technocratique en cours.

Sensiblement à la même époque, la psychiatrie et la sociologie américaines mettent au jour des symptômes soit neufs, soit jusque-là ignorés. Des patients de plus en plus nombreux présentent de violentes oscillations de l'estime de soi, allant de la perte totale à l'excès mégalomaniaque. Le psychanalyste André Green baptise état-limite, *borderline*, ou psychose blanche, ce syndrome narcissique où le besoin d'approbation par l'autre se double d'une jalousie à son égard, l'un et l'autre inextinguibles, et où aux pics de violence succède un sentiment de vide et d'ennui. Dans *Rebelle sans cause, Hypnoanalyse du psychopathe criminel*, un livre qui inspirera Nicholas Ray pour son film le plus célèbre avec James Dean (*Rebel Without a Cause* est le titre anglais de *La Fureur de vivre*), le psychiatre et psychanalyste Robert M. Lindner met au jour un profil très proche du patient borderline : *le révolutionnaire sans programme, un esprit rebelle visant des buts qui ne peuvent satisfaire nul autre que lui.* (...) *Il ne peut pas retarder le plaisir de la gratification (...) il ne peut pas attendre la gratification érotique qui, selon les conventions, doit être précédée de la chasse avant la mise à mort : il doit violer. Il ne peut attendre le développement du prestige dans la société : son ambition égoïste le conduit à faire les gros titres par des performances audacieuses.*

Mailer a lu Lindner pour écrire *The White Negro* et lui-même n'est pas insensible à la notion de performance. (En 1960, lors d'une fête arrosée, il plantera deux coups de couteau dans la poitrine de sa seconde femme, Adèle, manquant de la tuer.) L'actualité des années suivantes va se charger de fournir à ces tableaux cliniques bien d'autres noms, devenus depuis, indissociables de la seconde moitié du XXe siècle américain. Outre Lee Harvey Oswald et Charlie Manson déjà cités, Ron Karanga, Patty Hearst, Bernardine Dohrn... Roth se souviendra de certains d'entre eux pour Merry Levov et Rita Cohen, les personnages en insurrection de *Pastorale américaine*. Mais, dans le cadre de ce récit, c'est sur un autre nom que je voudrais m'arrêter, celui de la contre-Marilyn, en quelque sorte : Valerie Solanas, l'auteur du célèbre *SCUM Manifesto* – le vrai double, l'alter ego culturel réel, selon moi, de Maggie Martinson.

Je l'ai dit, Martinson trouve la mort dans Central Park, le soir du 10 mai 1968. Moins d'un mois plus tard, le 3 juin, dans la même ville, Solanas tire trois coups de feu sur Andy Warhol qu'elle laisse pour mort. Les deux femmes sont nées à trois ans d'écart dans des familles également dysfonctionnelles et défavorisées. L'une et l'autre ont accusé leur père d'inceste, l'une et l'autre ont intégré l'université en dépit d'origines sociales qui les marginalisaient, toutes deux ont erré de job en job tout en caressant des ambitions artistiques, et toutes deux ont mis sur le compte exclusif des hommes leur échec à les faire aboutir.

La « vie » dans cette « société » étant, au mieux, terriblement ennuyeuse et aucun aspect de la « société » n'étant pertinent pour les femmes, il ne reste aux femmes engagées, responsables et aventurières que la possibilité de renverser le gouvernement, d'éliminer le système d'argent, d'instituer l'automatisation totale et d'éliminer le sexe masculin. Tel est le ton de violence insurrectionnelle qui ouvre *SCUM Manifesto*, le texte auto-édité par Solanas en 1967, aujourd'hui bible du féminisme radical.

Vous allez produire ma pièce parce que je vais tirer sur Andy Warhol et ça me rendra célèbre et ça rendra la pièce célèbre ! Cette phrase, qui semble droit sortie du personnage féminin de *Ma Vie d'homme*, a bel et bien été prononcée par Solanas, arme au poing, dans le salon de la productrice Margo Feiden qu'elle avait envahi avec l'espoir de la convaincre de financer sa pièce *Up Your Ass – dans ton cul* : un texte jugé ridicule et immature même par ses défenseurs. Une phrase qui ne laisse aucun doute sur ce qui motive Solanas ce jour-là, et ce n'est pas le militantisme. Sortant de chez Feiden – qui tente en vain d'appeler la police –, Solanas se précipite à la Factory, le studio de Warhol, pour tirer deux balles qui manquent leur cible, avant que la troisième ne perfore le poumon, l'estomac, la vésicule biliaire et l'œsophage de Warhol. Elle tourne ensuite le canon de son pistolet en direction du critique Mario Amaya qu'elle blesse dans le dos et à la hanche, et vise à bout portant l'impresario de Warhol avant que son arme ne s'enraye, l'obligeant à fuir. Dans sa précipitation, elle abandonne derrière elle, invraisemblablement, une serviette hygiénique dans un sac en papier. Non, rien à voir avec le militantisme. Ce qui la pousse, tout comme Martinson, c'est la volonté d'affirmer son « moi », ou, pour le dire avec les mots du psychiatre Lindner, *le plaisir de la gratification immédiate, l'ambition égoïste qui conduit à faire les gros titres par des performances audacieuses.*

Et c'est ce que Siegel entend par la disparition de *la frontière entre l'art et la vie.* Entre le 3 juin 1968 et la publication de son livre en 2006, des décennies d'avant-garde privilégiant la « performance » ont trouvé leur épiphanie avec la destruction du World Trade Center – *la plus grande œuvre d'art jamais réalisée*, pour citer à nouveau le musicien Stockhausen au lendemain de l'attentat. Avant cela, une hostilité massive vis-à-vis de la réalité est apparue au grand jour avec le premier des films *Matrix*, en 1999, l'année même où le manuscrit de la pièce pour laquelle Solanas a tiré sur Warhol, *Up Your Ass*, est retrouvé au fond d'une malle, puis monté en comédie musicale à San Francisco par le dramaturge George Coates. Avant cela encore, il y a eu la série des *X-files – la Vérité est ailleurs* –, il y a eu Y2K, il y a eu, un peu partout sur la planète, le succès médiatique de tueries inexplicables, une sourde sympathie pour des meurtriers de masse – à l'extrême droite, Timothy McVeigh, l'auteur de l'explosion du siège du FBI à Oklahoma City, soutenu par l'écrivain Gore Vidal, et dont la mémoire commence à trouver des échos dans les groupes américains fascisants ; à l'extrême gauche *Unabomber*, que la philosophe féministe star Avital Ronell compare alors explicitement, pour en faire l'éloge, à Valerie Solanas, en qui elle voit tour à tour une incarnation de Médée et de la Méduse. Il y a eu, en 2003, l'éditorialiste du *Washington Post* Karen Houppert montant *Tragedy in Nine Lives*, un spectacle examinant Solanas, avec le plus grand sérieux, *sous l'angle de la tragédie grecque* ; il y a eu, en 2005, Judith Butler appelant ses étudiants à soutenir les partis fascistes du Hamas et du Hezbollah au Moyen-Orient, *mouvements de la gauche globale* selon elle, et, en 2006, l'essayiste James Harding analysant la tentative de meurtre perpétrée par Solanas comme une *performance théâtrale, symbole des expériences féminines dont les cercles artistiques ne veulent pas entendre parler.*

L'annexion de la culture littéraire par le jargon technocratique de l'Université est indissociable de cette évolution. À l'humour, à la distance sceptique, le scientisme sociologique a substitué l'immédiateté du passage à l'acte. Bien avant la culture des réseaux sociaux, le recours à la violence physique ou verbale n'est plus un échec mais, au contraire, une façon légitime de s'exprimer : en « renversant le stigmate », en « s'identifiant à ses symptômes », en « fabriquant du corps collectif » au nom d'une vertu révolutionnaire qui congédie la morale : *C'est la raison pour laquelle on va chercher quelqu'un comme Solanas qui ne fait vraiment pas du tout « comme il faut »*, écrira la psychanalyste militante Sylvia Lippi. L'innocente joie de l'explosion violente remplace l'humour du jeu, et l'éthique de la compromission.

Je crois que Philip a perçu tout cela au travers de la lettre de Kaysie, en 2007, laquelle, bien plus qu'un adieu, était un effacement. Une lettre disant qu'il ne serait plus qu'un nom opaque pour des souvenirs oubliés et des livres à ne plus lire, selon ce qu'exigeait la nouvelle étape de son cheminement moral et religieux personnel. Je crois qu'il a senti ce qu'il y avait de *non* personnel, en réalité, dans cette lettre : la part de mutation collective nationale. Les symptômes en étaient apparus pour la première fois dans la vie publique lors du scandale Clinton-Lewinsky dix ans plus tôt, il en avait lui-même exploré certaines facettes dans *La Tache*, mais la vraie raison pour laquelle il n'a pas pu ne pas comprendre ce que Kaysie lui signifiait, je crois, c'est qu'il avait expérimenté les effets de ce nouvel état d'esprit bien plus directement dans sa vie, dès 1995, avec *Le Théâtre de Sabbath*. C'est alors qu'il avait pris la décision de réagir, tombant lentement dans le piège que l'époque lui tendait.

2.

Meshuga en Yiddish veut dire « simplet, fou innocent ». Dans *Falling Upward*, Lee Siegel suggère que le sens de ce mot s'est infléchi sous l'influence des États-Unis. Pour les romanciers d'origine juive formés à l'héritage des Lumières et confrontés à leurs propres ambivalences face au désordre social et culturel inhérent à l'énergie du pays, *meshuga* en serait venu à désigner une sorte de frénésie noire burlesque proche de la possession démoniaque, une irrépressible envie de dire brutalement les choses telles qu'elles sont, dans un éclat de rire. Erasme revu par Gershwin puis Hendrix. Ce *principe Meshuga* apparaît comme l'équivalent littéraire du *Crapola* de Guston, des *intentions malveillantes* de Rothko présidant néanmoins à des œuvres d'art, le pendant créatif du psychopathe selon Mailer, l'autre face, en d'autres termes, de la destruction. Si l'on voit les choses ainsi, *Le Théâtre de Sabbath* figure à bon droit comme le point le plus extrême de cette guérilla mentale, le pic au-delà duquel il n'y a rien. Et Roth semble l'avoir su. Entre outrage punk goguenard et tentation du suicide, appétit incandescent pour la vie et détestation incendiaire de l'existence, son roman le plus franc et le plus libre, écrit dans la foulée de sa rupture brutale avec Claire Bloom et de deux séjours en maison de repos, est le livre d'un deuil vital, enragé. Deuil de sa jeunesse, et des aspects les plus transgressifs de sa sexualité, deuil de l'amour trahi par une femme qu'il a essayé d'aimer, fureur autocritique dirigée contre son propre tempérament, aussi, dans la mesure où celui-ci a joué un rôle dans le naufrage, mais deuil aussi, je crois, d'un moment culturel américain. Celui d'une exubérance picaresque, contemporaine de la promesse démocratique américaine et de l'émergence des minorités, dont Roth a été l'une des voix majeures, vers la fin des années soixante, et qui, lorsqu'il écrit le livre, n'est déjà plus comprise : *Il faut vraiment être un professeur de Lettres merdique doublé d'un lèche-cul pour s'abaisser à dire que le tas de merde chié par ce salaud de Juif est son œuvre la plus riche*, éructe ainsi un lecteur anonyme parmi d'autres dans une lettre reçue par le *New York Times*, où le professeur de littérature William Pritchard venait de publier une critique élogieuse de *Sabbath. À moins que la passion de cet infect youpin pour se branler à longueur de vie ne vous ai donné envie de le sucer sur le papier. Les pédales de votre acabit, ça devrait se fumer au AK-47. L'université américaine redeviendrait ce qu'elle a été.*

Oui : les choses sont en train de changer. Malgré ce type de réaction, pourtant, le roman est bien reçu par les critiques lorsqu'il sort à l'automne 1995. L'année suivante, cependant, rien ne va plus. Tandis que s'engagent les discussions pour le National Book Award, Laurie Buffet, l'épouse du président du jury pour la fiction, Thomas McGuane, fait savoir qu'elle a balancé ce livre infect à l'autre bout de son salon après soixante pages. La jurée Erica Jong, de son côté, tient à préciser que *Le Théâtre de Sabbath a rebuté tous les membres du comité sans exception* et que *s'il a gagné, c'est malgré son sujet*. Et le dégoût s'étend à son auteur au point que Roth doit se tenir éloigné de la cérémonie de remise du prix en raison de menaces de mort.

Quel rôle a joué, dans ce retournement, la publication des Mémoires de Claire Bloom, *Leaving a Doll's House*, ce même automne 1996 ? Le couple a divorcé deux ans plus tôt. Commencée dans l'éblouissement amoureux et l'admiration mutuelle, et poursuivie avec l'acharnement du désespoir, cette relation de vingt ans s'est achevée dans le ressentiment, la peur réciproque, la haine. Blake Bailey et Zipperstein s'étendent avec un grand luxe de détails sur les épisodes de ce naufrage conjugal qui n'est pas mon sujet, cet ouvrage n'étant pas une biographie. Ce qui importe, ici, c'est la façon avec laquelle la version de ce mariage donnée par Claire Bloom dans un récit présenté comme vrai, s'est mêlée, dans l'esprit des critiques, à la fiction assumée que Philip avait tirée de cette même expérience un an plus tôt dans *Le Théâtre de Sabbath*, pour fabriquer en fin de compte, auprès du public, l'image d'un Roth monstrueux.

Certains éléments ne sont pas contestables. À commencer par le soutien de Roth à la carrière de Bloom, l'aide qu'il lui apporta lorsqu'elle répétait ses rôles, les pièces et scénarios qu'il écrivit pour elle quand sa carrière battait de l'aile. Il y a aussi la dépendance psychologique, fusionnelle et terrifiée de Claire Bloom vis-à-vis de sa propre fille Anna – laquelle avait hérité de son père, l'acteur Rod Steiger, un tempérament brutal, semble n'avoir pas hésité à insulter sa mère dans ses accès de colère, et prit Roth en grippe sitôt qu'elle le vit (*Maggie m'a envoyé Anna,* dirait-il par la suite) ; son obstination à tenter de mettre sa belle-fille à distance au fil des ans (*Claire*, lui écrit-il encore début 1993, *je refuse de voir ma vie dégradée par une relation qui n'est pas de mon fait, où je n'ai pas ma place et ne l'ai jamais eue parce qu'elle exclut toute autre présence humaine*) ; ses accès d'autoritarisme devant son échec, ses provocations dévastatrices lorsqu'il laisse éclater sa fureur – comme ce soir de l'année 1988 où, rentrant d'un dîner un peu ivre, alors que Bloom est en tournage en Afrique et qu'ils sont seuls dans la maison de Londres, il prétend essayer d'embrasser la meilleure amie d'Anna, une jeune femme du nom de Felicity, restée dormir chez eux, qui le repousse sans mal, après quoi, le lendemain matin, il se conduit sciemment avec elle en goujat, un comportement dont il fera le principe de vie de Mickey Sabbath dans le roman éponyme en l'exagérant considérablement, tandis qu'Anna servira de modèle partiel à Merry Levov, la terroriste obèse du roman suivant, *Pastorale américaine*.

À mesure que sa relation avec Bloom se détériore, il y a aussi ses infidélités (pour ne citer que les plus notables : en plus d'Emma Smallwood à Londres, une liaison de près de quinze ans avec l'une de ses voisines à Warren, son inspiration pour le personnage de Drenka dans *Sabbath)* ; et enfin, une santé qui se dégrade. Vers la fin des années 1980, les épouvantables douleurs dorsales obligent Philip à porter un corset ; lorsqu'il lui faut rester assis plusieurs heures en public, lui qui n'a jamais beaucoup bu se force à ingurgiter deux shots de vodka dans l'espoir de s'anesthésier. De retour à Warren, cloué au sol par la douleur, incapable de travailler, il n'a parfois d'autre choix que de passer ses journées allongé sur le dos – seul, car Bloom déteste l'isolement et fond en larmes sitôt qu'elle doit se retrouver dans le Connecticut avec lui loin de sa fille...

À l'été 1993, sa détresse est totale. *Je suis perdu, complètement perdu*, chuchote-t-il un après-midi à Norman Manéa venu le voir, tandis que Claire Bloom erre en se tordant les bras dans le jardin. *Est-ce que je suis quelqu'un de bien?* demande-t-il aussi, en s'effondrant dans les bras d'un autre de ses amis, le professeur de littérature Richard Stern. Ce même été, une tentative de suicide l'envoie directement à l'hôpital Silver Hill de New Canaan, dans le Connecticut, où il passe quelques semaines. Il entame la procédure de divorce dès sa sortie, écrit *Le Théâtre de Sabbath* dans la foulée.

Trois ans plus tard, à l'automne 1996, Claire Bloom publiant *Leaving a Doll's House* donne de cette union la version la plus à charge pour Roth en oubliant ses propres turpitudes. C'est de bonne guerre. Comme dans tous les couples, ce qui s'est passé entre eux se situe probablement quelque part entre les deux versions, mais la presse n'est pas de cet avis. L'essayiste Daphne Merkin et la romancière anglaise Zoë Heller sont les seules à conserver une distance critique prudente vis-à-vis du livre de Bloom et à discerner, chez son auteur, *sous le masque du papillon effarouché, la scorpionne* ainsi que l'écrivit Heller. Tous les autres, y compris ceux que Roth et Bloom connaissaient personnellement, prennent pour argent comptant et sans aucun recul ce compte rendu venimeux de vingt années de vie commune. Chaque page du livre, écrit ainsi le magazine *New York*, prouve *la gentillesse et la sincérité* de Bloom et, par contraste, l'écœurante personnalité de son mari, *foncièrement invivable et qui aurait dû s'abstenir de toutes relations.* La description des cruautés mentales infligées par Roth à Claire Bloom, juge pour sa part la *Times Book Review*, rend la lecture de *Leaving a Doll's House particulièrement éprouvante* en dépit des efforts de Bloom *pour être équitable envers son mari, trop peut-être.* Quant à la chroniqueuse du *Los Angeles Time*, après avoir précisé que Roth était depuis toujours son écrivain favori, elle voit maintenant chez l'auteur de *Portnoy* rien moins que l'incarnation de tous *ces grands types intellectuels, caractériels, égocentriques, avec leur clairvoyance cynique* (qui) *me déçoivent depuis longtemps.*

Des amis croisés dans les rues de l'Upper West Side se détournèrent de lui, changèrent de trottoir, refusèrent de lui serrer la main. Seulement à cause de son portrait dans *Doll's House* ou bien aussi à cause du roman qui l'avait précédé ? En 1993, dès l'annonce du divorce, « un groupe de soutien à Claire Bloom » s'était constitué à Warren à l'instigation de l'une de leurs voisines, et, dans la presse locale, on avait laissé entendre que Philip *jetait sa femme à la rue. Tout le monde sait que vous sortez avec Judith Thurman*, lui avait aussi fait savoir un courrier anonyme (et faux) reçu vers la fin de cette année-là. Une fois *Doll's House* publié, l'ombre méphistophélique de Mickey Sabbath l'anarchiste en rut, saccageur antisocial, qui ne respecte rien ni personne à l'exception de son suicide, envahit ce paysage de gratuites rumeurs malsaines et de règlements de comptes. Cela devint rétroactif. Le caractère outrageant de la fiction de Roth rendit vrai son portrait peint par Bloom, et ce portrait, en retour, transforma le personnage de Sabbath qu'il avait imaginé en un être de chair et de sang : lui-même.

Il avait consacré son énergie à réarranger les données de sa propre existence, métamorphoser ses échecs en expériences et ses expériences en victoires dans les livres les plus sérieux et libres qu'il était parvenu à écrire, avec l'espoir de donner à sa vie le seul sens qu'elle aurait jamais, celui qu'il inventait au fur et à mesure. Mais voici que l'opinion, l'opinion intelligente et lettrée, celle qui aurait dû, sinon le comprendre, du moins conserver une distance circonspecte vis-à-vis d'une histoire intime dont elle ne pouvait rien savoir, passait du côté de l'accusation, du côté de Bloom et du spectre de Martinson, du côté d'un monde où les échecs restent des échecs et où l'identité s'arrime fixement à sa souffrance amère, à sa peur, à la secrète jouissance de ses défaites et à ses révoltes sciemment impuissantes. *Dans ce monde-ci*, dit Nathan Zuckerman aux dernières pages de *La Contrevie, c'est moi le terroriste*, et il aurait pu reprendre la phrase à son compte. Sauf qu'il n'était pas Zuckerman, ni Sabbath, il était le Philip Roth qui avait inventé « Philip Roth » : un homme ultrasensible *que la vie ballotte et déchire* et que l'injustice insupporte, un homme moral, mais doté de failles, et un écrivain scrupuleux et soucieux de sa réputation et de son œuvre. *Tu es bon, gentil, généreux et sincère, et malgré ton cynisme de façade, tu es optimiste et loyal au point de supposer qu'il en va de même pour les autres,* lui écrivit, pour le réconforter, son ancien amour des années soixante-dix restée une amie, Barbara Sproul, dans un portrait qui me semble, à moi, conforme au Philip que j'ai connu. *Si tu as failli, en l'occurrence*, poursuivait-elle, *c'est que ton amour pour Maggie d'abord, puis pour Claire, n'a pas suffi à leur faire trouver en elles-mêmes leur propre valeur.* Oui mais à part elle, qui le savait ? Il disparut. C'est de cette période que date ce que Bailey nomme son *isolement pathologique* à Warren. Pendant ce temps, depuis Paris, capitale mondiale des mythologies littéraires, moi qui avais grandi dans une famille où s'assimiler revenait à écrire des livres et à en posséder, je prenais ses réponses négatives à mes demandes d'interviews pour l'expression de sa force invincible. *Je ne réponds plus aux questions, j'écris, c'est tout.* C'était vrai, d'une certaine façon, puisque sa trilogie américaine est née de cet isolement. Mais si l'art d'un écrivain est son arme la plus puissante, c'est aussi son refuge, donc l'expression de sa vulnérabilité radicale, voilà ce que je ne saisissais pas. Furieux, humilié, il vivait assiégé. *QU'ON SE LE DISE, JE N'AI PLUS AUCUN LIEN AVEC NEW YORK!* C'est alors qu'il faxa cette phrase rageuse à son agent Wylie avant de faire retirer ses nom et adresse du *Who's who*, de changer de numéro de téléphone et de se mettre sur liste rouge. Puis, une fois à Warren, *Pastorale américaine* achevé, il en écrivit lui-même la quatrième de couverture, une *liste des Récompenses attribuées à Philip Roth au cours des années 1990 – National Book Critic Circle Award* en 1991, *Prix Pen/Faulkner* en 1993, *National Book Award* en 1995. Autant de mentions érigées par l'excellent élève en réponse à ses juges, et que prouvaient-elles, sinon qu'il acceptait le procès ? De part et d'autre de son bureau, il avait disposé, sur deux petits panneaux, deux mantras pour lui-même typiquement contradictoires que Kafka aurait pu écrire : *Bats-toi* et *Ne bouge plus*.

3.

Nemesis, en grec ancien, désigne le châtiment des dieux s'abattant sur le héros coupable d'*hubris*, d'orgueil arrogant. À mesure que la démocratie progressait dans la Grèce du ve siècle avant Jésus-Christ, le mot en vint à désigner l'opinion publique, le « juste » ressentiment indigné de la cité à l'égard du transgresseur et, par extension, la crainte de cette opinion vertueuse dans le cœur des bons citoyens qui tenaient à leur réputation – je reprends ici la définition donnée par le merveilleux helléniste Paul Mazon.

Le scandale suivant la sortie de *Doll's House* et la manière dont Philip l'a vécu constituent l'arrière-plan de ses réflexions lors de nos premiers entretiens en 1999 et 2002 relatés au début de ce récit, sa méditation sur *ce qui nous tombe dessus après la victoire, l'inexplicable destruction des hommes solides* – et sur la question de savoir si les actions d'un être occupé à se construire le rendent comptable du sort qui l'afflige.

Sa réflexion trouvait peut-être sa source dans le Livre de Job, comme on l'a dit, dans les tragédies grecques aussi (je reviendrai sur ces points), mais avant tout, je crois, de façon bien plus prosaïque, elle était alimentée par ce que le milieu lettré de son pays avait commencé à lui faire subir, le poussant à Warren, le précipitant bientôt dans ce piège auquel je fais allusion depuis le début et qu'il va bien me falloir expliquer (il reste peu de choses à raconter, en réalité, mais je renâcle).

Il s'était isolé pour écrire. Kafka rédigeant *La Colonie pénitentiaire*, à l'automne 1914, n'avait en tête, dit-on, rien d'autre que l'échec de ses diverses relations amoureuses et pourtant, *La Colonie pénitentiaire* passe aujourd'hui, à juste titre, pour la prophétie la plus exacte du fonctionnement des régimes totalitaires qui détruiraient l'Europe au cours des années suivantes ; de même, la solitaire méditation de Philip sur ce qu'il voyait comme une traîtrise personnelle de la part de Bloom et du milieu littéraire produisit-elle ses quatre grands romans historiques, et, au regard de l'actualité récente, non moins visionnaires, sur la trahison de l'Amérique par elle-même et sa possible autodestruction : *Pastorale, J'ai épousé un communiste, La Tache, Le Complot contre l'Amérique*. Jusque-là, par l'imagination, il avait confronté son existence privilégiée de romancier issu d'une famille juive du New Jersey au sort des Juifs d'Europe de sa génération, à celui des écrivains dissidents des pays communistes durant la guerre froide – *J'écris sur la chance d'être américain mais du point de vue de sa fragilité*, pour le dire comme il me le résumerait ce soir de 2004 alors qu'il venait d'achever *Le Complot*, où, devant un sandwich, je pus lui poser trois heures durant toutes les questions que j'avais en tête. À quel point cette chance tenait du miracle, il le savait depuis

Newark. Toute son œuvre, d'une certaine manière, trouvait sa source dans un dialogue polémique avec le *fond d'anxiété* propre à la tribu dans laquelle il avait grandi, et contre lequel il s'était forgé. L'Amérique exorcisant les fantômes était autant, sinon plus, qu'Israël le vrai lieu de la normalisation des Juifs. Mais que se passerait-il si le pays cessait de croire qu'on peut échapper aux déterminismes pour s'occuper à naître ? Que se passerait-il si l'expérience américaine lui ayant permis d'être, et de s'inventer, « Philip Roth » cessait brutalement ? C'est à ce moment-là, brutalement, qu'il l'a envisagé pour la première fois concrètement. Le monde avait commencé de rétrécir. Et, curieusement, plus il rapetissait, plus il devenait prévisible, étriqué, non imaginable, plus il devenait dangereux.

Son esprit se divisa. Il y eut d'un côté la production des romans, de l'autre une obsession croissante pour ce que la réalité faisait de « la réalité. » Vingt ans plus tôt, il s'était lié d'amitié avec un jeune journaliste littéraire du nom de James Atlas, auteur d'une biographie du poète américain Delmore Schwartz qu'il avait admirée, et quand, vers la fin des années 1980, Atlas s'était retrouvé sans projet, il l'avait remis sur les rails en lui proposant d'écrire une vie de Saul Bellow, qu'il lui avait en toute confiance présenté (les biographies d'écrivains majeurs étaient encore, en cette fin de XXe siècle, une tradition littéraire puissante dans le pays et se vendaient bien). Mais voici qu'au terme de dix années d'un travail qui l'avait épuisé, le biographe s'était mis à haïr son sujet.

Bellow était devenu pour lui une sorte de statue du Commandeur à abattre. Et *Bellow, a Biography*, le résultat final tel que Roth, choqué, le découvrit à Warren bien avant sa publication, se révéla un livre à charge écrit par un auteur *rendu fou par son sujet*, ainsi que l'écrivit pour sa part Lee Siegel qui chroniqua le livre. La fréquentation d'écrivains tels que Bellow, ajoutait Siegel, pouvait avoir *des effets terribles sur les gens qui manquent d'imagination pour questionner les circonstances que la vie leur présente.*

Roth, qui se sentait responsable et voyait dans le travail d'Atlas *une profonde injustice,* prit sur lui de la réparer en se lançant dans un long portrait de Bellow qu'il destinait au *New Yorker*. En parallèle à l'écriture de ses livres, il consacra deux de ses années d'isolement à relire longuement toute l'œuvre de Bellow, puis se rendit à Brookline, dans le Massachusetts, où Bellow habitait, pour l'interviewer, plusieurs jours d'affilée, six heures par jour, des semaines durant avec une minutie maniaque – cette même minutie exigeante, disciplinaire, avec laquelle il écrivait et polissait ses manuscrits. Bailey rapporte que, de son côté, Bellow qui tentait lui-même de finir un roman dont il sentait qu'il serait le dernier, fut plus d'une fois tenté d'envoyer Philip promener au cours de ces semaines épuisantes. Mais on ne se débarrassait pas de Philip aisément lorsqu'il estimait qu'une injustice avait été commise. L'indignation qui faisait de lui un ami opiniâtre pouvait aussi le jeter dans des états de fureur têtue proches de ceux qu'il prête à Coleman

Silk – et insupportent Zuckerman – aux premières pages de *La Tache*. Le sort fait à Bellow par Atlas n'était pas si différent de sa propre situation dans le livre de Bloom, estimait-il, et il en tirait une réflexion générale sur ce que le nouveau siècle semblait réserver aux écrivains. L'enjeu était rien de moins que leurs postérités respectives, donc l'avenir de la littérature, donc ni l'un ni l'autre ne pouvait moralement accepter cette situation. Il fallait se battre. *Il n'y a pas de toi, il n'y a pas de moi*, avait-il fait dire au Zuckerman plein de sagesse de *La Contrevie.* Il y avait bien un Philip Roth, cependant, et, comme il l'a lui-même montré dans *Shylock*, ce Philip Roth pouvait se tromper non pas comme tout le monde, mais avec infiniment plus d'intensité que tout le monde, dans les moments où il n'était pas occupé à écrire. Et c'est ainsi qu'il est tombé dans le piège de l'époque : le piège de la biographie, d'un livre qui dirait « la vérité » à son sujet, et qu'il contrôlerait entièrement.

4.

L'un des rares ayant eu accès à lui durant cette période est Ross Miller, le neveu d'Arthur Miller, un grand type blond-roux au crâne dégarni, large d'épaules, un peu épais, qui enseignait la littérature à l'Université du Connecticut et vivait à une heure en voiture de Warren. Ils s'étaient rencontrés au début des années quatre-vingt lors d'un dîner chez des amis. Peu après, Miller avait envoyé à Philip une lettre d'admiration pour *La Leçon d'anatomie*, un courrier suffisamment persuasif pour que, à quelque temps de là, Philip lui fasse parvenir un premier brouillon de ce qui deviendrait *La Contrevie*. Miller avait répondu en débarquant dans le studio de Roth bardé de notes – un peu comme moi au début –, et la discussion de presque treize heures qui s'en était suivie avait scellé ce que Roth finit par voir comme une indéfectible amitié. Après tout, Miller ne l'avait-il pas stoppé net alors qu'il partait se jeter du haut d'un immeuble, au cours de ce fameux été 1993 où, désespéré, il avait commencé d'envisager le divorce avec Bloom ? Miller ne l'avait-il pas *pris en exemple pour trouver le courage de quitter sa femme*, ainsi du moins qu'il le prétendit peu après, si bien que Philip l'avait hébergé plusieurs semaines dans son studio new-yorkais, puis, une fois isolé à Warren, l'avait invité à le rejoindre pour des dîners en tête-à-tête au restaurant local ou pour regarder des matches de base-ball ? Miller ne fut-il pas présent chaque jour à l'hôpital quand Philip dut se faire déboucher deux artères, en 2000 ? Lorsque j'ai fait sa connaissance au Samovar, à l'hiver 2005, il était depuis un an déjà son biographe officiel. Le contrat d'un million de dollars avait été signé par l'intermédiaire de Wylie, l'agent de Philip, avec Houghton Mifflin, l'éditeur de Philip.

Aujourd'hui, j'ai tendance à penser que ce contrat a joué son rôle dans l'énergie et la confiance renouvelée en la vie que Philip a déployées cet hiver-là – qui est aussi celui de sa rencontre avec Brigit. Il était de nouveau en contrôle de ce qui se passe – des événements comme de la façon dont on les raconterait. Tout comme il avait fait justice à Bellow dans le *New Yorker*, quelqu'un allait rectifier pour lui le récit de Bloom entachant sa réputation, quelqu'un qui le comprenait, car Philip – et cela en dit long, je crois, sur l'étendue de sa solitude d'homme et d'écrivain –, Philip avait cette naïveté de penser que les gens capables de le lire avec intelligence pouvaient aussi le comprendre.

Lors des trois ou quatre dîners au Samovar où j'ai connu Miller, quelque chose dans son intelligence m'a semblé sonner faux – une façon de rire distante, une spontanéité tenue en laisse par un arrière-fond d'amertume, et lorsque Philip parlait de sexe, ce qu'il faisait toujours de manière ingénue, souvent désopilante, mais jamais vulgaire, Ross donnait le sentiment de vouloir l'imiter, et la différence entre eux n'en devenait que plus criante. Mais je n'étais pas vraiment là pour donner mon avis. Philip le voyait comme l'un de ses confidents les plus loyaux, nous présenter l'un à l'autre était de sa part une marque de confiance. C'est un an plus tard environ, dans le courant de l'hiver 2006 – l'hiver des déambulations Upper East Side et des numéros des serveuses au Paris-Nice, tandis qu'il se remettait du départ de Brigit –, qu'il a commencé à se plaindre de lui. Miller, me raconta-t-il, traînait les pieds pour interviewer les témoins de sa jeunesse qui commençaient à disparaître et dont Philip lui fournissait régulièrement des listes – en même temps que des indications sur les questions à poser. C'en était arrivé au point que Philip avait dû embaucher un extra pour faire à sa place ce travail de documentation avant qu'il ne soit trop tard. Moi, à vrai dire, je ne voyais pas d'idée beaucoup plus mauvaise, pour un écrivain, que d'initier soi-même sa biographie officielle, sinon peut-être la confier à un ami, sans parler de chercher à orienter son travail. Je n'ai pas pu m'empêcher de le lui faire remarquer, aussi diplomatiquement que possible, tout en sachant que c'était peine perdue. Maîtriser ce qui le concernait faisait partie de sa définition de la liberté. Et maintenant que sa réputation était attaquée, son œuvre déformée, réduite à une série de ragots humiliants et de clichés dictés par l'époque, et lui-même considéré comme un pornographe misogyne et méchant, personne n'aurait pu le convaincre de ne pas tout entreprendre pour dominer cette situation. Il voulait une vie qui serait lue à hauteur de ses livres, voilà ce qu'il voulait. C'était compréhensible, et puis de toute façon j'étais à côté de la plaque, parce que le fond du problème était bel et bien Miller.

Je revois Philip chez lui, un an plus tard, encore sidéré, alors qu'il vient d'apprendre comment Miller s'est enfin résolu à conduire les entretiens nécessaires – mais pour le dénigrer, lui, au passage, dans de longues divagations mégalomaniaques. Bailey a rapporté depuis des extraits de cette série d'enregistrements réalisés par Miller lui-même, ce qui semble indiquer qu'il ne se rendait pas compte de la gravité de ses propos, pour aberrant que cela soit, enregistrements que Philip s'est procurés lui aussi : *Il sait que ce qu'il écrit maintenant c'est de la merde*, entend-on dire Miller à l'un des témoins qu'il est venu interviewer. À une autre, il raconte avoir coécrit la plupart des romans de Roth depuis *La Contrevie*. À un autre encore, que Roth ne s'entoure désormais plus que de *flatteurs homosexuels* et *de gourdes sans charisme* – bref : l'expression de la haine boostée par une pulsion suicidaire. Après avoir écouté ces engistrements, Philip a accepté, en souvenir de leur amitié, qu'il reste l'éditeur de ses livres à la *Library of America* – plus ou moins l'équivalent de la Pléiade en France, un poste qu'il l'avait aidé à obtenir – mais il a bien sûr mis fin au contrat pour la biographie.

J'ai déjà parlé du danger qu'il y avait à vivre à la hauteur de ce que Philip jouait à imaginer de nous. Bien plus tard, par Zipperstein, j'ai su le fin mot de l'histoire de Miller. Parce qu'il était l'aîné, son père avait tenu le rôle du bon fils, au sein du clan, il avait abandonné ses études pour reprendre le commerce de tapis paternel. Son frère cadet, Arthur, en avait profité pour quitter le giron familial, écrire ses pièces et devenir l'un des grands dramaturges américains de sa génération. En d'autres termes : Ross Miller avait vu son oncle épouser Marilyn Monroe tandis que son père vendait des moquettes et des paillassons au fin fond de Brooklyn. Il avait hérité de cette situation une rancœur trop grande pour lui, qui l'avait conduit aux lisières de la folie. Il avait entamé des études littéraires avec la conviction que l'auteur des *Sorcières de Salem* et des *Désaxés* était un imposteur, que le vrai génie de la famille était son propre père resté méconnu. Depuis, il entretenait à l'encontre des écrivains dont il enseignait les œuvres une rancune tenace, et il était fasciné par l'image de lui-même que lui renvoyait son amitié avec Roth. Si donc une chose était sûre, c'est que ça ne pouvait pas bien finir. Pourquoi Philip, sachant cela, lui confia-t-il sa vie à écrire ? Une fois encore, la solitude sera mon explication par défaut. Une solitude tissée de cette naïveté propre aux écrivains qui savent si bien montrer, dans leurs fictions, ce que les comportements humains ont de plus nocif et de plus aberrant et qui, justement pour cela, sont incapables de les imaginer dans la vie. *Tu es optimiste et loyal au point de supposer qu'il en va de même pour les autres.* La remarque de Barbara Sproul citée plus haut ne dit pas autre chose.

Un autre élément était l'attirance de Philip pour les fils rebelles, les êtres dressés contre les structures patriarcales dans lesquelles ils avaient grandi. Si vous n'aviez pas en vous l'ego ou l'ancrage nécessaire, le risque était de se laisser dévorer par le reflet de soi entrevu au miroir de cette amitié exigeante. Je crois que c'est ce qui est arrivé à Miller, comme à Atlas dans ses relations avec Bellow – et peut-être bien à Martinson avant eux.

Et à sa manière, Blake Bailey vient compléter la petite liste de ceux qui entourèrent Roth sans avoir le jeu de jambes nécessaire. Il avait été professeur de Lettres dans un collège de La Nouvelle-Orléans, s'était fait une réputation dans le monde littéraire américain pour ses ambitions inaccomplies d'écrivain et ses biographies très professionnelles, impeccablement documentées de romanciers tels John Cheevers et Peter Yates. Dans son interview au *New York Times* pour la sortie de *Philip Roth, the biography* publié trois ans après la mort de Philip, en 2021, il a lui-même raconté les circonstances de leur rencontre, en 2012, deux ans après que Philip eut officiellement cessé d'écrire, un an après la publication de nouveaux ragots à son sujet. Un article, en particulier – celui du journaliste Ira Nagel basé sur le livre de Bloom et concluant que Roth aurait passé sa vie à fuir les femmes –, avait plongé Philip dans une colère noire. Apprenant que Nagel envisageait une biographie complète, il avait mandaté ses avocats pour lui bloquer l'accès aux sources d'information autant qu'il était possible et lui interdire toute citation, et il avait aussi rédigé d'une traite, dans la foulée, près de trois cents pages rageuses sur ses années avec Bloom. Ce manuscrit final était si saturé de fureur, si parasité par son désir buté de se faire comprendre – par tout ce qu'il avait toujours su éviter dans ses romans, en d'autres termes – que, sur les conseils insistants de ses amis les mieux intentionnés, il avait fini par se résoudre à ne pas le publier et l'avait mis au coffre. Il avait 79 ans. La grande journaliste Hermione Lee, qu'il avait approchée pour remplacer Miller, s'était révélée trop occupée ou trop prudente pour se lancer dans un travail à ce point absorbant, aux enjeux si brûlants, et sous la pressante supervision du premier concerné, qui plus est. Mais Blake, lui, était disponible. Il était expérimenté. Il concevait *depuis l'enfance une admiration énorme pour les livres de Roth*, confia-t-il dans la même interview au *NYT* lors de la sortie de son livre en 2021. Lorsqu'il eut vent par son agent de la rumeur bruissant dans le Tout-Manhattan littéraire selon laquelle Philip cherchait désespérément un biographe, il le contacta sur-le-champ par email. Roth se montra d'abord cordial puis, lors d'un second rendez-vous, il lui fit passer une sorte de test. *Pourquoi un catholique irlandais tel que vous écrirait-il sur un Juif de Newark tel que moi ?* lui demanda-t-il à peu près, sur un ton rogue, à quoi Bailey répondit qu'il avait écrit sur Cheever sans être ni alcoolique ni gay et, en retour, exigea pour accepter le job l'accès à tous les papiers de Roth. C'est ainsi que, six années durant, Philip ouvrit ses archives les plus intimes à un homme qu'il ne connaissait pas. Ça allait contre tout ce qu'il avait écrit. Et contre tout ce qu'il avait lu. Kafka, Flaubert. Il avait placé au cœur de son œuvre l'abîme de *la multiplicité du moi*, il savait mieux que quiconque l'impossibilité littéraire d'écrire la biographie d'un écrivain en général et d'un écrivain tel que lui en particulier. Se demanda-t-il ce qui, dans ce travail, pouvait faire reculer un esprit indépendant tel que Hermione Lee, sinon justement ce qui attirait des êtres moins fiables, à l'ego plus friable ? À mon avis, ces tensions expliquent qu'il fut jusqu'au bout ambivalent quant à cette biographie « autorisée », le mot exact serait plutôt « commandée ». Elles expliquent la présence de Zipperstein dans les coulisses, pour ainsi dire, et aussi cette remarque qu'il fit à Bailey au début de leur collaboration : *Je ne veux pas que vous me réhabilitiez, rendez-moi intéressant, c'est tout.*

Soit ce qu'il avait passé sa vie à faire dans ses fictions : bien imprudemment placée par Bailey en exergue de la biographie, cette phrase plaçait Bailey dans une situation impossible, annulait par avance toute l'entreprise. Faut-il s'étonner si la suite ressemble à un roman de Philip Roth ?

Après la mort de Philip, en mai 2018, Bailey, électrisé par sa longue proximité avec lui, passa deux années à travailler d'arrache-pied tout en préparant les médias à la sortie de ce qui serait *la* biographie officielle et définitive du « dernier géant des lettres américaines », celle qui lèverait les mystères de la création, et le rendrait riche, tout en lui assurant la renommée littéraire que ses fictions ne lui avaient pas apportée.

Les premières accusations de harcèlement sexuel à son encontre furent publiées trois semaines après le début de la tournée de promotion, le 20 avril 2021, dans un journal de La Nouvelle-Orléans qui s'appelait le *Times-Picayune*. Elles émanaient de trois de ses anciennes élèves pour des faits remontant aux années 1990. Le lendemain, le *New York Times* fit paraître l'interview d'une éditrice britannique, Valentina Rice, pour des accusations bien pires, puisqu'elle affirmait avoir été violée par Bailey lors d'une soirée littéraire en 2015, alors qu'il était depuis trois ans plongé dans le travail sur Roth. Ni Rice ni les anciennes élèves de La Nouvelle-Orléans n'avaient porté plainte, mais toutes avaient cependant averti dès 2018, séparément et sans se concerter, l'éditeur de Bailey, W.W. Norton, qui avait gardé les informations pour lui.

En pleine vague *#MeToo*, et, surtout, trois ans après l'élection de Donald Trump à la Maison-Blanche, onze mois après le meurtre de George Floyd, alors que les classes intellectuelles du pays se jetaient à corps perdu dans ce que les médias appelèrent « la Résistance », polarisant un peu plus la société américaine, ces accusations circonstanciées ne pouvaient pas ne pas rejaillir sur Roth lui-même. Bailey nia tout, avant de reconnaître de sa part *un comportement déplorable (*qui, affirmait-il, n'allait pas jusqu'au viol), puis disparut de la scène, la biographie fut retirée des librairies, et une partie du monde littéraire jugea qu'il n'y avait pas de hasard. *Quelque chose se payait*, pour reprendre la formule d'Annie Ernaux. Quoi ? *Le comportement odieux de Roth avec les femmes*, répondit, dans *The Guardian*, la romancière Francine Prose, résumant l'état d'esprit général dans un article au vitriol intitulé *Roth et Bailey ne se sont que trop bien trouvés.* Pour toute source du « comportement odieux » supposé de Philip, Prose citait les témoignages de Claire Bloom et de Ross Miller.

L'imprévu, ce thème rothien par excellence, venait de retourner contre Philip son désir de maîtrise. Dans les années qui suivirent, tandis que son nom rejoignait ceux de Faulkner, d'Hemingway et des autres dans la liste des auteurs-respectables-à-ne-pas-lire, il sembla bien qu'il avait perdu la partie.

La bonne distance

> *Il existe une Némésis qui rattrape aussi la générosité, et toutes les autres imprudences que commettent ceux qui osent être sans lois et orgueilleux.*
>
> Joseph Conrad, *Fortune*

1.

Le matin, si j'étais seul, quel que soit le temps, j'allais m'installer devant un café et des œufs dans un *diner* au coin de Lexington Avenue et de la 90e Rue avec les journaux du jour – *NY Post, New York Times* encore en version papier, à peine touchés par la crise qui détruirait la légitimité des médias *mainstream* à une poignée d'années de là. Ensuite, je rentrais m'asseoir à la table carrée, en bois, posée dans le salon, sous la clarté jaune cru du plafonnier, devant une espèce de meurtrière qui, donnant sur un mur en briques noires, à vingt centimètres environ, ne laissait filtrer nulle lumière, si bien que le plafonnier devait rester allumé toute la journée. Le reste du mobilier était à l'avenant : une poignée d'assiettes et de verres rangés dans des placards d'un jaune morne au-dessus de l'évier, trois plaques de cuisson que je n'utilisais pas plus que les assiettes, et pas plus que le petit réfrigérateur coincé sous les plaques, un divan décoloré à peine assez grand pour deux et sa table basse, une étagère pyramide achetée dans un magasin de brocante pour y ranger mes livres, ma seule acquisition en arrivant. La petite télé équipée d'un lecteur DVD se trouvait dans la chambre mitoyenne, au pied du lit blanc qui prenait toute la place, sur lequel tombait la clarté de l'unique fenêtre. Derrière la vitre, un pigeon se posait parfois le matin sur le fer noir de l'escalier à incendie courant le long du mur en briques rouges de l'immeuble. Au-delà, c'était le silence de la 87e Rue bordée d'arbres fins.

Je passais là l'essentiel de mes journées à traduire, parfois des textes que j'avais choisis, comme le livre de David sur la mort de sa mère Susan Sontag, qui parut en français sous le titre *Mort d'une inconsolée*, plus souvent et plus fastidieusement des thrillers américains absurdes, un travail que des éditeurs français me confiaient, et auquel je devais m'atteler si je voulais maintenir encore à distance la débâcle financière approchante. Dans mes moments libres, je décryptais aussi les entretiens de responsables stratégiques et militaires américains et irakiens rencontrés au Pentagone, à Washington, grâce à des amis journalistes, et à la chance. Pourquoi serait difficile à expliquer. Je tentais de saisir quelque chose de ce mouvement général vers la destruction, j'imagine, ce mouvement entrevu en Israël au tout début de la décennie, et à Paris aussi, même si, pour quelque temps encore, c'était plus feutré. Ce mouvement qui m'avait historicisé, et auquel j'avais réagi – donc auquel j'avais participé, à ma manière, laquelle avait consisté à tout quitter pour me faire vivre comme je vivais.

Vers midi, quand la météo le permettait, j'allais manger un sandwich sur les bancs du Carl Shultz Park tout proche, devant l'East River, puis rentrais relire ce que j'avais fait le matin. Vers quinze ou seize heures, je partais flâner en direction de Central Park jusqu'à une merveilleuse librairie sur Madison Avenue dont le nom m'échappe et qui de toute façon a disparu depuis. Les soirs où je ne traversais pas le Park pour retrouver Philip, où le Samovar me lassait, où je ne voyais ni David ni Judith, ni aucun des amis que je m'étais faits à New York, ni, non plus, l'une des femmes qui ont accepté de partager leur temps avec moi ces années-là, je faisais un pèlerinage chez Elaine's, l'une des institutions du Manhattan artistique et littéraire d'autrefois, qui se trouvait à trois blocs de l'appartement. De ce lieu où Sinatra avait insulté Mario Puzo en public à la publication du *Parrain*, où Norman Mailer avait enfoncé une cloison lors d'un tournoi de catch improvisé contre Jerry Lieber – le parolier juif de *Jailhouse Rock* et de *Stand by Me* –, il ne restait rien. Rien, sinon les nappes à carreaux rouges et blancs inchangées depuis l'ouverture, en 1963, la galerie de photos des habitués légendaires qui ne venaient plus depuis longtemps ou qui étaient morts (Hunter Thompson, William

Styron, Jackie Onassis, Kirk Douglas, Lauren Bacall, Leonard Bernstein, Kurt Vonnegut, Joan Didion...) ; rien, sinon la propriétaire elle-même, Elaine Kaufman, née soixante-dix-sept ans plus tôt en pleine crise économique dans une famille d'épiciers juifs sans le sou fraîchement débarqués d'Europe, et grandie dans le Bronx. On disait d'elle qu'elle avait gagné sa vie très jeune comme vendeuse et démarcheuse à domicile, vécu avec un Italien du nom d'Alfredo Viazzi qui l'avait initiée à la restauration dans son bistrot de Greenwich Village, et qu'elle lui avait jeté son poing dans le nez avant de dévaster son établissement en apprenant qu'il la trompait. Une femme de la génération de Martinson, mais une femme d'un autre tempérament que Martinson. Sans emploi, virtuellement sans domicile, elle avait investi son peu d'économies dans les murs d'une ginguette austro-hongroise de Yorkville ne payant pas de mine, et tout de suite appelé à la rescousse les écrivains et artistes rencontrés auprès de Viazzi, lesquels étaient vite devenus ses premiers habitués et avaient fait sa réputation. Ainsi avait-elle inventé Elaine's, s'inventant elle-même au passage : maternelle, tyrannique, décidant qui entrait et qui restait à la porte, changeant d'avis le lendemain – Golda Meir d'un Manhattan de la démesure énergisé par l'appétit de cette génération de Juifs américains chantée par Bellow puis par Roth, issue, comme elle, des basses classes ou de la petite classe moyenne, et comme elle furieusement décidés à s'imposer, furieusement résolus à l'excellence.

Maintenant, ses cent vingt kilos posés derrière le bar où je mangeais mon chili con carne, un sourire nuageux aux lèvres, et ses yeux errant sur sa salle à demi vide derrière ses lunettes rondes, Elaine se changeait chaque soir un peu plus en fantôme. Mais mon existence tendait à devenir spectrale, elle aussi. Aucun de mes livres n'était disponible dans le pays, je ne donnais de cours nulle part, je ne me croyais pas capable d'écrire en anglais – et pour dire quoi ? Nul ne prenait au sérieux mes impressions sur la France, chaque fois que j'en parlais je voyais David afficher son sourire ironique et Philip se recroqueviller mentalement, même moi j'avais fini par mettre ça sur le compte de mon tempérament. Pourtant le monde continuait à se défaire. Ma tentative pour intégrer Bard College, l'université du nord de l'État qui, sous la direction du chef d'orchestre Leon Botstein, avait la réputation d'accueillir les outsiders, et où je savais pouvoir compter, en plus du soutien de Philip, sur ceux de Norman Manea et David, avait coïncidé avec la crise financière et ses conséquences. Comme beaucoup d'institutions plus ou moins juives, Bard avait placé une partie de ses fonds chez Madoff. Quand le campus s'est retrouvé pris en tenaille entre l'explosion des subprimes et les pertes dues à l'escroquerie, Botstein s'est vu contraint de licencier une partie de son personnel, et embaucher un inconnu sans autres références que ses amis prestigieux est devenu hors de question. Fin 2009, j'ai dû admettre que garder l'appartement de la 87e Rue allait devenir très difficile. En 2010, j'ai revendu mon étagère pyramide au brocanteur à qui je l'avais achetée, et, laissant derrière moi la plupart de mes livres et une partie de ma vie, je suis rentré à Paris.

2.

L'appartement de David, lorsqu'il était disponible, à défaut une chambre dans la maison de Judith quand c'était possible : voilà ce qui m'a permis de voyager au cours des années suivantes pour des séjours plus courts financés j'oublie comment, durant lesquels je retrouvai Roth, et, le reste du temps, on se parlait par email. De cette période me restent surtout des détails : son sourire de chat quand je lui racontais certaines aberrations de ma vie personnelle ; son enthousiasme pour évoquer Pouchkine et Conrad qu'il s'était mis à relire ; son ton solennel lorsqu'il m'annonça boycotter le Russian Samovar parce que Roman Kaplan lui avait dit mépriser Obama et admirer Poutine – non seulement j'étais moins surpris que lui, mais ça m'avait toujours paru probable ; les gens comme Yasha ne sortaient pas de nulle part et Kaplan voyageait un peu trop souvent en Russie ; sans compter que tenir un restaurant russe de cette ampleur sur Times Square nécessitait forcément certains agrément du côté de Brighton Beach ; mais Philip, admirateur d'Obama, et toujours au fond de lui le bon garçon juif idéaliste, était sincèrement outré.

Et aussi : sa colère rentrée, un soir, au restaurant, de retour de l'un des enterrements auxquels il lui fallait se rendre pour ainsi dire à la chaîne, maintenant que sa génération disparaissait (*Je ne supporte plus cette merde de mort!*) ; sa requête, un jour, au téléphone, après une énième opération chirurgicale au dos qui l'avait laissé boitillant, de dérober à David, chez qui je dormais, l'une des nombreuses cannes élégantes dont il faisait collection – j'arrivai chez Philip quatre heures plus tard, une splendide canne ouvragée dénichée dans un magasin d'antiquités à la main : Oh, fit-il, je t'ai mal jugé ? Je croyais que tu étais un bandit. — Peut-être, Philip, mais je tiens à mes amis, ai-je répondu. Plus tard encore : ses commentaires que je recevais par courriel – et jamais sans un pincement même après tout ce temps – chaque fois que je publiais un article sur l'un de ses livres et qu'il se le faisait traduire ; les dîners chez lui de plus en plus frugaux avec l'âge et sa santé déclinante, les livres d'histoire sur l'Amérique, sur l'Europe et la Seconde Guerre mondiale, qui s'empilaient sur sa table, remplaçant les romans maintenant qu'il n'écrivait plus et se désintéressait de la fiction, une décision qui semblait l'avoir libéré d'un grand poids ; les soirées hilarantes chez lui à commenter les débats politiques en compagnie de Ben Taylor ; son sourire chaleureux, en me voyant débarquer, Stéphanie à mon bras, au 92nd Street Y, le centre culturel de Carnegie Hall où il était venu parler ; et puis, quand je repartais pour Paris, toujours la générosité ferme et assurée avec laquelle il m'invitait à revenir : *Tu reviens quand ? Appelle-moi, je suis là !*

Il restait là, oui, intensément, même à distance – comme le prouve le courriel reçu à l'été 2014, mentionné au début de ce livre, dans lequel il m'annonça avoir lu mes reportages dans *Tablet* et mettre son agent à ma disposition pour trouver un éditeur américain si je le désirais. Mais de la confusion, de sa souffrance dans son combat pour « la vérité » tel que j'ai tenté de le résumer au chapitre précédent, de ses problèmes de santé, aussi, il parlait peu, et toujours en donnant le sentiment qu'il maîtrisait la situation. Ce n'est qu'après sa mort, en lisant le livre de Ben Taylor, que j'ai appris son hospitalisation en 2010, et le diagnostic de congestion cardiaque posé par les médecins, qui le condamnait à plus ou moins brève échéance.

J'en faisais autant avec lui, moi aussi, je lui taisais mes problèmes. Il ne savait rien de ma précarité financière, par exemple, rien, non plus, du roller-coaster sentimental qui en était la conséquence et auquel je soumettais Stéphanie. Je l'avais rencontrée en 2010, peu de temps après mon retour à Paris, depuis, elle s'efforçait non sans mal de m'assurer de sa présence dans ma vie, mais plus les tracas résultant de mes choix passés s'accumulaient, et plus je mettais un point d'honneur à vouloir les surmonter seul, à ma façon, c'est-à-dire, en fin de compte, pas du tout.

Et puis, quelque part dans le courant du printemps 2014, je me suis fait l'effet d'être Bucky Cantor, le héros de *Nemesis*, le dernier roman de Philip, ce type qui fait tout pour protéger les enfants de Newark d'une épidémie de polio virulente avant de suspecter qu'il est peut-être bien lui-même porteur sain du virus, et qui, une fois malade, à l'hôpital, à demi-paralysé, ne trouve rien de mieux à faire que de rejeter la femme qui l'aime et passe le restant de sa vie seul à maudire l'existence. *C'était quelqu'un qui n'avait jamais de sa vie tenu de propos caustiques ou ironiques*, écrit Philip à son propos, *quelqu'un hanté par un sens du devoir exacerbé (…) et il en avait payé le prix fort en attribuant à son histoire une signification dramatique (…). Le plus grand triomphe, pour un homme comme lui, c'était d'épargner à sa bien-aimée d'avoir un mari infirme, et son héroïsme consistait à refuser son désir.* Si je n'étais pas infirme physiquement, je l'étais socialement, par colère, et quand j'ai compris ça, et pris conscience du niveau d'orgueil que cela impliquait, je me suis traité d'imbécile, et nous avons commencé à vivre ensemble. À quelques mois de là, comme raconté au début de ce récit, grâce à Philip j'ai signé les contrats américain puis français pour un petit livre simple, car conçu, pensais-je alors, comme une extension de mes reportages sur l'antisémitisme en France publiés par *Tablet*. En fin de compte les choses rentraient dans l'ordre, mon existence se normalisait. Mais *normal* est un mot démodé, au XXIe siècle. Le 9 janvier 2015, je me suis retrouvé derrière les barrières disposées par les flics sur le cours de Vincennes empêchant l'accès au magasin HyperCasher où Amedy Coulibali, qui venait de tuer deux personnes, en retenait dix-sept autres en otage, j'ai passé la soirée à envoyer en direct à *Tablet* ce que je pouvais glaner d'informations sur la situation tout en m'efforçant de l'expliquer au téléphone à Philip qui m'appelait pour savoir ce qu'il se passait. La nouvelle décennie faisait éclore ce que les deux précédentes avaient préparé. Le pays, sinon le monde, commençait à ressembler à l'idée que je m'en faisais depuis quinze ans. À défaut d'y avoir une place, j'étais, enfin, dans mon élément.

3.

Le psychopathe pourrait bien être l'avant-gardiste perverti et dangereux d'une nouvelle forme de personnalité susceptible de devenir l'expression centrale de la nature humaine d'ici la fin du siècle. Pas un jour ne s'écoule, depuis, sans que je songe à cette phrase écrite en 1956 par Norman Mailer dans *Le Nègre Blanc*. Je l'avais en tête en travaillant sur le terrorisme islamiste après janvier 2015, tandis que j'écrivais, grâce à Philip, *Un temps pour haïr*, et peut-être plus encore en rédigeant le présent livre, les yeux sur l'Amérique de Solanas, sur celle des campus, et puis sur celle de Trump.

L'Amérique des campus : dans les jours suivant le 7 octobre 2023, deux employés de ménage de Columbia University d'environ 45 ans, Lester Wilson et Mario Torrès, découvrent les croix gammées recouvrant les murs du campus. Extrait de la plainte déposée en mars 2025 par Lester Wilson contre Columbia : *M. Wilson a reconnu dans les croix gammées des symboles de la suprématie blanche. En tant qu'Afro-Américain, il a été profondément bouleversé par ces images. Il les a signalées à ses supérieurs, qui lui ont demandé d'effacer les graffitis. Mais quel que soit le nombre de fois où M. Wilson enlevait les croix gammées, des individus continuaient à les remplacer par d'autres.* Lester Wilson a fini par perdre le compte du nombre de croix gammées et graffitis racistes et obscènes qu'il a dû enlever. Dans sa propre plainte, son collègue Mario

Torres parle de plusieurs dizaines. Il dit aussi qu'après avoir vu des étudiants tracer les croix gammées en chantant *From the river to the sea, Palestine will be free*, il est allé réclamer que des mesures soient prises à la direction de Columbia, laquelle lui aurait répondu que rien ne pouvait être fait car les étudiants se contentaient *d'exercer leur droit au Premier Amendement garantissant la liberté d'expression.* Quoi qu'il en soit, aucune mesure n'est prise, la situation reste inchangée jusqu'au 29 avril 2024. Ce jour-là, dans le bâtiment universitaire dit Hamilton Hall, alors qu'ils sont occupés à nettoyer un mur de ses croix gammées, Wilson et Torrès se retrouvent entourés par un groupe de manifestants cagoulés qui bloquent les accès au bâtiment, crient *Jew lovers!* et *Zionists!* et les agressent physiquement. Les deux hommes parviennent à fuir. Une photo de l'incident montre Mario Torrès, qui est latino et gagne 19 dollars de l'heure, aux prises avec le meneur des étudiants, identifié après son arrestation comme James Carlson, 40 ans, propriétaire d'un fonds fiduciaire, et d'une maison de 2,3 millions de dollars sur Park Slope, à Brooklyn. Aucune mesure de rétorsion n'a bien sûr été prise à son encontre par l'Université. En avril 2025, à l'heure où j'écris ces lignes, Torrès et Wilson craignent toujours, eux, d'être licenciés.

Cet incident donne une idée des réalités économiques et sociales qui président à l'agitation universitaire depuis le milieu des années 2010. Elles vont de pair avec ce qu'il faut bien appeler la corruption désormais structurelle des campus. Un rapport de 2023 publié par le Nation

Contagion Research Institute, un centre de recherche à but non lucratif étiqueté de centre gauche, et spécialisé dans l'analyse de la désinformation, montre que, entre 2015 et 2020, quelque treize milliards de dollars ont été secrètement versés à deux cents collèges et universités américains par des régimes étrangers, Qatar et Chine en premier lieu. L'essentiel de cet argent est allé à une frange minoritaire d'enseignants titularisés, au détriment de leurs collègues sous-payés et en situation précaire, et, surtout, au personnel administratif en charge des règlements idéologiques internes aux campus, les fameux *DEI* – pour *Diversity, Equity and Inclusion*.

Pour saisir d'un point de vue littéraire le sens de cette idéologie que la grande presse appelle « woke », et qui s'est imposée dans les milieux universitaires et au sein de la gauche au début des années 2010, le mieux est de la comprendre comme une théorie du langage. Pour les « woke », en effet, les expressions orales et écrites à l'égard des *communautés marginalisées* peuvent conduire à des discriminations réelles, voire à des agressions physiques. La parole est donc assimilée à la violence et les discours doivent être surveillés. C'est le sens des codes d'expression, espaces sécurisés (les « safe spaces ») et autres « trigger warnings » destinés à contrôler ce qui se dit et se lit, et c'est ainsi que Faulkner, Hemingway, et bien sûr Philip Roth et tous les auteurs juifs, ont disparu des corpus. Anne Frank, quant à elle, a fait l'objet d'un débat, relayé par certains journalistes stars du *New York Times*, visant à déterminer si sa postérité bénéficiait ou non d'un « privilège blanc » indu – la réponse était contenue dans la question.

En 2024, selon l'essayiste Joshua Hoffman, sur les quatre-vingts postes de direction du système universitaire de la ville de New York, il n'y avait plus un seul Juif. La même année, dans les universités d'élite, seuls 4 % des universitaires américains de moins de 30 ans étaient juifs, contre 21 % chez les baby-boomers, et le nombre de rédacteurs juifs à la *Harvard Law Review* avait baissé de moitié. L'évolution naturelle de la démographie n'est pas seule en cause dans la disparition en quelques années du tissu démographique sur lequel s'est appuyée l'œuvre de Philip Roth. Toujours en 2024, le *New York Times* révélait une campagne d'activistes « pro-palestiniens » en ligne établissant des listes d'écrivains juifs à censurer. Des romancières telles Emily St-John Mandel ou Kristin Hannah, par exemple, se sont ainsi vues étiquetées *pro-Israel* ou *sioniste* – à boycotter – pour l'unique raison que l'une était allée à Tel-Aviv plusieurs fois, et que l'autre avait posté un lien Internet renvoyant au bureau de la Croix-Rouge en Israël.

Rien de tout cela n'aurait sans doute été possible sans un dernier facteur, qu'un professeur de philosophie d'une université publique américaine, s'exprimant, en mars 2025, sous le pseudonyme de Hilarius Bookbinder sur le site de l'essayiste américano-allemand Yascha Mounk *Persuasion*, appelle : *l'analphabétisme fonctionnel* des étudiants contemporains. Bookbinder : *La plupart de nos élèves aujourd'hui sont des analphabètes fonctionnels.*

Ce n'est pas une plaisanterie. J'entends par là qu'ils sont incapables de lire et de comprendre des romans pour adultes sérieux écrits par des auteurs grand public comme Colson Whitehead et Richard Powers. Nos diplômés sont littéralement incapables de les lire d'un bout à l'autre en comprenant ce qu'ils ont sous les yeux. Ils n'ont ni le désir d'essayer, ni le vocabulaire nécessaire pour saisir le sens des phrases, et certainement pas la capacité d'attention nécessaire pour finir. Leurs compétences en matière d'écriture se situent au niveau de la huitième année (l'équivalent de la classe de 4e en France), *l'orthographe est atroce, la grammaire aléatoire, mais le pire, c'est leur résistance à toute pensée originale. Il y a une soumission réflexe au cliché le plus banal, et un refus de toute nouvelle idée.*

Dans une étude d'avril 2022 intitulée *Stupéfiant niveau de déconnexion chez les étudiants*, le principal journal des milieux professoraux aux États-Unis, *The Chronicle of Higher Education*, faisait le même constat. La revue mettait en cause des facteurs aujourd'hui bien identifiés : usage hypnotique des portables et des réseaux sociaux, choc post-traumatique du confinement durant la pandémie de Covid, et, maintenant, Intelligence Artificielle. On peut toutefois se demander si ces éléments sont seuls en cause. Ainsi, sur son site *Honest Broker*, le critique culturel Ted Gloria abordant lui aussi la question publiait, en mars 2025, le témoignage d'un professeur américain du nom de Corey McCall. Ce dernier comparait le *déclin de la capacité de lecture* tel qu'il l'observait chez ses étudiants depuis 2006, avec son expérience d'enseignant à temps partiel en prison à partir de 2021, et voici ce qu'il concluait : *Contrairement à ce qui se passe sur les campus, les étudiants incarcérés ont vraiment envie d'apprendre. Ils aiment lire et réfléchir avec des auteurs tels que Platon, Descartes et Simone de Beauvoir. J'enseigne l'*Introduction au théâtre *ce semestre et les étudiants se sont penchés sur* Œdipe roi *et se sont demandé pourquoi cette pièce extraordinaire n'était pas jouée plus régulièrement. Je crois qu'il y a de l'espoir pour les sciences humaines et peut-être pour la culture en général, mais il se trouve dans des endroits inhabituels.* Quelque chose de spécifique au milieu universitaire, et extérieur à la seule technologie, semble donc jouer un rôle dans *l'illettrisme fonctionnel.* Quoi ? Force est de constater une chose, en tout cas : les seuls best-sellers à avoir émergé de la culture des campus vers la fin des années 2010 (et assuré la fortune de leurs auteurs) sont ceux de l'écrivain Ta-Nehisi Coates – qui, lors d'un entretien de 2024, a pu se demander *s'il ne se serait pas joint aux hommes du Hamas* lors des massacres du 7 Octobre s'il en avait eu l'occasion ; un ouvrage de développement personnel intitulé *How to Be an Antiracist?* de l'activiste Ibram X. Kendi ; et le livre *White Fragility* d'une consultante en entreprise du nom de Robin DiAngelo, dont le style et le niveau d'argumentation ont été comparés à ceux de Donald Trump. Trump est par ailleurs connu pour ne rien lire du tout, pas même les mémos de ses services de renseignement, lui aussi est façonné par les réseaux sociaux et la télévision, si bien qu'entre ce dernier et les universités censées le combattre, on assiste à l'émergence d'une même forme d'intelligence utilitariste, exclusivement politique, ou ce que l'on appelait autrefois la culture, la littérature, et même la science, n'ont plus le moindre sens. De ce point de vue, l'offensive catastrophique de l'administration Trump contre les campus et contre la science en général, dont nous paierons tous le prix à la première pandémie, ou lors du réchauffement climatique, paraît s'inscrire dans la continuation d'un processus de destruction initié par les universités elles-mêmes, leurs départements des sciences humaines et leurs administrations en particulier. Des médias aux universités, tous les lieux du savoir, comme l'écrit l'essayiste Ted Gloria, connaissent une crise, voire un effondrement sans précédent. Il est remarquable que l'on assiste en parallèle à la montée d'un catholicisme réactionnaire, voire moyenâgeux, qui trouve des alliés improbables chez certains magnats de la haute technologie.

L'affairisme effréné de la famille Trump, le don par le Qatar, en mai 2025, d'un avion d'une valeur de 400 millions de dollars pour servir d'appareil officiel à la Maison-Blanche, ce même Qatar qui a financé pendant dix ans à coups de milliards les universités américaines, accentue le sentiment d'une corruption générale d'une ampleur inédite.

À gauche comme à droite, les Juifs sont désignés comme le groupe à combattre à mesure que s'efface leur apport culturel. Depuis l'élection de Donald Trump, les prétendus *saluts romains* d'Elon Musk et Steve Bannon remplacent les croix gammées des étudiants de gauche.

Le principal inspirateur de la politique étrangère au sein du camp MAGA entourant Donald Trump, le spécialiste des relations internationales à l'Université de Chicago, John Mearsheimer, d'inspiration marxiste, s'est fait connaître aux États-Unis en 2007 avec son livre *The Israel Lobby and American Foreign Policy*, l'une des bibles des théoriciens de la conspiration antisémite. Au premier rang de ceux-ci, l'ancien présentateur de Fox New aujourd'hui aux commandes de sa propre chaîne Internet, le multimillionnaire Tucker Carlson, très influent dans les cercles trumpistes, reprend mot pour mot les discours décrits par Roth dans *Le Complot contre l'Amérique*, selon lesquels, en 1940, Hitler a voulu la paix et Roosevelt et Churchill l'ont poussé à la guerre car manipulés par les Juifs. Sur X, pendant ce temps, Musk approuve les influenceurs pour qui les Juifs ont organisé le multiculturalisme afin de détruire la civilisation, la podcasteuse trumpiste Candice Owens fait de même, et les leaders de la Tech qui ont poussé l'idéologie « woke » promeuvent désormais un suprémacisme masculin blanc avec les mêmes techniques.

George F. Kennan, l'un des plus grands théoriciens américains de la guerre froide, en 1947 : *La guerre froide est par essence une mise à l'épreuve de la valeur globale des États-Unis en tant que nation parmi les nations. Pour éviter la destruction, les États-Unis n'ont qu'à se montrer dignes de leurs meilleures traditions et dignes de se conserver en tant que grande nation. Certes, on ne saurait trouver de test plus juste de notre qualité nationale que celui-là.*

Cette Amérique-là, celle où les romanciers bénéficièrent d'une aura nouvelle, et où Philip Roth naissait à la littérature, n'est plus.

Quelle ironie qu'après les années d'effacement, ce soit justement ce chaos contemporain qui apporte à Roth sa victoire paradoxale et posthume ! *Je ne vois pas d'écrivain qui ait vu notre nation plus clairement, dont les livres incarnent de manière plus vivante son énergie hantée, vitale et débordante*, écrit ainsi, en 2023, le dramaturge américain musulman et prix Pulitzer Ayad Akhtar. *La lecture de son œuvre,* poursuit-il, *est toujours aussi passionnante pour moi, son énergie intellectuelle contagieuse, sa sublime fusion du personnel et du politique, et peut-être par-dessus tout, le coup de fouet et la beauté stupéfiante de la langue américaine telle qu'elle coule en nous à travers ses pages.* La journaliste et podcasteuse texane Meghan Daum, la même année : *Nous avons plus que jamais besoin de lui. Comme il est facile de souhaiter que Philip Roth soit encore là et qu'il produise des œuvres pour nous donner le roman que nous voulons tous qu'il écrive, un roman qui trouve l'humanité dans la folie de l'époque tout en attaquant l'hypocrisie et la paresse qui ont engendré cette folie. Mais la vérité est qu'il a déjà écrit ce roman. Il l'a écrit encore et encore, avec une forme éblouissante et une pertinence dévastatrice à chaque fois.*

4.

Deux ou trois ans après sa mort, je suis retourné à Bard College, invité cette fois à un panel sur la France. Bard était l'un des seuls campus à résister à la vague « woke » alors à son pic, une poignée de professeurs tentaient de briser cette résistance, et le panel avait été conçu en conséquence, si bien que le responsable du département des humanités m'avait fait venir à la dernière minute pour contrebalancer la discussion. Après le débat, houleux, comme prévisible, je me suis rendu sur la tombe de Philip qui se trouve dans le petit cimetière du campus, non loin de celle de Hannah Arendt. J'étais venu à l'enterrement, bien sûr, un enterrement au terme duquel Andrew Wylie avait dû physiquement retenir Bolstein de réciter un kaddish, Philip ayant interdit toute manifestation religieuse, mais je n'avais jamais vu la pierre. C'est une pierre très simple et mal taillée enfoncée dans la terre, qu'il a fait venir de Warren. Y figurent son nom, l'année de sa mort, celle de sa naissance. Je suis resté devant quelques instants, pensant à lui et à cette question demeurée ouverte entre nous sur la responsabilité de chacun dans ce qui lui arrive. De retour dans ma chambre d'hôtel, j'ai rouvert *Némésis*, sa dernière fiction, que j'avais apportée. C'est le meilleur des quatre petits romans que Roth a regroupés sous le titre générique qui donne son nom à ce livre. Chez les Romains, Némésis était devenue *Invidia*, la déesse de l'Indignation. Elle veillait autant sur le châtiment des dieux que sur la révolte des êtres qui s'élèvent contre leur condition.

Dans l'épilogue, qui constitue le meilleur chapitre du livre, on retrouve l'ancien athlète Bucky Cantor adulte, solitaire, infirme, racontant au narrateur comment et pourquoi il a choisi de congédier brutalement sa fiancée lorsqu'elle est venue le soutenir à l'hôpital

Un extrait du dialogue : *Je ne suis plus la personne dont tu es tombée amoureuse. Marcia, épouse un homme qui ne soit pas estropié, qui soit fort, en pleine santé, qui ait toutes les qualités que doit avoir un futur père. C'est ce que vous méritez, toi et ta famille. (...) — Je n'ai jamais connu personne qui trouve comme toi un tel réconfort à se punir. — Ce n'est pas ce que je fais. Il se trouve que moi, je vois les implications de ce qui est arrivé et toi non. (...) La plupart des femmes seraient ravies qu'un infirme prenne l'initiative de sortir de leur vie. — Alors je ne suis pas la plupart des femmes ! Et tu n'es pas seulement un infirme ! Bucky tu as toujours été comme ça. Tu n'as jamais su mettre les choses à la bonne distance, jamais ! Tu penses toujours que tu es responsable alors que tu ne l'es pas. Soit c'est Dieu le Terrible qui est responsable, soit c'est Bucky Cantor le terrible (...) Ton attitude vis-à-vis de Dieu est puérile, tout simplement idiote. — Écoute, je n'ai aucune sympathie pour ton Dieu, laisse-le en dehors de la discussion. Il est trop sadique pour moi. Il passe trop de temps à tuer les enfants.*

En le refermant, je me suis souvenu de ce soir de 2010, chez lui, où nous en avons discuté. Comme ce livre contient les seules discussions théologiques de toute l'œuvre de Roth, je lui avais demandé s'il prenait au sérieux cette doctrine gnostique du Créateur pervers à laquelle se raccroche Bucky Cantor. *Seul un démon pouvait inventer la polio. Seul un démon pouvait inventer la Seconde Guerre mondiale.* J'avais toujours cru voir affleurer dans ses livres quelque chose de cette révolte radicale qui, si l'on suit le critique américain Harold Bloom dans son livre *The American Religion*, infuse l'Amérique depuis les origines. Pour Bloom, les USA sont moins un pays chrétien que gnostique. Si on le suit, tous les idéaux du pays, la liberté radicale, l'autonomie, l'isolationnisme, et même le catholicisme actuel si puissant aujourd'hui dans le mouvement MAGA, peuvent se lire comme des déclinaisons de cette rébellion contre le monde.

— Si je croyais en Dieu, a répondu Philip avec prudence, la théorie du démiurge sadique me paraîtrait sans doute l'explication la plus rationnelle à l'état des choses. Ce n'est pas le cas. Mon porte-parole dans le livre, c'est le narrateur.

Le narrateur pour qui la faute de Cantor consiste à chercher des explications à ce qui se passe : *Il cherche désespérément une cause, ce martyr, ce maniaque du pourquoi, et il trouve le pourquoi soit en Dieu, soit en lui-même, ou encore, de façon mystique, mystérieuse, dans leur collaboration redoutable pour former un destructeur unique.*

À Bard, j'ai repensé à cette phrase, qui, d'une certaine façon, continuait notre discussion de 2003 à Warren sur la liberté. Il n'y avait pas de réponse.

5.

Tout comme les rêves « woke » défaits aujourd'hui au moins provisoirement, tout comme les trumpistes et leurs grands desseins romantiques d'isolationnisme et de conquêtes spatiales, le problème des gnostiques était le désir de pureté. Leur désir de sacrifice et d'héroïsme voisinant avec leur corruption et la justifiant.

À quelle aune mesurer ce que l'on fait ? Quelles sont les implications morales des problèmes auxquels le destin, l'Histoire et le hasard vous obligent à faire face ? Si vous ne vous posez pas ces questions, quel type d'individu êtes-vous ? Comment vivre à *la bonne distance* des choses et du monde, ainsi que le réclame Marcia, comment ne pas s'impliquer trop ? Au-delà de ses intuitions, des parallèles ou des coïncidences de certains de ses livres avec l'ère actuelle, ce qui fait, je crois, toute la profondeur des romans de Roth, en fin de compte, c'est sa capacité à repérer, derrière les songes creux et les discours collectifs, les limites et les ambiguïtés des êtres. Du masturbateur frénétique Portnoy à l'anarchiste provocateur Mickey Sabbath, du très sophistiqué Nathan Zuckerman à Bucky Cantor, et aux différents avatars de Maggie Martinson, tous ses héros se heurtent à ce qu'ils sont et à ce qu'ils tentent de devenir : aux forces internes et névrotiques, externes et historiques, qui font du réel et de leurs vies cette chose *incontrôlable*, ainsi qu'il l'a écrit dans *Shylock*, cette chose révoltante jusqu'à l'écœurement, parfois attirante, et presque toujours destructrice. Tous affrontent, à leurs dépens, les ravages de cette Némésis rothienne aveugle, impitoyable, brutale et magnifique, qu'est la part sauvage de l'existence. *Comme il en faut peu pour que la vie prenne tel ou tel tour. Comment une destinée tient au hasard... Mais aussi combien hasardeux semble le destin quand les choses ne peuvent jamais tourner autrement qu'elles ne le font*, écrit-il dans *La Tache*. Et dans le dialogue final de *Némésis* ces deux visions, de nouveau, s'opposent. À la raison amère, totalitaire et révoltée de Cantor en quête de jugement et d'explication, s'oppose *la tyrannie de la contingence* prônée par le narrateur. Non, il n'y a pas de réponse.

Tel le lecteur de Tchekhov qu'il fut toujours – ou faut-il dire tel Dieu depuis son fameux silence peut-être ironique ? – Roth nous laisse méditer sur ce que pourrait être la vie – sur ce que pourrait être l'Amérique –, et sur ce qu'elles ne sont ni l'une ni l'autre.

BIBLIOGRAPHIE

Ce livre est beaucoup de choses différentes, et notamment un pari : celui que l'on peut décrire le monde post-littéraire qui est désormais le nôtre exclusivement à partir de la littérature. Voici donc les écrivains et ouvrages dont je me suis servi pour l'écrire.

De Philip Roth, le premier concerné, les livres qu'il faut avoir lus selon moi. (Si tous sont disponibles en Folio, j'ai indiqué, le cas échéant, la traduction révisée de La Pléiade, la meilleure) :

Ma Vie d'homme, Gallimard, collection La Pléiade.
L'Écrivain fantôme, Gallimard, collection La Pléiade.
La Contrevie, Gallimard, collection La Pléiade.
Opération Shylock, Gallimard.
Le Théâtre de Sabbath, Gallimard
Pastorale americaine, Gallimard.
La Tache, Gallimard.
Le Complot contre l'Amérique, Gallimard.
Un homme, Gallimard.
Némésis, Gallimard.
La Leçon d'anatomie, Gallimard.

Portnoy et son complexe, Gallimard.
Les Faits, Gallimard.

Les écrivains américains contemporains de Roth :

James Baldwin, *Chronique d'un enfant du pays*, trad. Marie Darrieussecq, Gallimard, 2019 ; *La Prochaine Fois, le feu*, trad. Michel Sciama, Gallimard ; *Le Combat de l'artiste pour l'intégrité*, in *La Croix de la Rédemption*, Stock, 2024.

Ralph Ellison, *L'Homme invisible*, Grasset, Les Cahiers Rouges.

Truman Capote, *De sang-froid*, Gallimard.

Joan Didion, *L'Album blanc* et *Ramper vers Bethléem*, ses deux reportages majeurs, figurent en français dans le volume *L'Amérique*, Le Livre de Poche, 2014.

Norman Mailer, *Le Nègre Blanc* a été traduit en français sous le titre *Hipsters* aux éditions Castor Astral en 2019.

Saul Bellow, si *Les Aventures d'Augie March* cité dans ce livre a vieilli, on peut toujours lire *Herzog* et *le Don de Humboldt*, sans doute ses meilleurs romans, disponibles en Folio ou dans la collection Quarto chez Gallimard.

Les autres écrivains cités :

Aharon Appelfeld, dont l'œuvre complète est en cours de retraduction par Valérie Zenatti aux Éditions de l'Olivier sous la direction d'Olivier Cohen. Comme elle est foisonnante, je ne citerai que trois titres parmi mes préférés : *L'Immortel Bartfuss* ; *Badenheim 1939* et *La Ligne*.

Blake Bailey, *Philip Roth*, Gallimard.

Philip Guston, *Que peindre sinon l'énigme, écrits, conférences et entretiens*, 1944-1980, Éditions L'Atelier Contemporain,

2023 (*Night Studio, A Memoir of Philip Guston*, le livre de sa fille Musa Mayer, n'est hélas disponible qu'en anglais).

Milan Kundera, « préface » à Philip Roth, *Professeur de désir*.

Michel Houellebecq, *Extension du domaine de la lutte; Les Particules élémentaires*, éd. J'ai Lu, 2010.

Camille Paglia, *Femmes libres, hommes libres : Sexe, genre, féminisme*, Hermann, 2009; le grand-œuvre de Camille Paglia, *Sexual Personae*, une histoire des représentations sexuelles de l'Égypte antique au XXe siècle, publié en 1990, n'a jamais été traduit en français en dépit de son succès planétaire.

Mark Rothko, *Écrits sur l'art, 1934-1969*, Champs Flammarion, 2009.

Blandine Rinkel, *Vers la violence*, Fayard, 2022, Le Livre de Poche, 2024.

Percy Shelley, *Ode au vent d'Ouest : Adonaïs et autres poèmes*, Points Seuil, 2022.

Salman Rushdie, *La Terre sous ses pieds*, Plon, 1999.

Composition réalisée par Belle Page

Cet ouvrage a été achevé d'imprimer sur Roto-Page
par l'Imprimerie Floch à Mayenne en novembre 2025
pour le compte des éditions Grasset
61, rue des Saints-Pères, 75006 Paris
info@grasset.fr

PAPIER CERTIFIÉ

Grasset s'engage pour l'environnement en réduisant l'empreinte carbone de ses livres. Celle de cet exemplaire est de :
450 g éq. CO_2
Rendez-vous sur www.grasset-durable.fr

N° d'édition : 23816 – N° d'impression : 108001
Première édition, dépôt légal : septembre 2025
Nouveau tirage, dépôt légal : novembre 2025
Imprimé en France